LOTHAR BERG
COOL

Lothar Berg

COOL

Ein ganz normaler Arbeitstag

Kriminalroman

Umschlaggestaltung/Grafik: Thorsten Wiemer

Coverbild/Model: Tim Krajewski

Bibliografische Information der Deutschen Nationalbibliothek

Die Deutsche Nationalbibliothek verzeichnet diese Publikation in der
Deutschen Nationalbibliothek; detaillierte bibliografische Daten sind im
Internet über http/dnb.de-nb.de abrufbar.

Herstellung und Verlag: BoD – Books on Demand, Norderstedt

ISBN 978-3-7526-2479-3

Alle Personen und Namen innerhalb dieses Buches sind frei erfunden.
Ähnlichkeiten mit lebenden Personen sind zufällig und nicht beabsichtigt.

MIX
Papier aus verantwortungsvollen Quellen
Paper from responsible sources
FSC
www.fsc.org
FSC® C105338

Ich weiß wie Dreck schmeckt –
Ich weiß wie Blut riecht –
Und nur darüber habe ich geschrieben

Lothar Berg

Mit einem Dank an
ULI und KARL

Prolog

Die Morgendämmerung drängt sich verstohlen, fast schamvoll, in die Häuserschluchten. Nach allen Seiten sichernd, wie ein Eindringling, drückt sie sich in die grauen Abgründe zwischen den Häusern Berlins.

Die Kreaturen der Nacht ziehen sich gerade zurück, verkriechen sich in ihren Behausungen.

Es ist wie ein geheimes Abkommen, eine Übergangphase, bevor das Licht die Herrschaft für die Tagesstunden übernimmt.

Der Riese aus Beton, Asphalt und Stahl ächzt bereits. Er quietscht, stöhnt und grunzt. Noch eben hat er gebrummt, gelacht, sich wohlig in der Dunkelheit gesuhlt. Das ist jetzt vorbei. Langsam ergreift die große Schar der Tagesameisen Besitz von ihm, sie besetzen seinen mächtigen Körper, kriechen in seine Adern, quellen hervor aus seinen Körperöffnungen und verlassen den miefigen Schutz seiner Gedärme. Sie benutzen den Leib der Stadt, missbrauchen und verführen ihn.

Der Moloch lebt. Er bewegt sich, streckt und reckt seine Glieder in unterschiedliche Richtungen, mit ungleichmäßigen Bewegungen, aber einer unvergleichlichen Choreographie folgend. Während die Schatten der Nacht versinken, erhebt sich der Moloch Stadt zu neuem Leben im Licht.

*

Der Mann steht mitten auf der Straße, sieht das Ungeheuer in Gestalt eines Multivans auf sich zurasen. Der Motor brüllt, die Reifen quietschen auf dem Asphalt, die Luft riecht nach verbranntem Gummi. Der Mann hebt seine Pistole. Noch zwanzig Meter, noch zehn ... plötzlich wird er beiseite gestoßen, spürt den Schlag gegen sein Knie. Sein Retter wird von dem Van erfasst, weggeschleudert, bleibt am Boden liegen. Das Auto schleudert, bremst, steht, setzt zurück, überfährt den leblosen Körper am Straßenrand nochmals, rast in eine Seitenstraße, entkommt.

Der Mann sitzt am Boden, den Kopf des Überfahrenen in seinem Schoß und weint ... weint ... weint ... Sieben Jahre immer derselbe Traum...

Schweißgebadet wacht er auf. Greift sich an das schmerzende Knie, massiert es. Sein Blick fällt auf das Foto auf dem Nachttisch.
Er schüttelt den Kopf, will die Bilder loswerden.

07.00 UHR

Franz Sachtleb, auch „Scholle" gerufen, sitzt in Unterhose und Unterhemd auf seiner Schlafcouch, streckt sich und gähnt ausgiebig mit weit geöffnetem Mund. Scholle blinzelt wie ein Maulwurf in das Tageslicht, das sich in breiten Streifen durch die verstaubten Gardinen drängt. Seine große knochige Hand tastet nach der dicken, schwarzen Hornbrille, findet sie auf der alten Musikkommode zwischen Wecker und Aschenbecher. Er setzt sie auf, erhebt sich, gähnt noch einmal, streckt die Gliedmaße und geht ins Bad. Seine Muskelstränge rufen bei jeder Bewegung ein Spiel von Reflexen auf der blassen Haut hervor.

Sein Blick verfängt sich im Spiegel über dem Waschbecken. Einen Augenblick betrachtet er die harten, kantigen Züge, den vollen, weichen Mund.

Mit einer Hand versucht er seine struppigen, halblangen braunen Haare in eine Richtung zu streichen, ihnen eine Ordnung zu geben, dann klappt er die Toilettenbrille hoch, gähnt herzhaft, während er sich mit einem Unterarm gegen die Wand stützt und die Stirn dagegen lehnt. Verschlafen dirigiert er mit der noch freien Hand seinen Schwanz in die richtige Stellung zur Kloschüssel. Scholle schließt die Augen, aus Müdigkeit und um das Wohlgefühl zu genießen, das ihn durchströmt, als sich der Druck in der Blase löst.

Die Geräusche des Urinierens und Scholles zufriedenes Stöhnen werden von denen des Zähneputzens abgelöst. Er schlurft zurück ins Zimmer und blickt sich um, kratzt sich unter der Achsel, zieht die dunkelgrüne Cordhose an, dazu Turnschuhe. Ein kariertes Hemd vervollständigt das Outfit des Zweimetermannes.

In der winzigen Kochnische der Einzimmerwohnung bereitet er seinen Proviant vor. Sechs Scheiben Vollkornbrot, mit Wurst und Käse. Einen Augenblick beschäftigt ihn der Gedanke, noch ein paar Brote zusätzlich zu schmieren. Er packt einen Apfel dazu und legt alles zum Mitnehmen bereit.

Zwischendurch nimmt Scholle das Tuch vom Käfig mit dem Wellensittich und versucht mit Kussgeräuschen den Vogel darin auf sich aufmerksam zu machen. Aber „Pieper" ruckt nur verständnislos mit dem Kopf hin und her. Scholle füllt die Kaffeemaschine und schaltet sie ein, dreht sich zu seinem anderen Mitbewohner um.

Der Hüne fährt mit den Fingernägeln zärtlich über die Drahtstäbe des Goldhamsterkäfigs und lauscht dem vertrauten Geräusch der nachklingenden Metallfasern, wie einem Morgenständchen. Wie jeden Morgen, zeigt sich Alf der Hamster kurz, um wieder müde in der Holzwolle zu verschwinden. In Gedanken versunken spielt Scholle mit der Thermoskanne, wartet, dass der Kaffee durchgelaufen ist. Er hat einen schweren Tag vor sich.

*

Das Szenelokal „Café Breslau Fuego" liegt in der Hauptstraße, die Friedenau auf der einen Seite mit dem Bezirk Schöneberg und mit Steglitz auf der anderen Seite verbindet, direkt am Breslauer Platz. Lang streckt sich die verglaste Front zwischen dem Weinladen und dem Frisörgeschäft hin. Tagsüber beherbergt das Lokal die Hausfrauen, Rentner und Arbeiter, gibt ihnen einen Augenblick der Ruhe. Wer will, stärkt sich am preiswerten Frühstücksbüfett.

Abends, wenn die Außenbeleuchtung angeht und aus dem Inneren Kerzenschein leuchtet, wandelt sich das Café zu einem Treffpunkt derjenigen, die Zerstreuung, Anschluss und Kontakt suchen.

In einer Ecke Backgammonspieler, am Stehtisch die Freizeitpolitiker und am Tresen die Gruppe der Jungs mit dem Würfelspiel. Gläserklirren, Lachen und die Musik aus den Boxen können das Liebespaar in der Nische, neidisch von den Einsamen beobachtet, bei ihrem Geflüster nicht stören.

Aber jetzt, am frühen Morgen, ist das laute Treiben der Nacht dem Moment der Ruhe gewichen - der Leichenstarre - bevor es sich erneut zum Leben erhebt, im ständigen Kreislauf von Beginn und Ende.

Die Aschenbecher auf den Tischen quellen über. Wer genau hinsieht, erkennt auf manchen der herumliegenden Papierfetzen Telefonnummern. Geschrieben, voller Hoffnung auf ein Wiedersehen. Achtlos fortgeworfen. In der Nacht ist nichts von Bestand, es sei denn, man nimmt es sich sofort, sonst bleibt nichts davon übrig als herumliegendes Papier – Zeichen von Episoden und Wünschen in der soeben vergangenen Dunkelheit.

Ein müder, etwas mürrischer, ungefähr vierzigjähriger Mann schließt heute früh die Eingangstür des "Café Breslau Fuego" auf. Werner ist im Milieu der Gastronomie ein Helferprofi. Er selbst bezeichnet sich als Hiwi de Luxe für die Bereiche Putzen und Einkaufen. Sein Gesicht hat dieselbe kalte Farbe des Grau, wie es in den Kneipen vorhanden ist, wenn das künstliche Licht erlischt, der Tag einkehrt ist und schonungslos offenbart, was von dem Glamour und dem Glitzer in der Nacht übrig bleibt.

Mit dem geübten Blick des Profis erkennt Werner, dass es im Laden bis in die frühen Morgenstunden rund gegangen sein muss. Wie immer sieht er über das dunkle Regal aus der Jahrhundertwende hinter dem Tresen, in dem die Spiegel wieder einmal geputzt werden müssten. Mit schlurfenden Schritten durchquert er das Café, sieht über die Tische mit den Gläsern, an denen sich im fahlen Licht der Morgensonne klebrige

Fingerabdrücke abzeichnen oder schmieriger Lippenstift klebt, der noch vor Stunden einen Mund verlockend geschmückt hat. Auf der Treppe zum ersten Stock, liegt ein Schal.

Neben dem Tresen die kleine Küche und drüben am anderen Ende, die Raucherlounge, mit den Spielautomaten, dem Dartautomat und dem Billardtisch. Werner nickt, alles in Ordnung, kein Automat ist beschädigt und die beiden Kassen stehen wie immer offen. Seufzend schaut er noch einmal über die Unordnung auf den Tischen.

Scheiße, hat die Nachtschicht mal wieder nicht abgeräumt. Na ja, der Dödel Werner kann das ja machen.

Aus einem der Aschenbecher nimmt Werner eine kaum abgebrannte Zigarette, zündet sie an, schaltet das Radio ein und lauscht für einen Augenblick der Zeitansage. Ohne die Kippe aus dem Mund zu nehmen, bohrt er sich in der Nase, besichtigt interessiert das Ergebnis und schnippt es in den Raum, öffnet eine Tür und entnimmt der Kammer Eimer, Besen und Wischlappen.

*

Benno Sohl, alias „Zaster", sitzt mit seiner Frau und ihrer beider Töchter beim Frühstück. Die Essecke steht am Fenster zum Garten, durch das die Morgensonne hereinscheint. Benno trägt die Kombination aus grauer Hose, einem hellblauen Hemd und einem farblich darauf abgestimmten Jackett in taubenblau, die ihn so jugendlich wirken lässt.

Er hat sich frisch rasiert, die dunkelblonden Haare sind ordentlich gekämmt. Seine kräftigen Hände streichen über das Jackett und öffnen es an dem Knopf in der Mitte. Der breitschultrige Mann beobachtet aus seinen hellen Augen die Szenerie und registriert jedes Detail, nickt zufrieden. Jetzt kommt Leben in die Gruppe. Die Schwestern beginnen ihre Unterhaltung über die Schule und bedienen sich am Brotkorb. Benno führt seine Tasse an den Mund.

Der Duft seines Rasierwassers vermischt sich mit dem des frisch gebrühten Kaffees.

Frau Sohl liebt diese Mischung am frühen Morgen. Sie bedient Benno aufmerksam und schmiert ihm Brötchen, während sie ihn anlächelt. Das geblümte Kleid kaschiert ihre rundliche Hüfte ausgezeichnet, zugleich betont es ihr Dekolleté. Liebevoll berührt sie die Hand Bennos. Sein Blick liegt für Sekunden forschend auf ihrem Gesicht, dann nickt er ihr zärtlich zu. Zaster räuspert sich und erhält die Aufmerksamkeit seiner Töchter. Die beiden sitzen aufrecht am Tisch, nur ihre Handgelenke berühren die Tischkante. Sie lauschen den Ausführungen ihres Vaters, der ihnen, wie schon so oft, wieder einmal Lebensweisheiten und gutgemeinte Ratschläge mit in den Tag gibt.

Die Frau lächelt, sieht stolz zu ihrem Mann. Ihr Benno hat es zu zwei Zeitungsläden, einer Videothek und diesem kleinen Einfamilienhaus in Frohnau gebracht. Eigentlich könnte er sich zur Ruhe setzen. Aber "Zaster", wie man Benno auch, wegen seiner geschäftstüchtigen Art, nennt, ist immer auf der Suche nach neuen Deals. Sobald er von einer profitablen Gelegenheit erfährt, wägt er Risiko, Aufwand und Ertrag ab. Er kann nicht stillstehen. So ist er auch heute Morgen wieder auf dem Sprung, um ein weiteres Geschäft zum Abschluss zu bringen. Hilde schenkt Kaffee nach.

*

Jeden Morgen sehen die Sonnenstrahlen denselben alten Kerl, wenn sie sich den Weg in die Gewerbehöfe an der Gerichtstraße im Wedding gebahnt haben und den Müllplatz erhellen. Der Mann um die 60 fegt dort Müllreste zusammen, zwischen den Lippen eine kalte Zigarre. Sein Basecap, unter dem sich die struppigen grauen Haare hervordrängen, ist fleckig und passt zu dem dunklen, schmutzigen Kittel. Die dicht gewachsenen Augenbrauen schieben sich eng zusammen, als er nach oben schaut und die ersten Strahlen der Sonne begrüßt.

Die Hände mit dreckigen Fingernägeln umfassen Besen und Schippe und kehren den Dreck auf dem Boden zusammen. Er klappt eine der Mülltonnen auf und nimmt den Abfall auf die Schippe. Gerade, als er den Dreck in die Tonne leert, kommt eine Frau mit Hund vorbei. Der Mann grüßt, ohne die Zigarre aus dem Mund zu nehmen. Ein Junge radelt heran, gibt ihm eine Zeitung, der Mann tippt an den Mützenrand. Während der Junge seinen Weg fortsetzt, schlägt der Alte die Zeitung auf und breitet sie auf den Mülltonnen aus. Er setzt die Zigarre in Brand, stützt sich mit den Ellenbogen auf und studiert die Schlagzeilen der Tagespresse.

*

Der kleine dünne Mann am Küchentisch sieht mit den dunklen Rändern unter seinen Augen übernächtigt und krank aus, er rührt abwesend mit dem Löffel in der Tasse vor ihm. Die Brötchen auf dem Teller sind unberührt.

Die Frau an der Arbeitsplatte sieht verstohlen zu ihm herüber. Ihr Blick ist besorgt.

„War es wieder so schlimm? Dein Kissen ist vollkommen nassgeschwitzt. Hast Du Deine Tabletten genommen?"

Der Mann sieht nicht hoch, sein Blick bleibt leer, winkt mit einer Hand nebensächlich ab, rührt weiterhin gedankenverloren im Kaffee.

*

„Bomber", bürgerlich Klaus Eigenstedt, schlurft ins Wohnzimmer und zieht die Jalousien hoch. Aus dem Kinderzimmer schallt der

Lärm der drei Kinder, die sich mal wieder über irgendeine Nichtigkeit uneinig sind, zu ihm herüber. Bomber lässt sich auf die Couch fallen. Sein Blick schweift über die alten Zeitungsausschnitte an der Wand und die Pokale in der verstaubten Vitrine. Schon lange ist seine Zeit als Boxer vorbei. Für einen Augenblick verlieren sich seine Gedanken in die Vergangenheit. Er sieht sich mit hochgereckten Fäusten, während die Menschen ihm begeistert zujubeln. Dann schüttelt er kurz den Kopf, wie um einen Treffer zu verdauen und kramt eine Zigarette aus der Schachtel auf dem Tisch. Sein rotblondes Haar hängt wirr im Gesicht, bevor er den Glimmstängel anzündet, streicht er die Haare zurück.

Ute kommt herein. Hochgewachsen, mit einer schlanken Figur, bei der man nicht drei Kinder vermuten würde. Sie hat ihr blondes Haar nach hinten gebunden, wo es mit einem Gummiband zusammengehalten wird, und sieht Bomber an. Sie kennt ihn gut genug um zu ahnen, dass er gerade geträumt hat und nicht wirklich hier im Märkischen Viertel ist. Er ist wieder da draußen, wo alles leicht ist, wo alles einfach ist. Wo er die Dinge versteht und sie erledigen kann. Er ist nicht hier, wo ihn die Atmosphäre bedrückt, nicht in diesem riesigen Hochhausviertel im Norden der Hauptstadt. Wo ein Wohnsilo neben dem anderen, anonyme Lebensräume schafft.

Ute setzt sich neben ihren Klaus und lehnt sich an ihn. Er legt den Arm um sie. Es tut ihr gut, den starken Arm und den Druck seiner Finger zu spüren. In solchen Sekunden fühlt sie sich geborgen und beschützt. Sie haben nur einen kurzen Augenblick umso dazusitzen, zu schweigen, bis die Tür auffliegt und die Kinder hereinstürmen.

Mit einem Schlag ist der Moment der Idylle zerstört. Ute steht seufzend auf, geht an den Kühlschrank. Klaus weist die drei Kinder an, für Ordnung auf dem Tisch zu sorgen, als die das ignorieren wird sein Ton schärfer. Zwei der Kleinen reagieren und räumen den

Tisch ab, während sich das Dritte zu Ute geflüchtet hat und sich ängstlich an sie klammert. Wie immer.

*

In der ersten Etage des Eckhauses Mehringdamm / Kreuzbergstraße sitzt der weißhaarige Greis korrekt gekleidet an einem Tisch und liest in der Bibel. Die dünnen Beine stecken in der gestreiften Anzughose, welche von Hosenträgern gehalten wird, die sich auf das alte Leinenhemd pressen. Aus der grauen Weste strecken sich die knochigen Arme des Mannes wie Tentakel hervor. Das verbrauchte, hagere Gesicht wird so sehr von Tränensäcken dominiert, so dass die große fleischige Nase nicht mehr besonders ins Gewicht fällt. Die Bewegungen des Alten sind ruckartig und manchmal verzieht er schmerzvoll das Gesicht, wenn er eine Seite in dem Buch umblättert oder seine Beine in eine andere Stellung bringt.

Der Verkehrslärm vom Mehringdamm dringt in regelmäßigen Wellen der Ampelphasen durch das offenstehende Fenster herein. Liebevoll betrachtet der Mann die zweifelsohne kostbaren Antiquitäten um sich herum, ebenso wie die geputzten und polierten Kleinode. Sie sind sein ganzes Leben, er kann sich daran nicht satt sehen. Dort eine Standuhr mit vier Zuggewichten und neben dem Fenster ein Schrank aus dem 18. Jahrhundert.

Das Glasteil der Vitrine, neben der Tür zum nächsten Zimmer, mit dem kostbaren Geschirr, ist streifenfrei geputzt. Von den schweren Vorhängen, die über vier Meter lang von der Schiene an der Decke herabhängen, dem Kronleuchter bis zu Teppichen, gibt alles die Freude des Sammlers wieder. Das morgendliche Ritual begeht er seit nun schon über fünfzig Jahren, genaugenommen seit er damals mit 23 Jahren diese Wohnung bezogen hat.

Er muss los, quält sich mühsam hoch, sieht auf seine Taschenuhr und legt die Bibel auf den polierten Sekretär neben der Treppe, die nach oben in seine Geschäftsräume in die zweite Etage führt. Vom Kleiderständer am Treppenfuß nimmt er das Anzugjackett, während er es anzieht, geht sein Blick die Treppe hoch. Jetzt beginnt wieder die Quälerei. Die Gelenke machen die Tortur, die Treppe hoch zu steigen, nur noch unter größten Protesten mit. Einen Augenblick verweilt er, stützt sich auf den Handlauf, sieht noch einmal nach oben, seufzt und setzt den Fuß auf die erste Stufe.

*

Rüdiger Schmidtke, oder auch „Smile", dreht sich in dem riesigen Doppelbett noch einmal um, zieht dabei versehentlich der nackten jungen Frau neben sich die Bettdecke weg. Smile sieht auf den runden Arsch der Kleinen und streichelt darüber. Er leckt sich über die Lippen, als das Fleisch leicht zittert. Langsam wird das Mädchen wach, dreht sich zu ihm und versucht die dünne Decke wiederzugewinnen, wobei sich ihm ihre jungen, spitzen Brüste entgegenstrecken.

Noch im Halbschlaf schiebt sie seine Hand, die sie betastet, weg. Smile blickt sie verärgert an. Seine blonden, fast weiß gefärbten Haare stehen in alle Richtungen vom Kopf ab. Der Mund in seinem hageren Gesicht wird schmal und die linke Augenbraue zuckt nervös. Seine Hand versucht hastig das Haar glattzustreichen. Die Blonde öffnet die Augen und rückt ein Stück von ihm weg. Smiles Miene verfinstert sich noch mehr. Sein Kopf reckt sich ein wenig nach vorne, wie bei einer Schlange kurz vor dem Angriff.

Blondie betrachtet ihn für einen Moment zwischen ihren verklebten Augenlidern hervor, scheint die miese Stimmung zu spüren, zuckt mit den Achseln, steht auf und geht ins Bad. Rüdiger setzt sich aufrecht hin, sein Blick geht durch die riesige Scheibe über die Terrasse hinaus auf den Halensee.

Die Küchentür öffnet sich und eine Asiatin, nur mit einem String bekleidet, bringt das Frühstück herein, deckt den Tisch am Fenster für drei Personen. Smile, nackt, steht auf. Für einen Augenblick betrachtet er den honigfarbenen Körper, auf dem die schwarzen, wie lackiert glänzenden Haaren über den Rücken bis zu den Grübchen über ihrem kleinen Arsch hängen. Ihre zierlichen Füße stecken in Sandaletten mit hohen Absätzen, die beim Laufen auf den Fliesen erotisch verlockend klicken.

Smile kratzt sich am Sack, gähnt ausgiebig und zieht den goldfarbenen Morgenmantel über.

Er liebt dieses luxuriöse Penthaus mit den 145 Quadratmetern, den beiden aufwendig gestalteten Bädern, der großzügigen Terrasse und der Panoramaverglasung.

Auf dem Weg zur Essecke kommt er an dem kleinen Beistelltisch vorbei, auf dem ein Spiegel liegt. Smile tupft mit dem Finger ein paar winzige Krümel auf, reibt sich damit über das Zahnfleisch. Lässig rückt er sich mit dem Fuß einen Stuhl zurecht und setzt sich Tisch.

*

Scholle hat die alte Lederjacke an und schiebt nun die lederne Schiebermütze über die Haare. Sie gibt ihm ein abenteuerliches Aussehen, wie eine Figur aus Jack Londons Erzählungen. Er beugt sich über den Hamsterkäfig und seine Stimme knarrt wie ein eingerostetes Scharnier.

"So, Alf, nicht traurig sein, morgen bin ich wieder da. Du musst hier schön aufpassen. Wenn jemand einbricht, dann bellst du böse – he, he, he!"

Er wendet sich zum Vogelbauer, zärtlich streicheln seine riesigen Hände über die Stäbe des Käfigs.

"Na, mein kleiner Pieper, da fühlst du dich doch wohl, mit sauberem Wasser und dem frischen Sand? Ja, morgen bin ich wieder da. Hoffentlich kannst du heute Nacht schlafen, auch wenn ich dich nicht zudecke. Nicht traurig sein."

Scholle nimmt die fleckige, abgegriffene Aktentasche, klemmt sie unter den Arm und verlässt die Wohnung.

Draußen hält er die Aktentasche zwischen den Knien, schließt die Tür sorgfältig mit zwei Schlössern ab, richtet sich auf und rüttelt sicherheitshalber noch einmal an der Tür, sicher ist sicher. Man weiß ja nie, wer sich tagsüber hier so rumtreibt. Irgendwo im Hinterhaus rasselt ein Wecker. Erschrocken sieht Scholle auf die Armbanduhr, schiebt die Aktentasche wieder unter den Arm und stolpert eilig die Treppe hinunter.

*

Im Einfamilienhaus in Frohnau rückt sich Zaster vor dem Spiegel im Korridor die Krawatte zurecht. Das Tageslicht scheint durch die Glasbausteine neben der Eingangstür und Zaster schaltet die Deckenbeleuchtung aus. Sparen kann man auch mit Kleinigkeiten, warum kriegt das die Familie nicht in ihre Schädel?

Hilde kommt hinzu. Ihr volles Gesicht hat nachdenkliche, traurige Züge. Sie sieht ihn von der Seite her besorgt an, faltet die Hände vor ihrem Bauch und fragt ihn mit sanfter Stimme.

"Benno, musst du dich dem noch aussetzen? Das haben wir doch gar nicht nötig. Tritt mal ein wenig kürzer und genieße das Erreichte ein wenig."

"Hilde, was soll das? Ich bin immer noch fit oder zweifelst du daran? Soll ich so ein Geschäft sausen lassen? Soll das ein anderer machen? Soll ich mich mit einer dünnen Vermittlungsprovision zufrieden geben? Und dann versemmeln die das am Ende noch!"

Sie kennt ihren Mann zu gut, um zu wissen, dass sie ihm das jetzt nicht mehr ausreden kann. Das konnte sie noch nie.

"Schon gut, schon gut. Pass bitte auf dich auf, mein Lieber, nicht dass dir was passiert."

Zaster dreht sich jetzt zu ihr um. Er genießt ihre Fürsorge. Liebevoll nimmt er sie in den Arm. Sie legt den Kopf an seine Brust. Hilde liebt es, wenn er in dieser Haltung mit ihr spricht und sie dem sonoren Timbre der Stimme an seinem mächtigen Brustkorb lauschen kann.

"Aber sicher. Was soll schon passieren. Ist keine große Sache. Morgen bin ich wieder da und dann suchst du uns eine gemeinsame Wochenendreise aus."

Hilde küsst Benno zärtlich. Der nimmt seinen Diplomatenkoffer, geht zur Tür. Für einen Augenblick bleibt er draußen vor dem Haus stehen und blinzelt in die Morgensonne. Die Wärme im Gesicht zu spüren tut gut. Der weiße Zaun grenzt die grüne Rasenfläche vor dem Haus ein. Von der Straße her werfen riesige Kastanien Schatten bis auf das Grundstück. Zaster schließt die Augen, warum hat er Hilde diese Reise versprochen? Warum hat er sich dazu hinreißen lassen? Auch eine solche Reise muss verdient sein.

Sentimentalitäten passen nicht in den Geldverkehr. Verpflichtungen, Rücklagen, neue Pläne, alle das muss finanziert werden. Na, man wird sehen. Ohne sich umzusehen geht er zum Wagen, weiß, dass Hilde ihm nachsieht, er hasst das. Sie erinnert ihn damit an seine Mutter, die ihm noch endlos auf dem Schulweg hinterher gewunken hat, wenn er schon längst mit den Freunden unterwegs war.

Zaster öffnet die Tür seines 7er BMW und dreht sich um. Hilde winkt ihm vom Haus aus zu. Die Mädchen stehen auf dem Balkon im ersten Stock. Sie lachen, sehen dabei unbeschwert und glücklich aus. Die eine das dunkle Blond von Zaster in den Haaren, die andere ist kastanienfarbig wie Hilde, bevor sie grau wurde. Eine Laune der Natur. Beide gerade gewachsen und schlank. Hübsch - seine Mädchen.

Der Mund von Benno Sohl öffnet sich leicht und er scheint zu lächeln, er nickt zum Haus hinüber, winkt noch einmal, steigt in den Wagen. Zaster steuert den Wagen von der Einfahrt herunter und fädelt sich in den laufenden Verkehr ein.

*

Bomber sitzt am Küchentisch und betrachtet nachdenklich die drei umhertobenden Kinder. Von seinem Platz aus kann er gleichzeitig das Wohnzimmer und Kinderzimmer einsehen. Beide sind irgendwie, unerklärlich unordentlich, nicht aufgeräumt, wie bei einem ewigen Umzug. Es liegen Spielzeug und Kleidung herum, Schubladen sind nicht richtig geschlossen und Socken, Unterwäsche oder Papiere quellen aus ihnen hervor. Sport- und Modezeitungen, Illustrierte und Magazine liegen umher und dazwischen immer wieder Tassen oder Gläser, obwohl Ute ständig am Aufräumen ist.

Von draußen dröhnt der Verkehrslärm durch das Fenster herein und Ute klappert am Spülbecken mit dem Geschirr. Bomber betrachtet seine Hände, dann seine Frau. Er hat sie mit den drei Kindern, der Wohnung und dem Geldverdienen in den letzten Monaten allein gelassen. Sie hat es in all den Jahren nicht leicht gehabt mit seiner cholerischen Art und seinen ständig neuen Ideen in den letzten sieben Jahren. Immer sollte es der große Wurf werden, aber nie hat er etwas zu Ende gebracht. Ute hat sich nie beklagt.

Jetzt scheint sie seine Gedanken gespürt zu haben und dreht sich um. Bomber sieht ihre mageren, abgearbeiteten Hände, an denen die Adern dick hervortreten. Mit energischen Bewegungen trocknet sie

sie an dem blauweiß karierten Trockentuch ab, ihr Blick hält dem seinen stand.

"Hältst du das wirklich für notwendig, dass du wieder damit anfängst?"

Bomber schließt die Augen. Das hat er gewusst, dass sie diese Frage noch einmal stellen würde. Davor hat er Angst gehabt. Nächtelang hat er sich eine Antwort darauf überlegt. Tausend Argumente waren ihm durch den Kopf gegangen. Und jetzt, in diesem Augenblick, geht es wieder in seinem Schädel los. Ganz hinten im Kopf beginnt ein leises Rauschen. Der Puls beschleunigt sich, wie immer, wenn er nicht weiter weiß, sich nicht ausdrücken kann, die Logik ist weg, seine Stimme ist eine Nuance dunkler.

"Kleene, ick hab inne letzten Jahren elf Jobs jemacht. Imma habense mir jefeuert oder haben Pleite jemacht. Wat soll ick denn machen?"

Ute stellt sich hinter ihn und beugt sich ein wenig vor. Ihre Arme legen sich um seinen Hals, sie gibt ihrer Stimme einen sanften Klang.

"Ja, ich weiß ja, aber vielleicht solltest du es noch einmal mit etwas aus der Zeitung versuchen."

Bomber lehnt seinen Kopf an die Brust seiner Frau, spürt die Wärme, merkt, wie er schwach wird. Aber er will jetzt nicht schwach sein. Er hasst das. Er ist sich nie sicher, ob sie nur ihren Willen durchsetzen will. Ihn nicht doch nur verbessern oder noch schlimmer, bemuttern will. Glaubt, ihn führen zu müssen, wie eins von ihren Kindern. Das Rauschen im Schädel nimmt zu und ohne dass er sich dagegen wehren kann, nimmt er eine aggressive Haltung ein, versucht sich noch einmal gegen die aufkommende Wut, für die sie nichts kann, zu wehren.

"Ach manno, ick hab keenen Bock mehr uff die Scheiße. Du hast ooch deene Arbeet vaalorn, die Hütte soll ooch jeräumt werden. So jeht dit nich mehr weita."

Ute kennt ihn zu genau, versucht die Situation zu entschärfen, stellt sich gerade hin und versucht einzulenken.

"Vielleicht klappt es ja in der nächsten Woche mit der neuen Putzstelle und mit der Verwaltung rede ich dann nochmal."

Bomber blickt auf den Küchentisch und sieht den Bescheid mit der Androhung für die Wohnungsräumung. Mietrückstände und die Klagen anderer, überempfindlicher, Mieter wegen des Lärms der Kinder, dazu eine Anzeige, weil er dem Säufer Melanowksi aus der Siebenten mal etwas handgreiflich die Meinung gegeigt hat.

Dieser Vollidiot hatte erzählt, dass er in der Fremdenlegion gewesen ist und damit besonders gefährlich wäre. Er, Melanowski, stelle hier im Block die Regeln auf. War nur ein Lautsprecher! Nichts hatte er drauf gehabt! BUMM! Knock Out. Pfeife! Na ja, da hatte er, Bomber, auch ein wenig über den Durst getrunken gehabt. Kann ja mal passieren. Dann liegt da noch Utes Kündigung von der letzten Putzstelle rum und das nur, weil sie wegen der Gören keine Wechselschicht machen kann. Daneben ein voller Aschenbecher, die Zeitung mit der Seite der Stellenanzeigen, ein Rest von der Schrippe, ein Wasserglas und die Flasche Cognac von gestern Abend.

Bomber ist von all dem genervt. Das ganze Dilemma hier, vor ihm, auf einem Tisch, die Gören ahnen nichts und stellen ständig neue Ansprüche. Angefangen vom Computer über Spielzeug bis zu Klamotten. Das alles macht ihn gereizt.

Er ist dieser Situation nicht mehr gewachsen, ist überfordert. Manchmal ekelt er sich sogar vor diesem Chaos in der Bude hier, manchmal schämt er sich, wenn sie Besuch bekommen. Manchmal will er weg. Aber es sind nur die Umstände. Klaus glaubt an sich, er ist ein Kerl, ein Macker, er wird seine Familie aus dieser sozialen Sackgasse führen. Er sucht eine klare Chance. Man muss ihn nur lassen. Jetzt hat er die Gelegenheit dazu und will die Sache durchziehen. Eine steile Falte hat sich zwischen den Augenbrauen in seine Stirn eingegraben und wie immer, wenn der Zorn in ihm hochsteigt, bekommt seine Stimme diesen aufgeregten Klang.

"Ja, ja, ja, ja – und wenn dit nich klappt, dann vielleicht wieda ne Woche späta. Eener muss nu wat machen. Nee, ick fahr da heute hin, Schluss und Sense jetzt."

Er ist jetzt an der Grenze, um laut zu werden. Dann würden sie sich streiten und er würde wütend aus der Wohnung stürmen und vielleicht einen Blödsinn anstellen. Ute geht zu ihm und streicht ihm über das Haar.

"Schon gut Klaus, nicht aufregen. Du machst das schon. Komm aber pünktlich nach Hause, lass uns nicht unnötig warten."

Bomber steht auf, geht schweigend in den Korridor, nimmt den Lederblouson und den Sturzhelm vom Haken, hebt den Rucksack vom Boden auf. Die Kinder sehen fern im Wohnzimmer. Bomber dreht sich um, sieht Ute, die ein wenig verloren im Rahmen zur Küche steht, in die Augen.

Sie ist eine stolze Frau und er hat sie angeblafft. Sie hat ihm den Weg zur Versöhnung angeboten, aber er muss den letzten Schritt machen, damit dieser Misston nicht zwischen ihnen bestehen bleibt.

Klaus, die Arme mit dem Helm und dem Rucksack hängen seitlich herunter, nickt. Mehr kann er nicht, er weiß nicht wie.

Darauf hat sie gewartet, das ist sein Zeichen, seine Bitte. Ute geht zu ihm, legt ihm beide Hände auf die Schultern. Ohne ein Wort küsst er Ute und verlässt die Wohnung. Alles ist wieder in Ordnung.

Auf der Straße besteigt Bomber die alte BMW. Bevor er den Helm aufsetzt, geht sein Blick noch einmal nach oben. Winzig ist Ute auf dem Balkon im achten Stockwerk zu erkennen, sie winkt. Daneben die kleinen Arme der Kinder, die von hier unten aussehen wie dürre Äste an einem Strauch, die im Wind hin und her wackeln. Ihm ist ein wenig seltsam zu Mute, er kann das Gefühl nicht genau bestimmten. Klaus winkt zurück. Für einen Augenblick überkommt ihn die ganze Liebe zu den vier Menschen dort oben dermaßen, dass er einen Schmerz in der Brust verspürt. Er zögert einen winzigen Moment, wird unsicher, zweifelt, wägt ab, ob er die Arbeit absagen soll, aber dann setzt er den Helm auf und tritt die Maschine an.

*

Smile überprüft noch einmal den Sitz seiner eleganten, sportlichen Kleidung im Spiegel und nickt sich selbstverliebt zu. Mit der Linken streicht er routiniert die gewellten, weißblonden Haare glatt, wischt schnell über die Nase. Kritisch begutachtet er die fünf Uhren auf dem gefütterten Boden der Schublade und entscheidet sich für eine goldene. Die Blonde mit dem geilen Arsch räkelt sich im weißen Ledersessel.

Bilder der vergangenen Nacht gehen ihm durch den Kopf. Du dreckige, kleine, geile Sau. Das Haar fließt ihr wie ein goldener Bach vom Kopf über die Schultern. Ihr Gesicht ist gelangweilt. Brauchst wohl ne Nase, Schlampe. Ab und zu leckt ihre Zunge über die vollen Lippen. Sie hat die Beine auf den Sessel gezogen und blättert in einem Body Building Magazin. Ihre Füße auf seinen teuren Sitzmöbeln?

Muss diese Kuh sich mit ihren Tretern auf dem drei Mille Designerstück herumflezen? Aber dieser Schwung der Hüfte, den Bogen des Arsches, auch der leichte Flaum auf den Oberschenkeln, verdammte Bitch. Sie weiß, was sie wert ist. Wieder dieses gefährliche Rucken im Sack, genau wie gestern Abend in der Diskothek, als er sie zum ersten Mal gesehen hat. Wie sie sich später, hier auf dem Lotterlager, wild unter ihm gewunden und immer mehr verlangt hat.

Smile wirft einen Blick auf die Armbanduhr. Verdammt, die Zeit rast. Keine Chance für einen Fick. Der Job geht vor. Er braucht die Kohle. Schade. Die Blonde bekommt es ab.

"He, Knackarsch, leg dir mal was um die Füße, du wirst hier gleich den Abflug machen!"

Das Mädchen ist mehr als nur erstaunt, sie ist fast beleidigt. So etwas ist sie nicht gewöhnt. Die Männer, die ihren Körper einmal genossen haben, bemühen sich, sie nicht wieder zu verlieren. Im Gegenteil, die strampeln sich ab, damit sie weiterhin ihre Aufmerksamkeit haben.

"Was soll das denn heißen?"

Smile ist längst zu seiner Tagesplanung übergegangen. Der kurze Anflug von Geilheit ist weg. Die Perle stört nur noch.

"Nu komm mir nicht auf die Tour oder glaubst du etwa, ich will dich heiraten? Mach, dass du in die Puschen kommst und dann schwing dein Fahrgestell hier raus."

Na der tickt ja wohl nicht richtig. Sie wird ihm zeigen, wer hier das Kommando hat. Die laszive Art hat bis jetzt immer gezogen. Sie leckt mit der rosa Zunge ein paarmal über die Lippen, die jetzt feucht schimmern und räkelt sich tiefer in den Sessel, rutscht mit den nackten Fußsohlen über das weiße Leder und stellt dabei selbstbewusst ihren Schritt zur Schau, der sich prall in dem winzigen Slip abzeichnet, mehr zeigt als verbirgt.

"Großer, ich denke, wir haben noch einige tolle Nächte vor uns. Was hältst du davon, wenn ich hier auf dich warte?"

Widerspruch? Hat die nen Fisch im Kopf? Dieser blöden Fotze muss er erst mal Manieren beibringen. Ohne sie anzusehen, nimmt Smile einen ledernen Gürtel aus dem Schrank. Seine Augen sind schmal, während die Kiefer aufeinander malen, seine Stimme ist schneidend.

"Ich höre wohl nicht richtig. Du meinst, du hast dir mit deiner Zuckerritze ein Bleiberecht erarbeitet? Was? Hier wird nicht diskutiert, hier wird getan, was der Meister sagt!"

Smile geht auf die Blonde zu, die ihn mit großen Augen erstaunt ansieht, er legt die Gürtelenden zusammen und lässt die

Lederstreifen hart gegeneinanderprallen, so dass ein scharfer, peitschender Knall entsteht.

Aus dem Bad stöckelt die Asiatin herein. Fertig geschminkt, zum Gehen bereit. Sie weiß sofort, was los ist und für einen Augenblick glaubt sie, den Gürtel wieder selbst auf ihren Schenkeln zu spüren. Schon oft hat sie Smiles Reaktionen auf Widerspruch am eigenen Leib erlebt, bis sie es begriffen hatte, dass man mit ihm nicht diskutiert, nicht verhandelt. Schnell ist sie bei der Blonden, zieht sie aus dem Sessel hoch, sieht Smile bittend an.

"Komm Kindchen, wir müssen los, nimm deine Schuhe in die Hand."

Die Asiatin schiebt sich zwischen Smile und die Blonde. Für einen Sekundenbruchteil hat auch die Blonde in den Augen von Smile seine Skrupellosigkeit gesehen und ein Hauch von Angst kriecht ihr die Wirbelsäule entlang, verbreitet ein Frösteln. Sie hat kapiert, dass hier mit ihrem sündigen Leib nicht mehr zu punkten ist.

Wie alle Frauen bei Smile ist auch sie nur ein Schmuckstück, ein Häufchen Sahne, ein Objekt des Vergnügens für einen begrenzten Zeitraum. Vielleicht morgen wieder, vielleicht aber auch nicht. Sie nimmt ihre Schuhe und ihre Tasche. Die Asiatin öffnet bereits die Tür als Blondie noch ihre Jacke vom Haken nehmen will, aber ihre Retterin schiebt sie weiter. Kurz bevor die Blonde draußen ist, erwischt sie die Gürtelspitze am Arsch. Unter ihrem Schrei und nach einem kleinen Hüpfer schließt sich die Tür hinter ihnen.

Smile atmet tief durch. Fast wäre er doch noch schwach geworden. Bilder von jugendlichem, frischen Fleisch, auf denen sich die Striemen seines Gürtels abzeichnen, Körper die sich winden, stöhnen und um Gnade flehen, nehmen Besitz von seinem Gehirn. Er leckt sich über die Lippen Die Kiefermuskeln zucken, seine Gestalt strafft sich. Aber er hat eine geschäftliche Verabredung und das steht nun mal an erster Stelle. Der ganze Scheiß hier muss ja bezahlt werden. Irgendwo muss die Asche herkommen. Smile kommt zu sich, dreht sich wieder dem Spiegel zu, er streicht mit der Linken sein Haar glatt.

"Fotzen!"

Die beiden Frauen haben schweigend die Straße erreicht. Wortlos stehen sie auf dem Gehweg. Verstohlen sieht die Blonde zu ihrer Gefährtin, will etwas fragen, findet keine Worte. Die Asiatin zuckt mit den Schultern. Sie hat auch keine Antwort auf die ungestellte Frage. Beide stecken sich eine Zigarette an, gehen in Richtung Hauptverkehrs Straße, in der Hoffnung, ein Taxi zu erwischen.

Smile kommt mit seinem Audi-Cabrio aus der Tiefgarage gefahren. Aus der Musikanlage dröhnt in voller Lautstärke AC/DCs "Stiff Upper Lip". Ohne sie eines Blickes zu würdigen fährt Smile an den beiden Frauen vorbei, wirft die Jacke der Blonden aus dem Auto, von wo aus sie einen Bogen beschreibt und halb auf dem Gehweg, halb im Rinnstein liegen bleibt.

*

Der Rastplatz vor den Toren Berlins bietet den Reisenden nicht nur an den Tischen im Freien ausreichend Platz, sondern lädt auch zum Verweilen in dem freundlich eingerichteten Gasthaus ein. Nicht mit dem üblichen Kantineninventar ausgestattet, sondern mit den Accessoire des American Style der Fifties. Hier ein Blechschild mit dem Schriftzug der Route 66, dort eine alte Wurlitzer Musikbox und am Eingang zur Toilette prangt die typische alte Zapfsäule, wie sie in vielen Musikfilmen gerne gezeigt wird. Die Luft ist gefüllt mit dem Geklapper von Geschirr und den Gesprächsfetzen der Gäste. Ständig öffnet sich die Tür und schließt sich wieder, Autofahrer gehen mehr oder weniger hektisch ein und aus.

Im Hintergrund sitzen vier Männer an einem Tisch, bemühen sich, unauffällig zu sein. Ihre Gesichter sind gelangweilt, ab und zu sieht einer aus dem Fenster hinüber zum Parkplatz. Der gedrungene Typ mit dem unrasierten Kinn rührt gedankenverloren in seinem Kaffee. Sein Teint ist dunkel. Die Augen fast so schwarz wie seine Haare. Er sieht jeden der drei anderen einen Augenblick an.

"Wenn Post gleich kommt und isch sage, dann jeder von euch, in ein Auto. Fahrer sind türkisch Kollegas. Gut aufpassen, weißt du, 25 Kilo Gepäck heute.

Er macht eine bedeutungsvolle Pause.

"Also Vorsicht."

Wieder sieht er von einem zum anderen.

Torsten, lang, schlaksig und Brillenträger, schielt aus dem Fenster. Seine knochigen Finger weisen brüchige und abgekaute Fingernägel auf. Das braune Kassengestell seiner Brille lässt die ungesund wirkende Farbe seines Gesichtes noch fahler und käsiger erscheinen, als es von Natur aus schon ist. Nervös trommelt er auf die Tischplatte.

"Mensch, Veysel, kann ich nicht mit Walter zusammen fahren? Da weiß ich wenigstens, dass alles klappt. Vielleicht können mich deine Kumpels nicht richtig verstehen."

Veysel zieht die Augenbrauen zusammen. Warum müssen die Deutschen immer denken, dass man ihre Sprache nicht versteht? Schließlich verstehen mehr Türken Deutsch, als Deutsche Türkisch. Wer also sind die Idioten?

"Eh halt mal Klappe. Hier wird gemacht, was isch sage. Du, Torsten, für Dich nochmal extra: Gemischte Teams, wegen gemeinsam Geschäft und so. Damit fertisch."

Etwas unsicher geworden sieht Torsten zu Walter und versucht sein Gesicht zu wahren. Schließlich kann ihn dieser Scheisskanake hier nicht einfach so anpinkeln. Bloß weil die Branche plötzlich „Kooperation" groß schreibt.

"Aber ... "

Veysel zuckt zusammen, die Asche bröselt von der Zigarette auf den Tisch. Ruckartig zuckt sein Gesicht in Richtung Torsten.

"Schnauze ... entweder du machst wie isch sage oder gehst. Sag einfach, wie willst du ... ?"

Walter, ein kantiger Vierziger, dem die Spuren eines harten Lebens ins Gesicht gezeichnet sind, legt seine Hand auf Veysels Arm und drückt ihn beruhigend. Er will diesen Job entspannt über die Bühne gehen lassen, will die paar müden Euro auf die Ruhige verdienen und sich nicht mit Kompetenzgerangel abgeben.

"He Veysel, alter Junge, lass gut sein. Der Junge ist neu und ein wenig unsicher. Lass man, ich kenne ihn, der macht schon seinen Job."

Plötzlich ein heller Ton. Die drei zucken zusammen. Der vierte Mann, der dicke kleine Stefan, mit flinken, wachen Augen, hat mit dem Löffel an seine Tasse geschlagen.

"Nu bleibt mal geschmeidig Mädels. Da kommen gerade drei Autos hintereinander auf den Parkplatz. Das sind sie wohl, oder?"

Durch die Scheibe erkennen sie einen BMW, einen Daimler und einen Rover, die auf den Parkplatz rollen. Die Fahrer sind hinter den Windschutzscheiben mehr zu erahnen, als wirklich zu sehen. Ihre Silhouetten im Wageninneren lösen sich über die Reflexion des Sonnenlichtes auf dem Glas fast auf.

Veysel starrt einen Augenblick lang auf die angekommenen Autos, nickt zufrieden ohne den Blick vom Parkplatz zu nehmen.

"Genau, das ist Post. Wir noch warten, ganz Ruhe. Auf mein Zeichen raus. Ganz Ruhe, dauert. Wir haben Zeit. Wollt ihr was trinken?"

Torsten beugt sich zu Walter.

"Auf was warten wir denn jetzt?"

Veysel schielt missbilligend in seine Richtung.

"Wir warten ab, ob die drei da unten observiert werden, ob jemand im Schlepp fährt."

"Ach ja, so so ....."

Stefan lehnt sich zurück, verschränkt die Hände im Nacken und genießt die Sonne, die durch die Scheibe auf sein Gesicht fällt.

"Na, das dauert ja noch eine halbe Stunde, da nehm ich noch ein Schälchen Tee."

Er nickt Veysel zu, der sich nach der Bedienung umdreht. Seine Augen finden die junge Frau am Tresen und als ob sie seinen Blick gespürt hat, dreht sie sich zu ihm um. Veysel gibt ihr mit der Hand ein Zeichen, dass er noch etwas bestellen möchte.

11.00 Uhr

Mit einem metallischen Geräusch schiebt sich der Schlüssel in das Schloss der Dachbodentür, die knarrt, als Zaster sie aufgedrückt. Das wenige Licht, dass durch das schräge Dachfenster fällt, gibt auf den ersten Blick nicht viel preis.

Das Dachgeschoß ist erst halb ausgebaut. Überall stehen Arbeitsgeräte, Materialien und Einrichtungsgegenstände herum. Anscheinend entstehen hier Wohnungen, Ateliers oder Arbeitsräume. Rigips- und Fußbodenplatten, Holzlatten, metallenes Ständerwerk und Eimer mit Spachtelmasse liegen herum oder stehen an den Wänden. Bohrschrauber, Sägen, Hämmer, Spachtel und Pakete mit

Schrauben und Nägeln sind überall verteilt. Die Stützpfeiler der Dachkonstruktion werfen bizarre Schatten über alles. Die Bildzeitung unter den Arbeitsschuhen neben der Tür ist fünf Tage alt.

Es dauert einen Moment, bis sich Zasters Augen an die Umrisse gewöhnt haben und er außer den Dachsparren und den Dachziegeln des Schrägdaches mehr erkennt.

Sorgfältig schließt er ab. Das Türblatt auf einem Stapel Paletten dient als Tisch, daneben eine Lampe. Über ein paar Holzböcken liegen Arbeitssachen. Helme, Hemden, Jacken und Hosen, sowie Arbeitsschuhe. In der Ecke ein paar Stühle, ein Kühlschrank und drei Liegen. Hier hat sich eine Arbeitskolonne eingerichtet. Zaster setzt sich an die Platte auf den Paletten und legt seinen Diplomatenkoffer vor sich hin, schaltet das Licht ein, öffnet den Koffer. Er sieht auf den Kalender an der Wand, der dick mit rot die

Urlaubszeit der Ausbaukolonne aufweist. Sie wird erst am kommenden Montag wieder ihre Arbeit aufnehmen.

Aus seinem Koffer nimmt er die flache Schachtel mit den dünnen Handschuhen, eine Makarov und drei Magazine, legt alles vor sich auf den Tisch und schließt für einen Augenblick die Augen. Das Metall der Makarov und der Magazine fühlen sich angenehm kühl an. Er nimmt den Kopf ein wenig in den Nacken, lächelt ganz leicht und atmete tief durch die Nase ein.

Wie immer ist er der Erste. Er ist ein Pedant. Klare Formen, deutliche Ansagen und strikte Handlungsweisen begeistern ihn. So war es schon immer. Kalkulierte Risiken und Wiedererkennungsmerkmale. Für ihn ist es wichtig, dass alle Geldscheine in seiner Börse in die gleiche Richtung und nach aufsteigendem Wert, hintereinander sortiert sind. Sind sie geknickt, streicht er sie glatt. Genauso akkurat verläuft alles andere bei ihm.

Erinnerungen steigen hoch. Klare Verhältnisse, klare Vereinbarungen. Wie damals, in seiner Zeit als Schränker, als er vor dem schweren Eisending kniete. Zaster weiß noch genau, wie er sich damals aufgeregt hat, sich fast betrogen vorkam.

"So eine Scheiße, kein Mensch hat mir gesagt, dass es dieses Modell ist. Ihr habt immer nur von einem 1963er Prinz der Reihe 5809 CT3 gesprochen. Das ist hier nicht der Fall. Für den hier brauche ich mindestens eine halbe Stunde länger." Der Typ hinter ihm hatte den Kopf geschüttelt.

"Mann quatsch nicht rum. Dann brennste eben eine halbe Stunde länger."

Zaster hatte geglaubt sich verhört zu haben. Hielt man ihn für dumm?

"Von Kalkulation hast du wohl keine Ahnung. Ich habe hier einen höheren Arbeitsaufwand als vereinbart, außerdem mehr Materialeinsatz und ein zusätzliches Risiko durch das längere

Verbleiben am Tatort."

Der andere Gauner sah fassungslos zu ihm hin. Seine Hände zeichneten sinnlose Figuren in die Luft, dann zeigte er Zaster einen Vogel und wurde lauter.

"Bist du jetzt total abgedreht? Wir sind hier nicht auf der Baustelle, Mensch, wir knacken einen Tresor. Mach jetzt hinne."

Das ist der Ton, bei dem bei Zaster nichts mehr geht. Wenn man ihm in seinen Berechnungen nicht folgen kann, dann ist für ihn die Sache gelaufen. Er legt stets Wert darauf, logisch zu sein. Genau berechnend und nie überflüssige Arbeiten zu machen. Das Preis-, Leistungsverhältnis muss im vernünftigen Verhältnis zueinander stehen.

Er drehte damals die Flamme des Brenners ab, seine Stimme klang metallisch, wobei er besonderen Wert auf eine nachhaltige Betonung seiner Person und seiner Leistung legte.

"Völlig unkorrekt, absolut indiskutabel. Erstens knacke ICH den Tresor, zweitens vergrößert sich MEIN Einsatz und drittens ist die Grundlage eines jeden Ertrages die Kalkulation. Und somit rechnet sich die neue Situation für mich nicht."

Der zweite Mann hatte flehend zur Decke gesehen, ihm erneut einen Vogel gezeigt.

"Ja, ja, kann ja stimmen, aber mach jetzt weiter!"

Zaster war die Ruhe selbst geblieben. Gelassen hatte er sein Werkzeug demontiert.

"Mein Lieber, auf Grund der veränderten Parameter kann ich nicht mehr, zu dem mir angebotenen Prozentsatz an der Beute, weiterarbeiten."

Bittend, fast beschwörend, anscheinend den Tränen nahe, hielt der Komplize ihm die Hände fest.

"Mann, mach mich nicht wahnsinnig, was willst du denn?"

Zaster hatte dem Mann direkt in die Augen geblickt und kompromisslos geantwortet.

"Statt 33 1/3 Prozent will ich 50 Prozent."

Zasters gleichgültige Mine ließ sein Gegenüber nach Luft schnappen, der rollte mit den Augen, trat mit dem Fuß gegen den Tresor.

"Kerl, Zaster, du machst mich kirre. Also gut, 50 Prozent, aber – bitte – mach jetzt um Himmels Willen weiter."

Zaster nickte, montierte die Lanze erneut und entzündete die Flamme, während er die dunkle Brille über die Augen schob. "Ganz ruhig, ganz ruhig, es ist alles nur eine Sache von Ertrag und Aufwand und das muss stimmen. Wenn ich es mir recht überlege ... diese Zeit für die Diskussion ..."

Aber Zaster hatte seinen Job ohne weitere Überlegungen und Berechnungen zu Ende gebracht.

Der bestimmte Klopfrhythmus an der Tür reißt Zaster aus den Erinnerungen. Er wirft eine Zeichnung über die Waffe und Magazine, geht zur Tür, öffnet sie. Scholle ist da. Sie schütteln sich die Hände. Zaster lächelt. Einen Augenblick länger als gewöhnlich hält er die große Hand seines Partners fest, in dessen Gesicht die ehrliche Freude über ihr Wiedersehen steht.

Scholle nimmt seine Schiebermütze ab und zaubert ein breites Grinsen in seine Züge. Die vollen Lippen ziehen sich auseinander, als Zaster ihm freundschaftlich die Hand auf die Schulter legt. Er spürt die Muskelbewegung unter der Jacke des Hünen. Scholle ist ein richtiger Brecher und Zaster erinnert sich an eine alte Begebenheit, bei der der lange Kerl mit seiner einfachen Art die Hauptrolle hatte.

Scholle hatte damals, auf der Suche nach einer Braut, die „Cinderella Bar" betreten. An dem großen Tisch saßen sechs Personen. Scholle sah nur die langen brünetten Haare, die Locken und glaubte, sein Mädchen gefunden zu haben. Wütend ging er hin, schlug ihr mit der flachen Hand an den Hinterkopf. Der Kopf flog nach vorne, kam aber sofort wieder hoch, drehte sich um. Es war ein Mann!

"Mensch, Langer, bist du bescheuert?"

Scholle war das voll peinlich gewesen.

"Oh, Entschuldigung. Entschuldigung. Ich dachte ... äh die Haare, ich dachte .... äh, ich dachte du wärst Monika. Die hat dieselben Haare ..."

Der Geschlagene bekam Oberwasser, als er den unbeholfenen Kerl so stottern hörte und der anscheinend Angst hatte.

"Na und? Was soll der Quatsch – du Idiot?"

Scholle drehte und wand sich immer noch. Er hatte nicht gewusst, wie er aus der Nummer wieder herauskommen sollte. Er fühlte sich unangenehm schuldig.

"Jaaaa,... äh Monika ist einfach abgehauen und hat auch mein Geld mitgenommen."

Er versuchte, der Runde zu erklären, dass er das Mädchen vor drei Tagen mit nach Hause genommen hatte. Heute früh war sie dann verschwunden und das Geld mitgenommen. Das Gelächter daraufhin hatte er nicht erwartet.

"He, das ist nicht zum Lachen. Das geht euch gar nichts an."

Der Geschlagene war aufgestanden. Er reckte sich, wölbte seine Brust vor. Während er Scholle ansah, verschränkte er die Finger seiner Hände und bog sie durch, bis sie in den Gelenken knackten.

"Pass mal auf, Don Porno, jetzt ist hier eine Lage fällig, als Entschuldigung, sonst gibt es was auf die Ohren."

Niemand war die Veränderung bei Scholle aufgefallen. Die Unsicherheit war gewichen. Sein Gesicht zeigte keine Regung, seine Stimme war weich, ruhig.

"Du solltest so etwas nicht sagen. Es tut mir auch leid, dir bestell ich ein Getränk und dann lass es uns vergessen."

Der Mann stellte sich taub, als ob er nicht richtig gehört hätte, kam näher und sah diesen großen Kerl mit der dicken Hornbrille, durch deren Gläser die Augen unnatürlich klein wirkten, scharf und eindringlich an.

"Langer ... du bestellst eine Lage für alle hier oder es knallt!"

Scholle hatte zum ersten Mal gelächelt.

"Wirklich?"

Der Mann nickte ernsthaft und versuchte böse auszusehen. Er hatte den Unterkiefer vorgeschoben, mit den Zähnen geknirscht und seine Rechte drohend in die Höhe gehoben und noch einmal seine Forderung nachdrücklich betont.

"Wirklich!"

Dabei hatte er sich beifallheischend zu seinen Kumpanen umgesehen.

Scholles rechter Haken kam ansatzlos, traf den Burschen dermaßen hart am Hals, dass er sofort das Bewusstsein verlor und auf den Tisch fiel. Gleichzeitig sprangen zwei weitere Männer auf. Bevor die richtig hinter dem Tisch hochgekommen waren, erwischte Scholle den rechts von ihm Stehenden mit einem Ellbogenstoß auf den Kehlkopf. Der Typ griff sich an den Hals, röchelte und fiel zurück auf seinen Stuhl. Aus derselben Bewegung heraus traf Scholle den links von ihm aufspringenden Mann trocken an der Kinnspitze. Er kannte dieses kurze, harte Geräusch, wenn man den Punkt genau traf. Ein klassischer KO. Da brauchte er nicht mehr nachsehen.

Scholle blieb völlig entspannt und locker vor dem Tisch stehen und beobachtete die übriggebliebenen drei Männer, die mitten in ihren Bewegungen erstarrt waren. Er lächelte wieder.

"Also los, wie echte Männer jetzt. Wie wollt ihr es haben? Alle zusammen oder jeder alleine? Aber bitte ... jetzt nicht kneifen."

Die bescheidene Art verunsicherte die Typen, sie schienen zu überlegen, sahen auf die ko gegangenen Kameraden und schüttelten die Köpfe. Scholle sah sie einen Augenblick lang an und ging zwei Schritte zurück. Dann besann er sich, federte zurück, riss den Tisch zur Seite, stieß ihn um, schlug die drei verbliebenen Männer mit einer schnellen Serie zu Boden. Als einer von ihnen noch einmal den Kopf hob, zuckte Scholle fast verlegen die Schultern.

"Na ja, ich sollte ja eine Runde für alle ausgeben."

Die ruhige Stimme Scholles holt Zaster in die Gegenwart und auf den Dachboden zurück.

"Moin, Zaster, bist Du schon lange da? Hab dich gar nicht kommen sehen. Ich warte schon eine Weile unten vor der Einfahrt."

So ist Scholle. Ebenso bescheiden und freundlich, wie konsequent und geradlinig.

Zaster dreht sich herum, geht zum Tisch und zeigt auf die Schachtel mit den Handschuhen. Jetzt ist wieder Wirklichkeit und das Hier und Heute ist wichtig. Was hatte der Lange gerade gesagt? Kleinigkeiten nerven. Winzige Details. Warum hat sich Scholle erst einmal draußen auf der Straße rumgetrieben? Das bedeutet nur Entdeckungsgefahr, ein zusätzliches Risiko.

"Ich bin über die Wiesenstraße reingekommen. Hoffentlich hat dich niemand da rumstehen sehen oder du hast mit zu vielen Leuten gequatscht."

Scholle zieht sich Handschuhe über, er will die Unterhaltung zwar in Gang zu halten, aber das Thema gefällt ihm nicht. Er weicht einem Eimer Bitumen aus und steuert das andere Ende des provisorischen Tisches an. Er muss den Kopf senken, um nicht an einer Leine hängen zu bleiben, die sich zwischen den Pfosten spannt. Vielleicht eine alte Wäscheleine oder sonst etwas. Scholle zieht sich einen der herumstehenden Hocker heran. Er mag Zaster, dessen bestimmende Art. Seine Entscheidungsfähigkeit gibt Scholle Sicherheit. In Zasters Gegenwart muss er sich nicht um komplizierte Sachen kümmern. Das erledigt der Boss für ihn.

"Nee, glaub ich nicht. Habe nur den Hausbesorger, der war mit seinem Besen unterwegs, getroffen. Wir haben uns kurz zugenickt."

Zaster passt das nicht, dass Scholle hier schon Bekanntschaften geschlossen hat.

"Hm..."

Bevor sich Scholle setzt, entnimmt er seiner Aktentasche das Paket mit den Butterbroten, den Apfel und die Thermoskanne. Dann zwei schwere 45er Automatikpistolen plus vier Reservemagazine. Ordentlich richtet er alles in einer Reihe auf dem Tisch aus. Jedes der Stücke legt er liebevoll und behutsam auf die Unterlage, rückt sie hier und da noch einmal ein paar Zentimeter gerade. Zufrieden streichen die großen Hände darüber.

Scholle schielt vermeintlich unauffällig zu seinem Gegenüber. Er kennt den kleinen Unmut bei Zaster, wie dessen Fingerspitzen ganz kurz aneinander trommeln und er fühlt sich sofort schuldig. Zaster hatte ihm ausdrücklich gesagt, so wenig wie möglich auf der Straße zu bleiben und keine Quatschereien anzufangen. Hat er ja auch nicht gemacht, nur mal gegrüßt. Einfach so. Er war schon so früh hier gewesen und sich nicht mehr sicher, ob er lieber auf der Treppe vor der Bodentür sitzen oder unten auf der Straße warten sollte.

Er wird erst einmal lieber nichts mehr sagen und sich weiterhin mit den Dingen aus seiner Aktentasche beschäftigen. Zaster sieht zu ihm rüber und ein Schmunzeln stiehlt sich auf die schmalen Lippen.

"Mensch Scholle, was schleppst du denn für eine Artillerie an. Geht es nicht ein bisken dünner?"

Scholles Herz macht vor Freude einen kleinen Hüpfer. Zasters Zorn scheint verraucht, er redet wieder mit ihm. Einen Moment denkt Scholle nach.

"Neee,   geht nicht.   Ist   für   alle   Fälle.   Sozusagen meine Versicherungen."

Zaster legt den Kopf leicht auf die Seite und seine Stimme strahlt vollkommene Sicherheit aus.

"Die wirst du nicht brauchen. Es geht nichts schief. Überleg mal wie lange wir schon ..."

Wieder das Signal an der Tür.

Scholle schlurft zur Tür, öffnet. Bomber ist da. Als er Scholle sieht, lacht er herzhaft und gelöst, den kennt er. Er lässt den Rucksack fallen und geht in Boxhaltung. Sie kennen sich vom Training aus verschiedenen Gyms. Beide fintieren, täuschen an ohne sich tatsächlich zu berühren, grinsen sich an. Sie mögen sich. Heute soll es zum ersten Mal eine Zusammenarbeit sein. Zaster hat Bomber ins Boot geholt. Das genügt, damit ist er für Scholle ein vollwertiger Kollege.

Zaster beobachtete die beiden. Was mag diese Freundschaft im Ernstfall wohl wert sein. Was für ein schräger Gedanke. Was ist mit ihm los? Zaster schüttelt den Kopf, will diese komischen Überlegungen loswerden. Empfinden die beiden da vorne auch für ihn Freundschaft? Oder ist es nur Loyalität, die sie an ihn bindet. Zu viele Nebensächlichkeiten heute im Kopf. Das ist nicht gut. Ist er doch zu alt für solche Sachen? Hat Hilde recht? Scheiß Vergangenheit, wieso ausgerechnet heute? Aber die Gedanken lassen sich nicht unterbinden. Wie war das noch? Damals? Mit Bomber?

In seiner ersten Bar, wo Bomber an der Tür für den Einlass zuständig gewesen war, als die drei GI`s sich beschwert hatten und unbedingt Streit wollten. Zaster hatte hinter dem Tresen gestanden und Geld gezählt. Das war nicht sein Part. Er sah gar nicht hoch.

"Schmeiß die drei raus, Bomber, aber pass auf, dass nicht wieder was kaputt geht."

Bomber hatte den drei Amis mit dem Kopfnicken in Richtung Tür ein unmissverständliches Zeichen gegeben. Aber die Amis hatten sich nicht bewegt.

"Hey Boy, don't make trouble. We are in the army and members of the Olympic Team. You have no chance."

Sie untermalten die Aussage, indem sie ihre Fäuste ballten und in Brusthöhe hoben. Bomber hatte keinen von ihnen aus den Augen gelassen und war langsam in ihre Richtung geschlendert. Er merkte, wie das Rauschen in seinem Kopf begann. Was hatten die Drei gesabbelt? Wollten sie ihn verarschen? Hatten sie sich lustig über ihn gemacht? Vor Aufregung hatte er genuschelt.

"Zasta, wat is los? Wat will der? Haste den vastanden?"

Zaster hatte sich eins gegrinst, er wusste ja, wie man Bomber in Fahrt brachte, wie man in einschaltete.

"Nee, kein Wort, aber ich glaube, der hält dich für einen Idioten."

Jetzt hatte sich die Falte zwischen Bombers Augen gezeigt, ein untrügliches Zeichen, dass sein Jähzorn hochkam, das Rauschen in seinem Kopf war angeschwollen.

"Wat is? Los Ami, da jeht et raus. Ami gee heeme!"

Der Soldat zuckte kurz mit den Fäusten in Brusthöhe. Das war das Startzeichen. Blitzschnell war Bomber heran und mit einem ansatzlosen linken Cross fällte er den GI. Bomber zog den Kopf zwischen die Schultern und wandte sich den beiden anderen zu, täuschte einen rechten Kopfhaken an, erwischte den GI mit seiner Linken auf der Leber, als dieser die Deckung nach oben riss. Der Soldat ging mit einem Röcheln auf die Knie. Der dritte Soldat war für einen Augenblick aus der Konzentration geraten und wollte ausweichen. Aber zu spät. Mit einem schnellen Sidestep verstellte ihm Bomber den Weg, um ihn mit einer gestochenen Geraden auf die Kinnspitze zurückzutreiben. Der Gegner stolperte, fiel und stieß an einen der Tische, zwei Sektgläser wackelten und fielen über die Kante.

"Scheisse ... Bomber ..."

Bomber war mit einer blitzschnellen Bewegung am Tisch und fing beide Gläser kurz vor dem Erdboden auf. Stolz hielt er die Gläser für jeden sichtbar in die Luft.

"Nischt is „Scheisse ... Bomber", allet heile jeblieben."

Spontan hatten die Gäste der Bar geklatscht und Sprechchöre ertönten.

"Bomber, Bomber, Bomber!"

Die drei Besiegten zogen sich zum Eingang zurück. Bomber warf sich in Pose. Generös winkte ihn Zaster heran und schenkte ihm einen Drink ein. Bomber war wie im Boxring herangetänzelt. Rückwärts zum Tresen hatte er seine rechte Faust geküsst und die Leute gegrüßt. Dann drehte er sich zu Zaster um, blinzelte ihm zu, goss den dreifachen Wodka in einem Zug hinunter und lächelte glücklich über die allgemeine Anerkennung.

Aber das war mal gewesen. Zaster stellt sich der Wirklichkeit auf dem Dachboden, unmerklich schüttelt er den Kopf, kann sich immer noch nicht von den Gedanken der Vergangenheit lösen. Soll er die Sache für heute absagen? Den Coup können sie jederzeit machen. Er muss sich konzentrieren. Verdammt, was ist los? Was soll dieses Erinnerungskarussell? Sentimentaler Quatsch. Er brauchte jetzt einen klaren Kopf. Der Plan für heute ist wie immer perfekt ausgeklügelt. Trotzdem. Konzentration! Aufmerksam bleiben.

Bomber setzt sich. Sein Blick erfasst die Waffen auf dem Tisch. Er runzelt leicht die Stirn. Für einen Moment sieht er Ute und die kleinen Ärmchen der Kinder vom Balkon aus winken. Er wischt sich über die Augen und stützt sein Kinn in die Hände, die Ellenbogen auf die Oberschenkel und sieht zu Zaster rüber.

Sieben Jahren haben sie nichts mehr gemeinsam unternommen. Er hatte damit abgeschlossen. Aber jetzt, nach all den Jahren, in der Scheißsituation in der er sich befindet, hat Bomber sich wieder bei Zaster gemeldet. Der alte Kumpel hat ihm eine saubere, sichere Arbeit versprochen. Die neuen Partner sind Profis. Scholle kennt er vom Sport. Den vierten Mann überhaupt noch nicht. Aber wenn Zaster ihn nimmt, dann muss der in Ordnung sein.

Die Jobs haben sich verändert, wie alles heutzutage. Die Konkurrenz ist größer, härter. Scheiß Globalisierung. Er, Bomber, soll nur das Auto fahren. Ganz saubere Sache. Nur rein und raus. Fertig. Warum dann diese Artillerie? Zaster hat immer versucht jedes nur mögliche Risiko auszuschalten, das hatte immer ein Gefühl von Sicherheit vermittelt. Und jetzt dieses Arsenal. Bomber betrachtet die scharfen Gesichtszüge seines alten Kumpels. Die gebogene Nase, die Falten, die sich links und rechts davon tief eingegraben haben, die hohen Wangenknochen und die hohe Stirn.

Wenn sich die schmalen Lippen so zusammenpressen wie in diesem Moment, dann tickt es im Kopf von Zaster. Zu gerne wüsste Bomber, was sich hinter dieser Stirn tut. Zasters Gesicht zeigt so gut wie nie eine Gemütsregung. Sein Blick scannt ständig das Umfeld und sortiert alle Daten nach Zuverlässig- und Wichtigkeit. Hat er Gefühle?

Zaster spürt den Blick von Bomber. Er hat sich gefangen. Sein Gehirn arbeitet wieder mit der gewohnten Präzision. Es registriert Körpersprache, Augensprache und Äußerlichkeiten.

"Hi Bomber, womit bist du gekommen?"

Bomber grinst. Da hat der alte Kumpel etwas entdeckt, was er nicht selbst beantworten kann. Alles was Zaster nicht zuordnen, berechnen oder bewerten kann, macht ihn nur nervös.

"Mit meene Karre, wieso?"

"Ach, nur so, weil ich keinen Helm sehe."

Bomber steht wieder auf und öffnet seinen Rucksack, sieht dabei auf die Stullen, den Apfel und die Thermoskanne von Scholle.

"Hab den Bock inne Pankstraße abjestellt und den Helm ooch mit anjeschlossen. Scholle, was hast du denn vor?"

Zaster sieht auf seine Uhr. Trommelt unruhig mit den Fingern auf die Platte. Er kann keine Trödelei ertragen. Nun gut, er kennt den vierten Mann lange genug, um zu wissen, dass der pünktlich ist. Zu pünktlich, sozusagen immer auf die letzte Minute. Er kann sich nicht daran gewöhnen.

"Schon 11.15 Uhr.

Scholle sieht von Bomber zu Zaster. Zwei Fragen auf einmal. Das macht ihn einen Augenblick lang unschlüssig, da er niemanden verletzen möchte, sollte er in der falschen Reihenfolge antworten. Oder doch der Reihe nach?

"Was ist denn, was ist denn, wir bleiben doch bis morgen. Und so ein bisken was zu Essen hat noch keinem geschadet. Und bis wir uns etwas holen kann das dauern. Magst du nen Happen?"

Er dreht sich zu Zaster.

"Das ist doch jedes Mal das gleiche mit dem Irren. Immer auf die letzte Minute."

Bomber schüttelt den Kopf und packt Bandagen aus, dünne Lederhandschuhe und einen Gummiknüppel. Scheiße, früher waren alle nicht so hart drauf gewesen wie heute. Knüppel und Eisenstangen sind wohl aus der Mode gekommen. Bomber kommt sich zwischen den Profis fast ein wenig lächerlich vor. Er hebt den Kopf, sieht wieder auf die Feuerwaffen, die Magazine und in die Gesichter der beiden anderen.

"Wann soll et denn nu losjehn"?

Zaster ist aufgestanden. Er macht ein paar Dehn- und Streckübungen. Aus den Stand heraus ein paar Kicks, ein paar Atemübungen, bei denen er sich mit geschlossenen Augen konzentriert. Er hat das von seiner Zeit als Kampfsportler beibehalten. Man sieht, dass er immer noch in Form ist. Wer mit ihm schon gearbeitet hat, weiß, dass es gleich losgeht. Es ist eine Art Startzeichen, ein Ritual, mit dem er sich locker und warm macht. Das Ganze dauert nur ein oder zwei Minuten und wirkt nicht angeberisch, eher wie eine Meditation.

"Wir kommen um halb in die Gänge ... "

Das energische Klopfzeichen an der Tür unterbricht Zasters Worte.

Wieder schlurft Scholle zur Tür. Es ist Smile. In Scholle steigt Widerwillen und Vorsicht hoch, die er jedes Mal spürt, wenn er diesen weißblonden Irren trifft. Er kann diese durchgeknallte Type nicht richtig einschätzen. Der ist ihm zu schräg, zu unberechenbar. Der wird nie sein Freund werden, immer nur Tatgenosse bleiben. Auch wenn man ihn ständig ermahnen und kontrollieren muss, seinen Part erledigt er einhundertprozentig. Sie haben schon das eine oder andere Ding zusammen gemacht, sich aber nie aneinander gewöhnt.

Smile grinst unverschämt und stößt überraschend seine gespreizten Finger spielerisch in Richtung von Scholles Augen. Der aber bleibt vollkommen gelassen, rührt sich nicht, guckt Smile an, zuckt mit den Schultern und zeigt ihm einen Vogel. Smile kann ihn nicht erschrecken. Er hält den Blonden im Kampf Mann gegen Mann, Auge in Auge, für einen Blender, der nur durch seine linken Tricks und mit seiner Skrupellosigkeit gefährlich ist.

Smile ist auch heute wieder verwundert, dass er bei diesem Riesen keine Reaktion hervorrufen kann. Kein Zucken, kein Erschrecken. Zu gerne würde er ihn beeindrucken, würde seinen Respekt von ihm bekommen. Alle haben ein wenig Schiss vor ihm, nur dieser Scholle nicht. Tief in sich ist eine Achtung für diesen ungehobelten Klotz mit dem einfachen Geist, vielleicht auch ein klein wenig Furcht vor Scholle, bei dem er mit seiner unberechenbaren Art keine Reaktion hervorrufen kann. Mit dem müsste er sich ehrlich und aufrichtig körperlich auseinandersetzen. Nur dann ist der wirklich zu besiegen. Alles andere beeindruckt Scholle nicht. Aber da hat er keine Chance. In manchen Augenblicken ist so etwas wie ein Bedauern in Smile, dass er nicht die Anerkennung des Langen hat, oder zumindest dessen Aufmerksamkeit.

Zaster sieht rüber zu Smile. Ein Egomane aus Überzeugung. Auch wenn der irre ist, weiß Zaster dessen abgedrehte Art zu schätzen. Die Skrupellosigkeit des Blonden ist dessen Kapital. Smile macht vor keiner Grausamkeit halt, wenn sie dem Zweck der Sache dient. Wenn man ihm nicht gibt, was er verlangt, fühlt er sich betrogen, getäuscht und setzt mit allen Mittel durch, um das zu bekommen, was er fordert. In seiner Welt duldet er keinen Widerspruch, weder von Frauen noch von Männern. Kerle, die seinem Druck nicht standhalten oder sich nur in seinem Schatten aufhalten möchten, behandelt er wie Sklaven. Smile unterwirft sich nur für die Zeit eines Jobs der Führung von Zaster, der ihn durch seine Strategie und Logik, beeindruckt. Doch Smile ist, bleibt immer für eine Überraschung gut.

So wie damals, als Smile die Tür der Diskothek gemacht hatte, an der eine Reihe von Gästen auf dem Gehweg darauf wartete, eingelassen zu werden. Auch dieser dicke, große Mann in Turnschuhen. Smile hatte ihn süffisant angelächelt, sich die Haare zurück gestrichen und freundlich gefragt.

"Großer, was möchtest du denn hier?" Der
Kerl schnaufte erregt.

"Was will ich wohl? Mensch, ich will hier rein. Warte schon zwanzig Minuten."

Während sich Smile gelangweilt seine sehr gepflegten Fingernägel besehen hatte, erklärte er es dem Dicken.

"Ja sicher, mein Bester, aber nicht in Turnschuhen. Trab einfach noch mal nach Hause und zieh dir ein paar gepflegte Treter an, dann kommst du wieder hierher und ich sehe, was ich für dich tun kann!"

Der Mann reckte sich, plusterte sich auf.

"Du läufst wohl unrund, du Nappel. Mach den Weg frei. Oder willste nur nen Fünfer Trinkgeld abstauben?""

Smile polierte seine Fingernägel am Revers seines Jacketts und lächelte, wobei seine Stimme eine leichte Schärfe bekam, die nur dem aufmerksamen Zuhörer auffiel.

"Eeeh, Männeken, wenn du mich nicht verstehst, dann lies es von den Lippen ab. Nicht in Turnschuhen."

Das Gesicht des Dicken hatte sich hochrot gefärbt. Hinter ihm murrten bereits einige der Wartenden und regten sich darüber auf, dass dort vorne irgendein Idiot alles aufhielt. Natürlich gaben die meisten Stimmen Smile Recht, dass Turnschuhen absolut ein „No Go" wären. Vielleicht aber auch nur, um sich seine Gunst zu sichern, wenn sie an der Reihe waren. Der Mann vor Smile wollte aber so schnell nicht klein beigeben.

"Pass mal auf Kalle, mach jetzt Platz, dann passiert dir auch nichts!"

Smile trat einen halben Schritt zurück.

"Aber guter Mann, du bist doch hoffentlich kein Choleriker? Denk an dein Herz. Das könnte ja böse enden." Jetzt hatte der Mann Oberwasser.

"Jaaa, jaaaa Kleiner, ich bin cholerisch und jetzt mach Platz, ehe ich dir hier etwas Böses antun muss."

Smile steckte sich eine Zigarette in den Mund und griff in seine Jackentasche. Seine Stimme hatte einen zynischen Unterton bekommen.

"Aber nicht doch, werter Herr, wir wollen doch keinen Streit. Ich mach dir einen Vorschlag zu Güte." Sein Kontrahent beugte sich vor.

"Hä ... und was ..."

Mitten in seine Worte hatte Smile eine Flasche mit Pfefferspray gezogen und dem Mann die volle Ladung ins Gesicht gesprüht. Der schrie auf und fuhr sich mit den Händen über das Gesicht. Darauf hatte der Blonde gewartet und er trat ihm gnadenlos zwischen die Beine. Jetzt kochte die Erregung in ihm hoch. Dieses armselige, fette Schwein. Was hatte der geglaubt, wer er sei. Wen er vor sich hatte. Smile verharrte, genoss für den Bruchteil einer Sekunde die Vorfreude auf seine nächste Aktion. Na komm, du Pissnelke, mach mich platt. Versuche es einfach. Mit dem zweiten Tritt riss er dem Typ die Beine weg, der schwer auf den Boden fiel.

"Schon gut, schon gut, ich hau ja ab."

Verzweifelt versuchte er wieder hochzukommen, stützte sich mit beiden Händen auf dem Boden ab. Smile hatte die Leute um sich herum auffordernd angesehen und einer aus der Menge gab ihm Feuer für die Zigarette. Smile machte zu den Wartenden eine einladende Geste in Richtung Tür. Scherzte mit der einen oder anderen Frau und klopfte den männlichen Begleitern jovial auf die Schulter.

Nebenbei trat er den Dicken am Boden mit dem Absatz auf den Handrücken und blieb darauf stehen. Obwohl der Mann noch immer wimmerte, drehte Smile sich, strich dabei die Haare aus einem Gesicht.

"Keine Aufregung die Damen und Herren. Es ist alles in Ordnung."

Sein Blick ging zu dem Mann am Boden, auf dessen Hand er noch stand.

"Ach herrjeh, was haben wir denn da? Mann Gottes, was machen Sie denn da unten? Kommen Sie, ich helfe Ihnen hoch."

Er nahm seinen Fuß von dem Handrücken herunter, streckte dem Mann seine Hand hin, um ihm behilflich zu sein. Der Dicke schüttelt angstvoll den Kopf, quält sich alleine hoch und machte sich davon. Smile lächelt, legte den Kopf auf die Seite.

"Also wirklich, Leute gibt es, dass glaubst du nicht!"

Smile täuscht hier auf dem Dachboden, mit seiner scheinheiligen Miene niemanden, sie wissen von seinen grausamen Abgründen. Außer Bomber. Wenn man Smile kontrollieren kann, dann ist er die ideale Besetzung für einen Coup wie heute. Wenn nicht, ist er ein Risiko.

Zaster mahnt zur Eile. Schließlich müssen sie sich noch in Bauarbeiter verwandeln.

Smile zieht aus dem Hosenbund einen Trommelrevolver, aus der Blousontasche zwei Speedloader. Er küsst den Lauf der Handfeuerwaffe, lässt den Revolver um den Zeigefinger wirbeln, lächelt und sieht von einem zum anderen.

"Also, what's up? Seit ihr bereit?"

Zwischen Bombers Augen entsteht eine tiefe Falte. Was soll diese amerikanische Scheiße? Wo sind wir denn? In Deutschland oder in Amiland?

"Quatsch deutsch."

Er sitzt auf einem Klappstuhl, nach vorn gebeugt, die Ellenbogen auf den Knien und bandagiert sich leicht seine Hände. Damit fühlt er sich einfach sicherer. Glaubt den besseren Griff zu haben. Die Bandagen sind nur ganz dünn angelegt, damit die feinen Lederhandschuhe darüber passen. Es liegt eine leichte Anspannung in der Luft, er möchte jetzt gerne einen Cognac trinken, aber das würde Zaster niemals dulden.

Tief im Inneren steigt so ein Gefühl von Beklommenheit hoch. Was ist mit den anderen? Fühlen die das auch? Verstohlen sieht Bomber von Einem zum Anderen. Da ist eine unmerkliche Distanz zwischen den Dreien und ihm. Die Drei gehen hier nur ihren Job nach, ihrer Arbeit, aber er, Bomber, ist der Einzige, der ein Ding dreht, einen Coup landet. Er setzt hier alles aufs Spiel. So fühlt sich wohl ein Jugendlicher, der bei Erwachsenen am Tisch sitzen darf.

Nein. So ist das nicht. Er hat Zaster nach einem Job gefragt und der hat ihn genommen, weil er gut ist, gleichwertig. Das stand ja außer Frage, schließlich war der damals lange genug dabei gewesen. Wäre doch gelacht, wenn er jetzt nicht mithalten könnte. Schließlich soll er nur den Wagen fahren. Und Auto fahren kann er. Die Drei tragen nur ein bisken dicke auf. Bomber klammert sich an diesen Gedanken. Zaster weiß ja von Ute und den drei Kindern.

Er wird ihn schon nicht in ein unnötiges Risiko hineinziehen. Er hat Zaster auch gesagt, dass er nur einmal mitmachen will, um aus der Misere raus zu kommen. Nur eine Chance für einen Neustart haben will. Vielleicht genug für einen Kiosk, eine Zeitungsbude oder eine kleine Kneipe.

Vor Scholle liegt ein angebissenes Butterbrot, Kaffee dampft aus dem Becher der Thermoskanne und sein Zeigefinger zeigt auf den umherwirbelnden Colt von Smile.

"Kannst du damit auch schießen oder nur jonglieren?"

Smile läßt die Kanone in die Hand schnellen und zielt auf Scholle. Mit einem kurzen harten Geräusch spannt sich die Abzugsfeder, als er den Hahn zurückzieht, ein kaltes Lächeln umspielt seinen Mund.

Bomber hält die Luft an, aber Zaster haut mit der flachen Hand auf den Tisch. Das würde jetzt noch fehlen, dass Stunk in die Truppe kommt.

"Nu kommt wieder runter Leute und lasst den Scheiß sein. Zum Tagesgeschehen. Noch einmal die Fakten. Auf der Rückseite der Pfandleihe steht seit vierzehn Tagen ein Gerüst. Die Fassade wird renoviert. Heute ist die Baustelle nicht besetzt. Den Nachschlüssel für die Haustür habe ich. Wir gehen über das Gerüst in den dritten Stock. Der Inhaber macht pünktlich um 13.00 Uhr Mittag. Er ist alleine. Er wohnt eine Etage tiefer, kann diese aber von der Pfandleihe aus direkt erreichen.

Das heißt, er schließt zuerst die Eingangstür seines Geschäftes zum Treppenhaus in der zweiten Etage ab, dann kommt er zurück, um über die Treppe in seine Wohnung in die Erste zu gelangen. Diesen Augenblick passen wir ab. Wir müssen durch ein Fenster rein, der Alte ist kein Hindernis. Er trägt die Tresorschlüssel bei sich. Wir ziehen jetzt die Arbeitssachen an und fahren sofort los. Bis zur Mittagspause des Alten werden wir dort auf dem Gerüst arbeiten. Alles klar?"

Smile versucht, selbst mit den Arbeitsklamotten ein modisches Outfit zu stylen. Widerlich die Klamotten, geht ihm durch den Kopf. Auch Arbeiter könnten sich einen gewissen Schick verpassen. Vielleicht wäre das eine Aufgabe für ihn, wenn er dieses Leben mal aufgibt. Er krempelt die Jackenärmel hoch, stellt den Hemdkragen auf, reibt mit den alten Schuhen an der Arbeitshose, bis er glaubt die edle Spur eines Glanzes auf ihnen zu erkennen.

Scholle tippt sich an die Stirn. Wer geht denn schon so aufgedonnert auf eine Baustelle. Er selbst versucht ungeschickt, den großen nackten Zeh verschwinden zu lassen, der, mit einem rissigen gelben Nagel bewehrt, aus der Socke hervorlugt.

Bomber ist schon umgezogen und kümmert sich um das Werkzeug, prüft die Wasserwaage, reinigt eine Kelle und sortiert alles in einen Eimer. Trüge er nicht die Handschuhe, könnte man glauben, dass er gleich eine Mauer hochziehen würde.

Zaster ist fertig, richtet seine Privatsachen akkurat auf dem Stuhl aus, während er seine Truppe beobachtet.

Smile kämmt sich die Haare, zieht eine Strickmütze darüber und versucht, sie mit verschiedenen Formen modisch auf seinen Kopf zu platzieren.

"Mann, Zaster. Wo hast du denn die Klamotten her. War da nichts anderes zu haben? Mach bloß kein Foto, das darf überhaupt keiner von den Kumpels sehen, dass ich malochen gehe."

„Vom Flohmarkt!"

Scholle grinst, steht gelassen mit gekreuzten Armen an der Wand. Er wirkt wie ein ewiger Bauhelfer. Groß, stark und stoisch, als ob er nur darauf wartet, dass es an die Arbeit geht. Jetzt reckt er sich, zeigt mit dem Finger auf Smile, der noch immer an seinem Outfit herumzerrt und zieht.

"Das Foto kannst du ruhig machen, das glaubt sowieso keiner, dass der malochen geht."

Bomber mit Bauhelm, Werkzeugeimer, Wasserwaage wartet an der Tür, als Zaster ihm überraschend, ohne Vorwarnung einen Autoschlüssel zuwirft. Ein Test, was sein alter Kumpel noch so drauf hat.

"Alles paletti, der Audi steht seit gestern Abend in der Kolberger Straße. Wird erst in drei Tagen vermisst. Der Halter ist zu einer Messe geflogen."

Reflexartig zuckt die Rechte von Bomber hoch, an der Innenseite seines Handgelenks blitzt für einen Moment die Tätowierung „Ring frei e. V." auf. Kurz bevor ihn der Schlüssel am Kopf treffen kann, fängt er ihn ab. Smile und Scholle machen erstaunte Gesichter, sehen sich an und nicken beeindruckt, was Bomber aus den Augenwinkeln heraus wahrnimmt. Zaster zeigt den rechten Daumen in Bombers Richtung, der den Respekt mit unbewegter Miene entgegen nimmt. Die Vier verlassen das Dachgeschoss. Das Schließen des Schlosszylinders in der Tür verliert sich im Geräusch ihrer Füße auf der Treppe.

Sie erreichen die Straße und gehen in die nächste Querstraße ohne aufzufallen. Der Asphalt ist an verschiedenen Stellen kaputt, ist löchrig. Drüben, auf der anderen Seite reden mehrere türkische Frauen miteinander, während sie ihre prallen Einkaufstüten schleppen. Am Eingang zum Park treten einige Jungs eine Blechbüchse vor sich her und der alte Kartoffelhändler steht, mit eine Flasche Bier in der Hand, in der Tür seines Ladens. Das Quartett bleibt an dem verstaubten Audi Kombi stehen. Bomber wartet, um einen Fahrradkurier vorbei radeln zu lassen. Dann probiert er den Schlüssel. Die Zentralverriegelung des Fünftürers springt auf. Sie verstauen ihre Werkzeuge und Rücksäcke auf der Ladefläche und steigen ein. Bomber lenkt den Wagen auf die Gerichtstraße, vorbei am Stadtbad, hin zum Nettelbeckplatz, Blinker links, Zaster nickt. "Nach Kreuzberg, Alter, nach Kreuzberg."

*

Im Gebäude des Landeskriminalamtes am Platz der Luftbrücke geht Kriminaldirektor Henschel, Anfang sechzig, mit gesenktem Haupt einen der langen Korridore entlang. Seine graumelierten Haare sind kurzgeschoren. Der magere Kopf mit den hohen Geheimratsecken hat etwas Vogelartiges. Die Hände, die aus dem grauen Flanellanzug hervorragen, sind langgliedrig, ebenso überdimensioniert, wie die Schuhe, die den weit ausgreifenden Schritten Halt geben. Henschel erreicht eine der graublauen Türen, hört das Stimmengewirr dahinter, atmet tief durch, strafft sich und drückt die Klinke herunter.

Die Gespräche im Raum verstummen, als der Kriminaldirektor sich zu dem Pult an der Front des Raumes begibt. Einen Moment lang sieht er in die zwanzig bis dreißig Polizistengesichter vor sich. Die Hände vor sich auf dem Tisch abgestützt beginnt er unvermittelt.

"Ihr wisst, um was es heute geht. Seitdem sich die deutschtürkische Solidarität im Drogenhandel gebildet hat, sind wir etwas ins Hintertreffen geraten. Sie haben neue Wege, neue Kuriere und neue Informationsströme aufgebaut. Wir müssen einen Erfolg verbuchen, um nicht den Anschluss zu verlieren. Dank der Kronzeugenregelung für Informanten und der Festnahme in der letzten Woche sind wir an einige entscheidende Details gekommen.

Die Einzelheiten sind ihnen vorab mitgeteilt worden. Ich erwarte, dass die Aktion „Schneefall" ein Erfolg wird. Danke. Gradutz, machen Sie weiter."

Kriminalrat Gradutz steht auf. Ein Kerl um die vierzig, mit dem üblichen gelblichen Teint eines Menschen, der überwiegend dem künstlichen Licht ausgesetzt ist. Einer der Strategen, die ihre Entscheidungen am Computer treffen. Etwas teigig im Gesicht und mit den ersten Fettpolstern an den Hüften. Mit der braunen Stoffhose, einem weißen T-Shirt und dem roten Jackett würde sein Erscheinungsbild nicht unbedingt in die engere Auswahl für das Titelcover einer Modezeitschrift kommen.

Schnaufend sieht er sich um, nickt seinem Vorgesetzten zu und hebt mit einer schrillen Stimme an.

"Die Verkehrsleitzentrale steht in direkter Verbindung mit uns. Wir erwarten die Fahrzeuge „Schneefall" in der Zeit zwischen 13.00 Uhr und 14.00 Uhr. Laut der Informationen handelt es sich um vier Fahrzeuge. Sobald die Spitze, also der sogenannte Späher, über die Kreuzung Yorckstraße / Mehringdamm gefahren ist, versuchen wir, mittels Ampelschaltung den Zug im Straßenabschnitt auf dem Mehringdamm zwischen Yorck- und Kreuzbergstraße zu isolieren. Die Einfahrt in und von der Hagelbergerstraße ist bereits seit gestern verboten.

Ein Bauwagen ist von uns dort aufgestellt. Heute sind unsere Leute mit Baumaschinen ebenfalls angerückt und richten eine Baustelle zur Tarnung ein. Ist „Schneefall" auf diesem Stück eingefahren, verursachen wir einen künstlichen Stau. Der Späher wird an der Spitze durch eines unserer Lieferfahrzeuge von den anderen getrennt. Die geparkten Autos auf dem Mittelstreifen gehören zu unserem Fuhrpark, sie sind seit Tagen dort nach und nach platziert worden. Einheiten der Feuerwehr und Krankenwagen sind in Bereitschaft. Wir gehen aber davon aus, dass diese nicht für einen akuten Einsatz gebraucht werden. Sie stehen präventiv bereit und können innerhalb von fünf Minuten am Einsatzort sein.

Mit dem Kommando „Zugriff" wird der „Schneefall" von unseren Leuten direkt angegangen. Wir erhalten Unterstützung von der Schutzpolizei, die gleichzeitig aus den Nebenstraßen der beiden Kreuzungsbereiche in den selektierten Abschnitt einfahren. Dabei werden Sirenen und Blaulicht eingesetzt, gegebenenfalls auch Blendgranaten, um eine Schockwirkung zu erzielen, die den Zugriffseinheiten die nötigen Sekunden Handlungszeitraum verschafft."

Kriminaldirektor Henschel hat aus dem Hintergrund den Ausführungen zugehört.

"Herbe!"

Ein circa 35jähriger stemmt sich von seinem Stuhl hoch, dreht sich zu den Zuhörern. Seine Augen wirken eher gelangweilt und seine ganze Mimik, mit den hochgezogenen Augenbrauen und den heruntergezogenen Mundwinkeln, drückt aus, dass er diese, soeben vorgetragene Theorie für überzogen hält, dass er aber als gewissenhafter Untergebener pflichtbewusst daran teilnimmt.

"Der gesamte Streckenabschnitt ist gesichert und mit unseren Einsatzfahrzeugen abgedeckt. Die Sicherung und Einnahme der „Schneefall" Fahrzeuge wird überraschend und innerhalb von 30 bis 45 Sekunden möglich sein. Unsere Leute sind nicht nur als Arbeiter, sondern auch als Passanten getarnt und postiert."

Kriminaldirektor Henschel sieht in teilweise gelangweilte Gesichter. Er erkennt in einigen das Desinteresse, weiß zu genau, dass viele der Anwesenden schon an ihren Feierabend denken. Ob das der alte Wegener da drüben ist, der gedankenverloren mit dem Kugelschreiber auf seinen Block Kreise malt oder der junge Beamte hinten rechts, der sich am Sack kratzt. Oder die beiden vorne, die immer wieder die Nasenflügel blähen, ein Zeichen unterdrückten

Gähnens. Oder Hübner, der verstohlen in seinem Gärtnereiprospekt blättert.

Henschel kennt sie alle. Routinemäßig erfüllt er den Plan.

"Noch Fragen?"

Kriminalrat Gradutz will wieder einmal seine außerordentliche Position unterstreichen, will zeigen, dass er mitdenkt, dass er selbständig handelt und Probleme erkennen kann, er hebt die Hand und erhebt sich halb vom Stuhl.

"Ja, hier."

Der Kriminaldirektor runzelt die Stirn und sieht zu ihm rüber. Was will denn jetzt der hier noch einbringen? Der soll nur nichts komplizieren.

"Was gibt es?"

Einen Augenblick zögert Gradutz, als ob ihm plötzlich Zweifel an seiner Frage kommen, aber dann gibt er sich einen Ruck, tippt auf das Blatt Papier in seiner Hand.

"Die Wagenbeschreibungen stimmen? Die sind sicher?"

Kriminaldirektor Henschel ist zugleich erleichtert über die Banalität der Frage, wie auch enttäuscht.

"Der Informant beschwört es."

Gradutz Murmeln hat etwas Entschuldigendes.

"War ja nur noch mal zur Bestätigung"

Henschel sieht wieder in die Runde. Nickt noch einmal zu Gradutz und wendet sich dann zu dem Mann an seiner Seite.

"Schon gut Gradutz. Dr. Kallig bitte."

Dr. Kallig steht auf. Klein, dicklich mit einer hohen Stirn. Die spärlichen Haare heben seine wulstigen Lippen noch ein wenig hervor. Während er zum Pult geht, putzt er sorgfältig seine Brille, die zwischen den dicken Fingern ein wenig zerbrechlich wirkt. Einen Augenblick hält er sie gegen die Deckenbeleuchtung und setzt sie dann auf. Erst jetzt scheint er die Menschen vor sich zu bemerken. Seine Stimme hat etwas Maßregelndes an sich, ein wenig Überhebliches.

"Meine Herren, ich habe mir Ihre Einsatzpläne ausreichend angesehen. Obwohl ein gewisses Restrisiko nicht auszuschließen ist, möchte ich Ihnen zu ihrer ausgezeichneten taktischen Vorbereitung gratulieren. Wie wir wissen, neigen Drogenkuriere im Allgemeinen nicht dazu, sich in aussichtslosen Situationen einer Festnahme zu widersetzen, zumal üblicherweise nur einer der Wagen den Stoff transportiert und somit die Insassen der anderen Fahrzeuge nicht zwangsweise mit einer Anklage rechnen müssen und ihnen eine Zugehörigkeit erst einmal nachgewiesen werden muss. Selbst dem Fahrer mit den Drogen muss erst einmal der wissentliche Drogentransport bewiesen werden, wenn der Stoff ausreichend geschickt im Wagen versteckt ist und er auf Unkenntnis darüber plädiert. Auf Grund dieser Tatsachen sehe ich dem heutigen Einsatz positiv entgegen."

Die Anwesenden lassen sich zu einem leichten Applaus hinreißen.

Wer genau in das Klatschen hineinhört, würde ein wenig Spott heraushören, aber nicht dann, wenn man von sich selbst so überzeugt ist, wie Dr. Kallig von sich.

In der hintersten Reihe beugt sich Guido Merselt zu Uwe Krawer.

"Wissen das die Gangster auch? Oder sollten wir ihnen vorher lieber Informationsbroschüren zukommen lassen?"

Kriminaldirektor Henschel unterdrückt ein Schmunzeln und entlässt die Versammlung. Im Gemurmel und unter Stuhlscharren löst sich die Gemeinschaft der Teamleiter auf.

*

In der Skalitzer Straße in Kreuzberg oder auch SO 36, wie dieser Teil Berlins früher genannt wurde, herrscht auf dem Pflaster reges

Treiben. Tagediebe, Kranke, Arbeitslose, Punks und Strebsame, sie alle begegnen und trennen sich 24 Stunden lang in Kreuzberg, im Vorzeigebezirk der multikulturellen Politik der Hauptstadt.

Die Ladenlokale liegen unscheinbar im Schatten der U-Bahn, die sich auf diesem Teil der Strecke über Tage als Hochbahn zeigt. Unbeeindruckt von den ratternden Waggons der Züge sortiert der Verkäufer frisches Obst und Gemüse in die Steigen vor dem türkischen Gemüseladen. Die Sicht durch den Laden hindurch reicht bis in einen, in diffuses Licht getauchten, Korridor.

Von hier aus zweigt ein Hinterzimmer ab. Dort sitzt, in dem völlig verqualmten Raum Hüssein, ein Türke undefinierbaren Alters. Um ihn herum stehen ein paar Monitore, auf denen Listen, Tabellen und Zahlen zu sehen sind. Angespannt verfolgt Hüssein die Bewegungen auf den Bildschirmen. Das Schrillen des Telefons bringt ihn nicht aus der Ruhe. Hüssein nimmt ab, ohne die Zigarette aus dem Mund zu nehmen.

"Evet (Ja) ?"

" Post ist da. In fünf Minuten geht ab."

Die Zigarettenasche macht sich selbstständig, löst sich von der Glut und fällt auf die Hose Hüsseins. Nachlässig, ohne wirklich darauf zu achten wischt er sie herunter. Zurück bleibt eine Spur Grau, die er in den Stoff gerieben hat. Den Rest der Zigarette drückt er in dem übervollen Aschenbecher aus.

"Gut! Kontrollpunkte klar? Check Mehringdamm Ecke Blücherstraße letzte."

Veysel dämpft die Stimme.

"Alles klar, nur Handzeichen."

Hüssein grinst. Er weiß, wie Veysel sich gerade benimmt, wahrscheinlich duckt er sich devot. An der Stimme kann er die Reaktionen des Mannes am anderen Ende der Leitung genau einschätzen. Er zündet sich eine neue Zigarette an. Veysel, pah, ein einfacher Botengänger, der in der Organisation nie aufsteigen wird.

Hüssein saugt an dem aufgeweichten Ende der filterlosen Zigarette, während er den Qualm durch Mund und Nase herauslässt, greift er nach einer Tasse Tee.

"Tamam (gut), Telefone aus. Wenn Problem, warten, Ruhe, nicht sprechen."

"Telefon aus. Ende."

Walter, der das Gespräch mitgehört hat, löst sich von Veysels Seite. Zusammen mit dem Rest der Gang gehen sie zu den drei Autos auf dem Parkplatz. Walter, Torsten und Stefan steigen jeder in eins der Fahrzeuge. Veysel in den Opel Vectra, mit dem sie hierher gekommen sind. Er fährt als Erster ab, die andern drei Wagen reihen sich hinter ihm ein.

*

Die Tür in der dritten Etage verbirgt einen großen Raum, der von einer ungefähr acht Meter langen Reihe von Schaukästen dominiert wird, die sich links von der Tür aus nach vorne erstrecken. Sie bestehen überwiegend aus abschließbaren, gläsernen Kästen, die auf Stahltischen montiert sind. Die vergitterte Front mit ihrer Drahtverstärkung am Ende des Raumes, in deren Mitte eine große Klappe ist, die den Blick auf ein, im Stil der Gründerzeit eingerichtetes, Büro freigibt, wirkt unüberwindbar.

Neben der Klappe ist im Drahtgeflecht eine Tür eingelassen. Die Wände sind mit Regalen und Schränken zugestellt, die nur an der rechten Wand vom Treppenabgang unterbrochen sind, der in die Wohnung in der zweiten Etage führt. Zwei alte, schwere Kronleuchter geben diesem Raum eine warme, weiche, fast nostalgische Atmosphäre.

Der alte Mann hinter der Klappe seiner Pfandleihe, hat eine Lupe in die Augenhöhle geklemmt und begutachtet einen Ring. Vor dem

Tresen steht eine ältere Frau, sieht ihn erwartungsvoll an, knetet das dunkelblaue Tuch mit ihren Händen. Die dünnen weißen Haare werden im Nacken von einer Spange gehalten. Ihre Lippen bewegen sich unablässig. Das schwarze Kostüm und die weiße Bluse haben schon bessere Zeiten gesehen. In ihren Augen ist ein wässriger Glanz. Jetzt nimmt der Alte die Lupe vom Auge und schüttelt den Kopf.

"Also wirklich nicht, Teuerste, ihre Vorstellung vom Wert des Rings ist in keiner Weise realitätsbezogen."

Noch einmal schüttelt er den Kopf. Kurz kommt ihm die Überlegung, ob er ihr das Geld geben soll, das sie sich erhofft. Der Ring ist es allemal wert. Tut er es, ist die Wahrscheinlichkeit nicht sehr groß, dass sie ihn wieder einlösen kann.

Die kleine Frau macht die hilflose Bewegung, sie hat so viel Hoffnung in ihn gesetzt. Versteht er denn ihre Not nicht? Er hat so viel Geld. Sie will doch nichts geschenkt. Er braucht ihr doch nur etwas leihen, sie gibt es doch zurück. Ganz bestimmt. Vielleicht wenn sie ihm es erklärt.

"Ja aber ich brauche die 500,-- doch für meinen Enkel. Wenn er seine Mietschulden nicht begleicht, muss er aus seiner Wohnung ..."

Er will diesen Ring und er will ein Geschäft machen, will den größtmöglichen Profit herausschlagen, das ist sein Job, sein Leben. Er entnimmt der Kasse Geldscheine. Zwei Fünfziger, zwei Zwanziger, sechs Zehner. Das ist Psychologie. Verführung durch das Rascheln der Scheine. Viele Scheine, blättern, durchzählen. Das sieht viel aus. Die Frau hat keine Reserven. Die Bündchen an der Kostümjacke sind schon hell, abgestoßen. Sie wird auch eine geringere Beleihsumme nicht zurückzahlen können. Ihr Enkel wird dafür sorgen, dass bei Oma das Geld knapp bleibt.

"Also beim besten Willen nicht. Hier, ich gebe ihnen 200,--. Vielleicht bekommen Sie den Rest woanders zusammen, ich kann den Ring nicht höher beleihen."

Die Frau schluckt schwer, Tränen steigen ihr in die Augen, aber sie nimmt die Scheine. Sie wird dem Vermieter des Enkels ein Geschäft anbieten. Diese zweihundert und dreimal monatlich einhundert. Sie kann ein Schluchzen nicht unterdrücken. Günter, Gott hab ihn selig, wird es ihr verzeihen, dass sie den Ring nie wieder tragen wird. Mit einem dumpfen Plopp, fällt die Tür hinter ihr zu. Der Pfandleiher lächelt, nimmt den Ring, poliert ihn an seiner alten Jacke.

"Komm mein Kleiner, du kommst gleich auf die Seite. Du musst nicht warten, sie wird dich sowieso nicht mehr abholen. Du bist ein wirklich schönes Stück."

Er schlurft zu dem Tresor im Schreibtisch und deponiert den Ring. Eine erlesene Arbeit. Reiner Stein, guter Schliff, edle Fassung. Der Tag hat sich schon jetzt gelohnt.

*

Die Tabletten liegen unberührt neben dem Wasserglas auf dem Nachtisch neben dem Fotorahmen. Das Foto zeigt einen jungen Mann als Polizeischüler, der stolz seine Ernennung in den Kriminaldienst in die Kamera hält. Der kleine dünne Mann zieht sein Bein leicht nach, als er ins Wohnzimmer geht.

*

Im ersten Stock über der Spielhalle „Win Pin", dem karg eingerichteten Pseudogeschäftsbetrieb, mit nur wenigen Automaten und einem kleinen Getränkeausschank neben der Kasse, am Mehringdamm, sitzen Hyatin und Erdogan bei einer Tasse Tee. Die paar Gestalten und die wenigen Spielabhängigen, die sich mit Einbruch der Dunkelheit einfinden, um ihre Sucht zu befriedigen, wären nicht profitabel, decken mit ihren Einsätzen gerade mal die Betriebskosten.

Im Türrahmen lehnen Robert und Cemal. Die Vorhänge, in dem mit zusammengewürfelten Möbeln ausgestatteten Raum, sind zugezogen. Der dünne Schein der nackten Glühbirne an der Decke gibt der Szenerie ein billiges Dasein. Der abgewetzte Teppich, die fleckige Ledergarnitur unter dem Fenster und der gekachelte Tisch in der Mitte unterstreichen den Eindruck der Minimalität. Zwischen preiswerten Naturholzregalen und dem wackeligen kleinen Teewagen, sticht der polierte Schreibtisch extrem heraus. Das ist Erdogans Thron.

"Pass auf Hyatin, heute kommt Post mit große Ladung. Weißt Du - 25 Kilo. Gilt für alle – gut, sehr gut aufpassen. Vielleicht planen Albaner was, vielleicht wissen Bullen was. Wenn Problem, dann hier Tür halten, bis isch weg mit Papiere. Klar?"

"Klar … ist klar Mann."

Hyatin entblößt seine lückenhaften Zahnreihen. Die restlichen verbliebenen Stummel sind gelblichschwarz anzusehen. Er schiebt das Undefinierbare, auf dem er herumkaut, von einer Seite auf die andere, schnieft kurz mit der Nase, nickt betont lässig.

„Wie immer. Wie immer."

Scheiß Überheblichkeit. Großschnauze. Angeber. Will sich nur vor dem Kartoffelfresser wichtigmachen. Erdogan fasst Hyatin energisch am Arm, seine Augen treten hervor, seine Stimme zischt, wird lauter.

"Nichts wie immer. Alles immer neu. Verstehst du? Alles immer neu. Klar?"

Hyatin zuckt zusammen. Verdammt, er hat sich wieder einmal verquatscht. Dabei wollte er nur vor den anderen demonstrieren, dass er die rechte Hand vom Boss ist, dass er dazu gehört. Das er Bescheid weiß. Damit der Deutsche gleich klar sieht, wie hier die Posten vergeben sind. Scheiße, Erdogan, diese Wanze, macht nur so dicke, weil er das Kommando hat. Der macht ihm keine Angst, aber die Familie. Hyatin zögernd, steht auf.

"Alles klar, ist klar. Ist immer neu.

Erdogan blickt Hyatins noch einmal eindringlich ins Gesicht. Lehnt sich zurück, entspannt sich und greift nach einer Zigarette. Hyatin beugt sich hastig vor, gibt ihm Feuer, geht zurück zur Tür. Erdogan stößt den Rauch in die Luft.

"Paßt bloß auf. Post kommt pünktlich um halb zwei. Alles klar?"

Hyatin nickt, sieht zu Cemal und Robert, ob die ihn etwa wegen der Zurechtweisung von eben auslachen? Nein. Ihr Glück aber auch. Jedenfalls kann er nichts erkennen.

"Natürlich alles klar."

Mit einer lässigen Handbewegung entlässt Erdogan sie.

"Tamam (gut). Yalla (ab hier)!."

Hyatin dreht sich zu Robert und Cemal. Es tut ihm gut, dass auch der Deutsche unter seinem Kommando steht. Wäre ja auch noch schöner anders herum. Diese Wichser tun alles für Geld. Haben keine Ehre und keinen Stolz. Feige sind sie, lassen sich ihr Land unter ihren Händen wegnehmen und helfen auch noch dabei. Für Kohle buckeln die vor jedem. Sein Ton ist barsch.

"Also, ihr habt gehört was Boss gesagt hat. Raus jetzt, ab hier."

Die beiden stoßen sich vom Rahmen ab und schlendern in Richtung Treppe. Hyatin folgt ihnen, dreht sich noch einmal im Türrahmen um.

"Alles klar, alles unter Kontrolle, ich lass hier keinen rauf."

Erdogan nickt, wedelt mit der Hand, fühlt sich eher belästigt und geht zum Fenster, sieht auf den Mehringdamm, der in der Mitte durch einen Parkstreifen geteilt ist. Diese Hauptverkehrsstraße ist gut gewählt für die Abwicklung der Geschäfte. Hier wechseln Lieferanten, Versorgungsfahrzeugen und eilig hastenden Fußgängern ständig die Positionen. Schwer zu kontrollieren. Ein

Wohngebiet mit vielen Geschäften und Betrieben, im Zentrum der Großstadt. Hyatin steht noch immer wartend im Türrahmen, als Erdogan ihn abblafft. "Schon gut. Yalla (ab hier)!"

*

Im zweiten Obergeschoss des Hauses gegenüber der Spielhalle, hat die Polizei ihre Einsatzzentrale aufgebaut.

Die großen Drehfenster eignen sich hervorragend für eine Observation. Der dünne Store vor dem Glas lässt keinen Einblick von außen zu, erlaubt jedoch die Sicht von innen nach außen. Das Tageslicht ist hell genug, so dass man die Neondeckenbeleuchtung nicht benutzen muss, was eine Anwesenheit verraten könnte. Die Polizeiverwaltung hat Glück gehabt, dass die Räume nicht benutzt waren und die zuletzt hier ansässige Firma ihr Mobiliar nicht abgeholt hat. So konnte man hier mit geringstem Aufwand die Zentrale „Schneefall" einrichten. Die Büros liegen direkt über der Einfahrt zum Innenhof des Gebäudes, den man bereits gesperrt hat, um dort die Einsatzkräfte zu sammeln.

Kriminaldirektor Henschel ist unruhig. Die Zeit scheint nicht zu verrinnen. Wieder blickt er auf die Uhr.

"Haben wir denn schon etwas von den Fahrzeugen? Eine Uhrzeit? Oder einen genauen Zielort?"

Kriminalrat Gradutz blättert konzentriert in einigen Papieren. Er sieht nicht hoch. Fast automatisch, aus dem Unterbewusstsein heraus antwortet er.

"Nein, haben wir nicht. Der Zeuge wusste keine weiteren Streckendetails. Da hat die Bande ein gutes System ausgeklügelt. Niemand weiß alles. Aber sein Abschnitt zur Betreuung war dieser hier, deshalb müssen wir an diese Chance glauben."

Er macht eine kleine Pause

"Wo kommt eigentlich die Idee mit dem Auftritt von diesem Dr. Kallig her?"

Henschel tritt wieder an das Fenster heran. Er trommelt nervös mit den Fingern auf die Fensterbank, überlegt einen kurzen Augenblick. Stimmt, das war ein Auftritt, mehr nicht, da hat Gradutz recht.

"Das ist höhere Polizeipsychologie. Mit diesem Vortrag will man den beteiligten Beamten die Anspannung nehmen und ein Gefühl von Normalität für den Einsatz aufbauen. Das kann in Stressmomenten eine besonnene Handlungsweise unterstützen", meine Güte hört sich das flach an, geht ihm durch den Kopf, "oder so."

Er wischt, verärgert über seinen eher dürftigen Erklärungsversuch, mit der Hand durch die Luft

"Sind alle auf Empfang? Stehen die Handyverbindungen?"

Kriminalhauptkommissar Herbe, in einem Sessel hinter einer Zeitung in Deckung, in der er eifrig die Annoncen unter der Rubrik "Suche / Biete" studiert, in der Hoffnung ein Aquarium mit mindestens 750 Liter zu finden, senkt nicht einmal das Blatt, liest weiter.

"Haben wir doch schon x-mal gecheckt."

Das reicht Henschel, der noch die Schwäche seiner gerade gegebenen Antwort fühlt. Das weiche Gefühl in den Knien und das flaue Ziehen im Magen, wenn er etwas nicht schlüssig erklären kann. Diese Spur von Unsicherheit, wenn Fragen gestellt werden, die nicht aus einem Lehrbuch sind. Wenn sein Improvisationstalent gefordert ist. Er muss hier deutlich machen, wer Führungskraft ist und wer nicht. Es steht zu viel auf dem Spiel, als dass sich plumpe Vertraulichkeiten einschleichen dürften. Konsequent und nachdrücklich sein heißt es bei der Personalschulung für die leitenden Positionen. Souveränität ausstrahlen.

"Das weiß ich! Aber ich will, dass Meldungen abgesetzt werden!

Auffälligkeiten, Probleme, Standortveränderungen ...."

Herbe seufzt, lässt die Zeitung sinken und beugt sich zu dem Funkgerät, seine Stimme bleibt emotionslos.

"Achtung, Achtung, „Schneefall" an alle. Regelmäßige Meldungen absetzen über Auffälligkeiten, Probleme ... Station 1 ..."

Der Kriminaldirektor hat sich wieder beruhigt, sieht verstohlen zu Herbe hinüber. Mist, da hat er sich gehen lassen. Dieser Kriminalhauptkommissar Herbe ist nun schon lange genug dabei, der Anranzer war unnötig gewesen. Das Absetzen ständiger Meldungen dient sowieso nur zu seiner eigenen Beruhigung. Es tut gut zu hören, dass alles optimal vorbereitet ist. Diese ewigen Selbstzweifel machen manchmal verrückt. Ständig ein Minderwertigkeitsgefühl bekämpfen zu müssen, wenn man die Erfolglosigkeit der Polizeiarbeit im Kampf gegen das Verbrechen überdenkt. Sie werden stetig hilfloser, geraten gegenüber dem organisierten Verbrechen immer mehr in Rückstand. Er, Henschel, will mit der heutigen Aktion ein Zeichen setzen. Aber Herbe kann ja nichts dafür.

"Wir müssen die Brüder endlich bekommen. Der Organisation muss ein Schlag versetzt werden. Es muss klappen."

Herbe nickt hinter seiner Zeitung. Schon gut. Er hat die Entschuldigung verstanden. Dr. Kallig kommt aus dem Hintergrund zu Henschel, wischt sich die Krumen eines Käsebrötchens aus den Mundwinkeln, putzt seine Brille. Er legt Henschel seine Hand auf den Arm.

"Ruhig Henschel, ruhig. Es ist doch alles optimal vorbereitet."

Kriminaldirektor Henschel spürt einen Augenblick den beruhigenden Druck auf seinem Arm, ein Zeichen dafür, dass er nicht alles alleine tragen muss.

"Ich weiß. Ich weiß. Aber es macht mir schon Sorgen, dass die Knalltüten vielleicht doch schießen könnten. So ganz komplett können wir die Bevölkerung vor Ort nicht raushalten, ohne uns zu verraten."

Dr. Kallig wiegt den Kopf, nimmt seine Brille ab und putzt sie.

"Ja, aber für die Einschätzung bin ich ja geholt worden. Glauben Sie mir, die Kuriere selber neigen in den seltensten Fällen zur Gewalt. Das sind bloß die Transporteinheiten. Die wissen genau, dass zig Anwälte bereit stehen, die sie eventuell wieder rauspauken. Gewalt üben die nur aus, wenn es um Revierstreitigkeiten mit anderen Gangs geht. Oder wenn gegen die Geschäftsregeln verstoßen wird.

Der Wagen wird halten, sobald der Fahrer den Motor abgestellt hat schlagen wir zu. Für jedes einzelne Fahrzeug steht ein Team bereit. Vertrauen sie mir. Bei dieser Polizeipräsenz bleiben die Brüder ganz ruhig. Und außerdem hat der Innensenator dafür die Verantwortung übernommen."

Henschels leises „pfft" geht unter. Er wandert wieder auf und ab. Bleibt erneut vor der Fensterscheibe stehen, wippt auf den Zehen und sieht auf das Treiben da unten. Die Kinder, die noch unbeschwert mit dem Roller fahren oder sich um Kleinigkeiten streiten, wie der, wer an Mutters Hand laufen darf. Die Jugendlichen, die sich breitbeinig produzieren und doch nur hoffen, dass niemand ihre Herausforderung annimmt.

Er sieht den Autofahrer, der mal wieder die Parkgebühr nicht bezahlt hat und sich diebisch freut, dem Staat ein Schnippchen geschlagen zu haben. Auf der gegenüberliegenden Seite fährt ein Rettungswagen der Feuerwehr mit Blaulicht vorbei und lenkt den Blick des Kriminaldirektors wieder auf das Win Pin. Vielleicht liegt gerade ein Süchtiger in dem Rettungswagen, einer, der von den Dealern an das Scheißzeug gebracht wurde, die sie heute versuchen zu fassen.

"Ihr Wort in das Ohr der Verbrecher, Dr. Kallig."

12.15 Uhr

Die Bedienung im Café Breslau serviert eine Mahlzeit.

Heute läuft das Geschäft mau, nicht wie an den Tagen, an denen Markt ist, der dreimal in der Woche gegenüber auf dem Platz vor dem Rathaus stattfindet. Hinten auf dem Stehtisch stehen noch zwei leere Kaffeetassen, die sie eigentlich abräumen müsste, aber sie hat keine rechte Lust. Der Chef kommt sowieso erst am Nachmittag im Café vorbei.

Gelangweilt geht sie zur Kasse zurück und blickt ab und zu hoffnungsvoll auf die Tür, erwartet die üblichen Stammgäste, denkt an den Feierabend. Hauptsache ihr Macker kommt nicht wieder besoffen nach Hause und ihm fällt der Kerl wieder ein, dieser Ricky Martin Verschnitt, dem sie hier nett zugelächelt hat. Wenn ihrem Kerl das erneut in den Kopf kommt, wird es wieder ungemütlich für sie. Nur gut, dass er nichts von den gelegentlichen Quickies auf dem Parkplatz, der sonst als Marktfläche herhält, weiß, die sie sich gönnt, wenn sie Spätschicht hat.

Mal sehen, was heute noch für ein Schnittchen auftaucht. Vielleicht wieder der Verrückte, der sie überredet hatte, sich von ihm mit der Hand den Arsch versohlen zu lassen, um dann ihr gerötete Hinterteil mit der Zunge zu verwöhnen. War eine tolle Erfahrung gewesen.

Ihr Kollege zapft ein paar Biere für die wenigen Gäste am Tresen. Die Zigarette wippt in seinem Mundwinkel, er kratzt sich am Hintern und starrt auf die Uhr an der Wand. Erst 12.15 Uhr. Wieder so ein Tag, an dem die Welt still zu stehen scheint. An dem nichts passiert. Den man einfach nur stupide an sich vorbeilaufen lässt. Mit einem Ohr nimmt der Zapfer die Gesprächsfetzen am Tresen wahr. Es geht wie immer um dicke Titten in der letzten Nacht, um breitere Reifen und darum, dass die besten Politiker für die Probleme dieser Erde hier am Tresen sitzen. Das Gelaber ist ihm eigentlich egal, das löst seine Schulden auch nicht ab. Mal überlegen, wie er übermorgen den Gerichtsvollzieher wieder austricksen kann.

*

Der sechzigjährige Hausmeister sitzt am Tisch der Essecke in seiner Küche und denkt an die Gewerbehöfe, hier in der Gerichtstraße, im alten Berliner Arbeiterbezirk Wedding. Ihm graut vor der soundsovielten Auseinandersetzung mit dem Jugoslawen, der seinen Druckereimüll wieder einmal vom Hof nehmen soll. Dieses ewige Diskutieren und Herumschreien. Ach nee! Jetzt ist erst einmal Mittagspause. Die Ärmel des Kittels sind hochgekrempelt, das Basecap in den Nacken zurückgeschoben, die Zeitung, die er heute früh von dem Jungen frisch und glatt bekommen hat, ist zerknautscht und fleckig. Als seine dicke Frau hereinkommt, reißt sie ihm die Tageslektüre aus den Händen, stößt ihm das Basecap vom Kopf und meckert.

"Du alter Schweineigel, mach dass du ins Bad kommst und wasch dir die Pfoten. Kramt den ganzen Tag im Müll rum, kratzt sich am Sack und setzt sich dann hier an den Tisch. Altes Schwein."

Ohne sie anzusehen steht er auf und latscht ins Badezimmer, wäscht sich die Hände, dämpft vorsichtshalber seine Stimme.

"Halt bloß die Klappe, du blöde Kuh. Halt bloß einmal die doofe Schnauze"

Seine Frau schimpft wie jeden Tag aus der Küche leidenschaftslos weiter. Er kann hören, wie die Kelle an den Topf schlägt, wenn sie Eintopf in einen Teller füllt.

*

Der Audi mit der Räubergang hat Kreuzberg erreicht.

"Bomber, fahr hier links in die Methfesselstraße. Park da ein."

Scholle begutachtet neugierig die Gegend wie ein Tourist, der auf der Suche nachdem Besonderen ist, das nur ihm auffällt.

"Sieht doch alles ganz koscher aus."

Die Naivität ringt Zaster ein Lächeln ab. Scholle plagen weder Gewissen noch Zweifel

"Natürlich, oder glaubst du, dass ist ein ganz besonderer Tag für die Gegend hier?"

Smile versucht sein Konterfei in der Scheibe zu erkennen. Mit seinen Händen streicht er die Haare glatt.

"Scholle vermisst die Ehrengarde. Er kriegt den Salut – aber die Weiber sind für mich."

Immer muss dieser geschniegelte Sack ihn aufziehen. Scholles Augenbrauen ziehen sich zusammen. "Also, nu mal ..."

Zasters Augen taxieren die Kumpane.

"Leute, macht halblang. Ewig eure Ankotzerei. Schluss damit, bis die Chose gelaufen ist!"

Scholle nickt Zaster zu.

"Schon gut. Alles ist cool."

Smile grinst und kneift Scholle mit Daumen und Zeigefinger in die Wange.

"Right. Alles cool."

Bomber, wirkt ein wenig verkrampft. Sieht käsig aus, starrt nach draußen. Zaster stößt ihm in die Seite.

"Cool?"

Bomber zuckt zusammen, zuckt hoch.

"Ja, klar ... alles in Ordnung."

Zaster klaubt eine Zigarette aus der Packung, klopft den Tabak auf dem Daumennagel fest, steckt sie in den Mund, zückt sein

Feuerzeug, zündet sie an. Er fährt die Scheibe herunter, bläst den Qualm nach draußen.

"Bomber, noch einmal. Du lässt die Karre hier stehen. Gehst gemütlich in den „Kaiserstein" und machst Mittag. Aber keinen Alkohol. Um 13.15 Uhr bezahlst du, gehst zum Auto. In aller Ruhe. Gegen 13.20 Uhr sitzt du im Auto. 13.25 Uhr startest du den Wagen und rollst langsam zur Kreuzbergstraße. 13.30 Uhr kommen wir um die Ecke, steigen ein und weg sind wir. In aller Ruhe. Alles klar?" Bomber sieht Zaster an.

"Allet klaro, allet jebongt."

Zaster dreht sich zu den beiden auf der Rückbank. Jetzt gibt es kein Zurück mehr. Jetzt sind sie eingeschaltet. Da ist sie wieder, die Sucht, die sie vorantreibt. Es pulsiert in den Adern. Der Reiz des Spiels, sich selbst als Einsatz zu setzen. Das eigene Leben, die Freiheit zu riskieren. Ohne zu wissen, wie hoch der Lohn sein wird. Du hoffst auf den Gewinn, auf seine Höhe, den Glanz den er dir verleiht, seine Einzigartigkeit, aber du hast keine Gewissheit, keine Garantie auf den Sieg. Du spielst mit offenen Karten gegen die Bank. Du weißt nicht, wie dein Gegner reagiert, welchen Zug er macht. Keiner kennt die Unbekannten in der Rechnung.

Zaster atmet tief durch. Ja, er fühlt wie ein Eroberer, der niemals weiß, welche Gefahren hinter der nächsten Biegung, dem nächsten Busch lauern. Das macht den Reiz aus. Adrenalin zu spüren und am Ende lachen zu können, auch über die grauen Gestalten, die an ihnen monoton und verbittert vorbei treiben und sich niemals darauf einlassen würden. Das ist ihr Treibmittel, ihr Elixier.

Organisierte Risiken und Abenteuer mit Netz und mit doppeltem Boden sind bedeutungslos gegenüber dem Spiel um Alles oder Nichts. Einen Coup zu landen, hat ein Gefühl von ursprünglichem Leben, von Urwüchsigkeit. Sie sind nicht wirklich böse, sie machen lediglich aus einem Park wieder den Urwald, der er vorher einmal war. Das Fieber der Gefahr treibt sie vorwärts.

"Na, dann wollen wir mal, Kolonne Gerüstreinigung Abmarsch."

Scholle überlegt, seine Stirn zeigt. "Hoffentlich fall ich da nicht runter." Smile verzieht belustigt den Mund.

"Und ich werde mich bemühen, keine Schwielen zu bekommen." Bomber fühlt sich gezwungen auch etwas zu sagen.

"Allet wird jut, bis jleich denn ..."

Scholle steigt aus, hält inne, klopft Bomber auf die Schulter, drückt sie einen Augenblick lang.

"Bis gleich Bomber"

Sogar Smile knufft den Boxer auf die Schulter.

"Bis gleich. Aber pünktlich."

Zaster, schon ein Bein aus dem Auto, reckt den Daumen nach oben.

"Bis gleich, Bomber. 13.30 Uhr an der Ecke."

Bomber nickt. Der winzige Augenblick der Gemeinsamkeit, der Verbundenheit und des Zugehörigkeitsgefühl ist mit dem Zuschlagen der Autotüren abrupt beendet. Er fühlt sich plötzlich seltsam matt. Er spürt nicht das Adrenalin, wie die anderen. Er riecht den Schweiß der anderen, aber nicht ihre Erregung. Er schmeckt den kalten Qualm der Zigaretten und er denkt an die Kanonen, die sie tragen.

Er will raus aus dem Auto, er kann die Enge nicht länger ertragen, sie erdrückt ihn, würgt ihn, macht ihn hilflos. Am liebsten würde er sofort rausspringen, aber die drei sind noch am Wagen. Haltung bewahren. Lässig sein. Cool bleiben. Die drei öffnen die Heckklappe und holen ihre Arbeitsutensilien raus. Zaster Blick kontrolliert alles.

"Los, keine Müdigkeit vortäuschen."

Scholle schwingt sich zu einem Witz auf und schmeißt sich darüber fast selbst weg.

"Wann ist denn Pause Chef?? He, he, he!"

Er lacht knarrend alleine darüber, aber das fällt ihm nicht auf.
Smile gibt ebenfalls seinen Senf dazu.
"Vielleicht sollten wir erst einmal einen Betriebsrat wählen." Zaster schaltet sich mit einer Spur von Bestimmtheit ein.
"Quatscht nicht so viel und schaut nach unten, damit die Leute sich nicht so leicht nicht an eure hässlichen Gesichter erinnern können."
Die drei gehen zur Ecke Mehringdamm und KreuzbergStraße, steigen die wenigen Stufen zum Eingang des Hauses mit der Pfandleihe hoch. Zaster schließt die Tür auf und die drei verschwinden im Hauseingang.

*

Über die Warschauer Brücke rollt der kleine Konvoi mit Veysel und seinen Leuten. Der Kontrollposten, ein unauffälliger Fußgänger, der die Fahrzeuge vor und nach ihrer Durchfahrt beobachtet, kann keine Auffälligkeiten erkennen. Nichts deutet auf eine Observation hin. Die vier Fahrzeuge fallen im ständigen Vorwärtsdrängen aller Verkehrsteilnehmer nicht auf. Niemand scheint sie zu verfolgen. Der Posten gibt die Meldung an Hüssein in der Zentrale weiter.
In der Skalitzer Straße, vor dem Lebensmittelladen, stehen ein paar Leute um Hüssein herum. Der Türke blinzelt in die Sonne, während er an einer Zigarette zieht. Die Männer tuscheln miteinander. Ein junger Türke bringt ein paar Schalen Tee nach draußen. Die Männer scheinen die vier Autos nicht zu bemerken, die im Strom des Straßenverkehrs vorbeirollen. Als die Autos den Laden passiert haben, löst sich Gruppe langsam auf. Hüssein verschwindet wieder ins Hinterzimmer.

*

Vor dem Café am Olivaer Platz sitzen ein paar Herren in teuren Lederjacketts oder Armanianzügen. Solariumgebräunt, mit schweren Goldarmbändern und -ringen. Sie genießen den Tag. Handies klingeln. Hin und wieder ein Blick auf ihre kostspieligen

Armbanduhren. Die Gruppe ist entspannt und es hat den Anschein, als würden sich alle amüsieren. Einige schöne Frauen runden das Bild ab.

Britta, die Brünette mit dem Puppengesicht nippt am Prosecco und lächelt jedem freundlich zu. Janett, ein glutäugiges, schwarzhaariges Mädchen um die Zwanzig, schlägt ihre scheinbar endlos langen Beine übereinander und gähnt, was ihr einen mahnenden Blick von Wilfried einbringt und sofort setzt sie eine aufmerksame Miene auf. Karla hat ihre Augen hinter einer Sonnenbrille versteckt und genießt die Sonne auf ihrem großzügig präsentierten Dekolletee. Belustigt nimmt sie nebenher war, dass Karl immer wieder zu ihr herüberstarrt und sich bemüht, dass Hagen, ihr Kerl, davon nichts mitbekommt.

Den Gesprächsstoff liefert natürlich der große Deal am heutigen Tag und die Jungs, die damit unterwegs sind. Die heutige Investition ist ein Thema und die daraus resultierenden künftigen Geschäfte. Hagen, der schwergewichtige Glatzkopf macht deutlich, dass man sich mit den Eselstreibern zwar auf Geschäfte einlassen kann, man sie deshalb aber nicht nach Hause einladen muss.

„Der Esel gehört in den Stall und nicht in das Wohnzimmer!"

Eine große dunkle Geländelimousine fährt vorbei und spielt zweimal ihre Musikfanfare ab. Gäste an anderen Tischen mokieren sich über diesen Spinner, diesen Angeber. Die Männer um Hagen wissen es besser, sie haben auf dieses Zeichen gewartet, lehnen sich zufrieden zurück und bestellen eine Runde Champagner.

*

In der Wohnung über dem „Win Pin" steht Erdogan an der großen Wandtafel und steckt verschiedenfarbige Karten. Blau für Grundschulen, Grün für die Gymnasien, gelb für die Yuppies, rot für Promis und ein weißer Karton für die freien Verteiler. Er macht sich Notizen. Der Stoff ist zurzeit in der Stadt knapp. Also muss der halbe Zentner, nachdem er gestreckt ist, strategisch geschickt verteilt werden.

Das Strecken ist zudem eine Aufgabe, die nicht einfach so erledigt werden kann. Nicht die ganze Lieferung sollte im gleichen Verhältnis behandelt werden. Für die Schulen kann mehr Dreck hinein, bei den Bonzen aber muss der Stoff hochwertiger sein und für den Kiez ist wieder eine andere Mischung notwendig. Da muss das Zeug etwas taugen, denn die Zwischenhändler basteln meistens auch noch daran rum, um etwas für sich selbst abzuzweigen.

Immer wieder tauscht er die Zahlen auf den Karten aus und schiebt sie hin und her. Die Lieferung ist praktisch schon verkauft. Die Allianz wird ihn daran messen, was er aus den 25 Kilo am Ende an Baren herausholt. Wenn er besser abschließt, als die anderen, die ihr Zeug reinbringen, kann das seinen Aufstieg im Management womöglich beschleunigen.

*

Nervös lässt Kriminaldirektor Henschel zum wiederholten Male die bereitgestellten Einsatzmittel überprüfen. Immer wieder will er die Bestätigungen haben, dass die Funkverbindungen, die Videokameras und die Polizeikräfte einsatzbereit sind. Vor allem die Männer müssen hellwach sein. Man hat sie extra erst kurz vor dem Erreichen des Zieles postiert, auf Dächern und in geparkten Autos, um eventuelle Streckenposten der „Allianz" nicht auf die Observierung aufmerksam zu machen. Er merkt, wie in ihm Panik aufsteigt.

Henschel verlässt das Büro. Geht den Gang hinunter bis hinter die nächste Ecke, lehnt er sich an die Wand, krümmt sich zusammen und presst beide Hände an den Kopf. Dieser Druck. Dieser Schmerz.

Diese Stiche. Es dauert einen Augenblick, dann wird es minimal besser. Vorsichtig sieht er sich um, Schweiß steht ihm auf der Stirn.

Mit zittrigen Fingern holt der Kriminaldirektor ein kleines Döschen aus dem Jackett. Sein Blick flackert links und rechts den Flur entlang. Es gelingt ihm den Deckel der Dose zu öffnen und ihr zwei, drei rosafarbene Pillen zu entnehmen, die er sich rasch in den Mund steckt. Mühsam schluckt er sie hinunter, würgt ein wenig, aber es gelingt. Für einen Moment lehnt er an der Wand, mit dem Kopf an die geweißte Fläche. Einige tiefe Atemzüge, er wird ruhiger.

Henschel betritt das Büro der Einsatzstelle. Keiner der hier anwesenden Männer hebt den Kopf. Wie gut, denkt Henschel, wie gut, dass es diese Chemie gibt, wenn auch nicht in Apotheken, die ihn seine Nerven wieder unter Kontrolle bringen lässt. Er muss nur versuchen, weniger davon zu nehmen.

Henschel lässt die neuesten Beobachtungen an den Außenstellen abfragen.

*

Der alte Mann in der Pfandleihe zieht die Taschenuhr an der schweren Goldkette aus der Westentasche, schaut auf das Zifferblatt und verschließt sorgsam die Schublade unter dem Tresen. Er legt noch ordentlich einige Papiere zusammen, schlurft in Richtung Eingang. Vom Hof her hört er Geräusche und sieht zum Fenster, erkennt die Umrisse eines Handwerkers auf dem Gerüst, der ihm etwas zuruft. Er nickt, ohne etwas verstanden zu haben und winkt dem Mann mit einer kurzen ruckartigen Bewegung seiner Hand zu. Irgendwo auf dem Gerüst müssen die Kollegen sein.

Der Alte hört sie und sieht die Staubwolken vor den Fenstern. Auch arme Schweine, müssen sich für ein paar Kröten krumm machen. Diese Truppe verdient heute den Tag über nicht einmal zusammen so viel, wie er an dem Ring von der Alten heute Morgen.

Noch einmal blickt er zu den Fenstern herüber. Niemand mehr zu sehen, nur die Geräusche eine Etage höher sind zu hören.

Hauptsache die machen anschließend wieder sauber, sonst wird er eine Mietminderung vornehmen. Das wird der Hausverwaltung unangenehm aufstoßen. Die sind sowieso sauer auf ihn, auf den alten Mietvertrag mit der niedrigen Miete.

*

Die vier Autos des Drogenkartells stehen mit all den anderen Blechvehikeln im anonymen Verkehrsstrom an einer Ampel. Hinter den Windschutzscheiben sind die Gesichter der Insassen nicht zu erkennen. Veysel, der Mann in dem Opel Vectra hört türkische Musik und spielt mit dem Wimpel eines türkischen Fußballklubs an seinem Rückspiegel

Dahinter steht der Rover. Torsten trommelt ungeduldig auf die Ablage.

"Mensch, was ist denn nun? Wann geht's denn weiter?" Der türkische Fahrer beobachtet ungerührt die Ampel.

"Ruhig, ruhig Kollege. Wir haben gleich geschafft. Bleib locker, Mann."

Im BMW hinter dem Rover herrscht eine geschäftsmäßige Atmosphäre. Man hat sich während der Fahrt nicht großartig unterhalten, aber so kurz vor dem Ziel scheint so etwas wie Kollegialität aufzukommen. Der Türke startet einen Versuch das Schweigen zu durchbrechen.

"Sag mal, was machst du sonst so, wenn du nicht fährst für neue Allianz?"

Walter ist zu lange im Geschäft. Er misstraut der Sache mit der Allianz. Zu verschieden sind die Menschen. Von daher will er gar nichts über sich rauslassen. Wer weiß schon, was da später einmal untereinander abgehen wird oder wenn einer von ihnen verhaftet wird und plaudert und ne „Lampe" baut. Das ganze unnötige Risiko ist nichts für ihn. Er zuckt mit den Schultern und sieht aus dem Fenster. Ohne Anwalt keine Aussage. Wer nichts weiß, kann auch nichts verraten.

Im Mercedes geht es lockerer zu. Man hat einige Sympathien füreinander entdeckt. Die Tour ist ja gleich geschafft.

"Wenn ihr am Feiern seid, habt ihr da immer diese geilen Speckmäuse? Diese Bauchtänzerinnen? Und kann man da auch mal anpacken?"

"Na klar, komm vorbei nächsten Samstag."

Der Beifahrer rutscht tiefer in den Sitz und schließt die Augen. Er sieht die halbnackten Tänzerinnen vor sich, wie sie sich zu ihm beugen und mit ihren Hüften wackeln, die Brüste schaukeln lassen, zu den Klängen von Guns N` Roses. Da stimmt was nicht! Er reißt die Augen auf. Die Hardrockband röhrt aus dem Radio. Nichts ist mit Titten und Ärschen. Er konzentriert sich wieder. Der Mercedes folgt der Kolonne.

*

Der Barmann im Breslau Fuego flegelt sich auf seinem Hocker hinter dem Tresen. An ein paar Tischen sitzen Leute vor halbleeren Gläsern. Ab und zu sieht er den Frauen auf der Straße nach. Anni hat ihn vor drei Jahren verlassen. Seitdem lebt er alleine. Warum bekommt er nur keinen Anschluss? Scheiß Grübelei. Die Tür öffnet sich und Albert, der grauhaarige Computerexperte, der seine Haare als Hommage an die Vergangenheit als Rockmusiker zu einem Pferdeschwanz gebunden hat, kommt herein. In Lederhose, Stiefel und seinem halblangen Mantel sieht er nicht wie ein PC-Fachmann aus. Eher wie ein Dealer oder Mädchenhändler.

"Fredi, mach mir nen Roten!"

Der Zapfer rutscht vom Hocker. Drecksack, du hast Glück bei den Weibern, hast ne eigene Firma und bist bei allen beliebt. Er nimmt den Wein aus dem Regal und schenkt ein, serviert Albert, der sich mit der Berliner Morgenpost an einen Tisch gesetzt hat, das Getränk.

"Moin Albert, alles paletti? Was machen die Geschäfte?"

"Stell die Plörre da hin und quatsch mich nicht voll!"

Arschloch, warum verschluckst du dich nicht an dem Gesöff. Der Barmann latscht hinter den Tresen zurück, ärgert sich und sieht aus dem Fenster.

*

Der Hausbesorger in der Gerichtstraße liegt auf der Couch und schläft. Seine Frau sitzt im Sessel daneben, versucht den Inhalt einer Pralinenschachtel in Rekordzeit zu dezimieren, unterstützt von einer Flasche "Schwarzer Kater". Während sie die Süßigkeiten in sich hineinstopft und den Likör in sich hineinschüttet, sieht sie eine der Mittagstalkshows im TV. Ab und zu hebt sie den Hintern an, um zu furzen. Misstrauisch schielt sie zu ihrem Mann der ungerührt weiterschnarcht, nimmt die Fernsehzeitung und wedelt den Gestank zu ihm hinüber.

*

Zaster fegt auf der Gerüstlage in der dritten Etage zur Pfandleihe den Staub und den Dreck von den Laufbohlen. Eine Lage über ihm machen Smile und Scholle Krach. Klopfen mit den Hämmern an die Rüstung und heben die Laufbohlen hoch, um sie mit Getöse in die Felder zurückfallen zu lassen. Es staubt gewaltig und Zaster verwünscht die beiden Idioten da oben, und fragt sich, ob die beiden Spaß daran haben, dass er hier unter mistig wird. Im Inneren der Wohnung geht der alte Mann vorbei.

"Kannst dir die Mühe sparen, Opa! Musst nicht abschließen. Gleich kommt die Reinigungskolonne und macht mal so richtig sauber bei dir."

Der Mann im Inneren wackelt kurz mit dem Kopf und hebt die Hand.

Ein Blick auf die Uhr. Check! Der Alte ist pünktlich wie ein Schweizer Chronometer. Hervorragend, sie liegen genau im Limit.

Der Weißhaarige schaut noch mal zu ihm raus und wedelt beruhigend mit seiner knochigen Hand, holt aus seiner Strickjacke ein Schlüsselbund und verschwindet in dem langen Gang. Zaster schlägt mit dem Besen zweimal kurz und hart an die obere Gerüstlage. Sofort verstummt der Krach über ihm.

Der Mann im Inneren zieht die Tür sorgfältig hinter sich zu.

Zaster beugt sich kurz über die Rückenlehnen hinaus. Smile sieht zu ihm hinunter. Zaster winkt mit einem Hammer auf seine Bohlenlage.

"Jetzt!"

Während Smile und Scholle zu ihm herunterrutschen, umwickelt Zaster mit einem Lappen den Hammer. Ein Schlag und die Scheibe zerbirst in Höhe der Verriegelung. Smile ist neben ihm, greift durch die Öffnung, entriegelt das Fenster. Er stößt es auf und federt nach innen. Vier, fünf Schritte in Richtung Eingang, dann presst er sich an die Wand. Zaster und Scholle folgen, sehen sich rasch um. Checken, wo sie den Alten überraschen können. Smiles Augen saugen sich an dem Durchgang fest, durch den der Pfandleiher zurückkommen muss, während Scholles Blick an den Vitrinen kleben bleibt. Nach einem harten Stoß von Zaster zwängt er sich in den toten Winkel, der sich am Treppenniedergang ergibt. Zaster schiebt sich auf die andere Seite des Durchgangs, gegenüber von Smile.

*

Bomber sitzt vor dem leeren Teller und dem halbvollen Glas Mineralwasser. Er telefoniert. Die Schritte der Bedienung knirschen auf dem Kies zwischen den Tischen, der weiße Rechnungsbeleg flattert in ihrer Hand. Ihre Augen gleiten über die Tische. Hier und dort deutet sie mit einem Heben der Augenbrauen und einem Kopfnicken an, dass sie gleich dorthin kommen wird. Bomber spitzt die Lippen und küsst in das Telefon, beendet das Gespräch. Die Serviererin steht am Tisch, lächelt so freundlich, wie unpersönlich, als er seine Rechnung bezahlt. Als sie wieder weit genug weg ist, wählt Bomber erneut.

"Kleene? Haste allet für meen Alibi jemacht? Wie besprochen?"
Utes Stimme hört sich bedrückt an.

"Ja, alles wie du es wolltest."
Ein glückliches Lächeln huscht über sein Gesicht. So lange sind sie nun schon zusammen, und es macht ihn noch immer stolz, dass sie so bedingungslos zu ihm steht. Das sie ihn nicht fallen lässt. Und nach diesem Tag, kann er ihr alles zurückzahlen, so viel wieder gut machen.

"Prima, ick bin stolz uff dir."
Ihre Stimme wird ungeduldiger, fast ein wenig anklagend.

"Ach Klaus, wenn das doch erst wieder vorbei wäre. Wir hatten so lange Ruhe"
Bomber zieht unwillkürlich den Kopf zwischen die Schultern. Er fühlt sich schuldbewusst, fühlt sich beobachtet.

"Allet in Ordnung. Is ja keene jroße Sache. Is rucki zucki vorbei. Ick liebe dir."
Er kann jetzt nicht mehr zurück. Ihre Kehle beginnt sich zusammen zu schnüren.

"Ich liebe dich auch. Komm schnell wieder."
Bomber sieht auf die Uhr und drückt die Verbindung weg. Er streckt noch einmal die Beine aus, blinzelt in die Sonne und steckt sich eine Zigarette an.

*

Der Alte in der Pfandleihe schlurft den Korridor vom Eingang aus zurück, öffnet die Tür zum Kundenraum. Er macht drei kleine Schritte in den Raum hinein, bleibt wie erstarrt stehen, sieht auf das offene Fenster, begreift. Smile ist hinter ihm und streift ihm ruckartig einen Jutesack über den Kopf, die Kordel zieht er brutal zusammen, um damit gleich klarzustellen, dass die Sache hier ernst gemeint ist. Smile hat seinen Spaß, grinst. Dem Opa wird er es schon beibringen. Mal gleich den Wind aus den Segeln nehmen, ehe der Greis sich wie einer der Helden aus dem Fernsehen vorkommt. Er gibt dem Pfandleiher ein paar Stubser in den Rücken.

"Raus mit der Knatter, du Vogel."

Der alte Mann ist heute zu schwach, um sich zu wehren. Früher … ja früher. Er hat den Krieg überlebt, hat einer Jugendbande in der Nachkriegszeit angehört. In früheren Jahren musste er sich oft gegen Kontrahenten durchsetzen. Jetzt ist er alt, aber er hat Lebenserfahrung. Körperlich hat er keine Chance. Doch er wird sie mit der menschlichen Tour packen, diese Möchtegern Gangster. Soviel Niedertracht hat er erlebt. Hass, Neid und Gier gesehen, Dinge erfahren, wovon diese Schmalspurgauner keine Ahnung haben. Ihm können sie nichts anhaben. Er weiß Bescheid.

Die Stimme von eben hatte etwas Weiches, fast melodisch gehabt. Ein Zeichen für Aufregung und Unsicherheit. Wieder macht er ein paar hilflose, trippelnde Schritte. Smile stößt ihn weiter nach vorn.

"Nun trab an, Goldesel, wir haben nicht ewig Zeit."

Zaster spürt die Ungeduld von Smile, bremst ihn mit einem Handzeichen. Sie sind im Plan, in der Zeit. Kein Grund zur Hektik und schon gar kein Grund auszurasten. Easy going.

"Ruhig. Wir wollen hier nur die Kohle abholen."

Das ist der zweite Mann. Der Pfandleiher registriert den Unterschied sofort. Die Stimme ist kühl. Ohne jede Aufregung.

Scholle zertrümmert die Vitrinen, entnimmt ihnen Goldschmuck, Uhren, packt alles in einen Beutel. Wie ein Kind im Spielzeugparadies kommentiert er jeden neuen Fund für sich. Immer wieder hält er eine Uhr hoch oder auch ein Armband gegen das Licht.

"Mann, ist das ein Haufen Zeugs hier. Ist das geil."

Der Alte unter dem Jutesack wundert sich. Was ist das denn für ein Beschränkter, der da vor Freude lacht und gluckst wie ein Idiot.

Zaster sieht Scholle nur einen Moment

zu. "Quatsch nicht rum. Pack ein!" Und

zum alten Mann.

"Los Alter, wo geht's zum Tresor. Sag schon. Wo?"

Ruhig, ganz ruhig, bleiben. Sie wissen nichts von der Rücklage. Nichts von dem schönen Geld und den Pretiösen. Das werden sie nicht bekommen. Er wird ihnen den Teil überlassen, den die Versicherung abdeckt, das Zeug im Tresor. Leider auch den schönen Ring von heute Morgen. Auf keinen Fall aber sein Schwarzgeld. Was können die ihm schon tun? So gemein sind die nicht, dass er klein beigibt. Diese kleinen, miesen Gauner. Ein paar Schläge und Tritte kann er schon ab. Jetzt noch mit der Stimme spielen.

Der Alte gibt mit brüchigen, mitleiderregenden Klang den Ängstlichen.

"Schon gut, schon gut. Bitte führen sie mich in den hinteren Raum. Schon gut. Der Schlüssel ist hier … hier in meiner Tasche."

Seine Hand tastet unsicher an dem Stoff herum. Vor lauter Zittern bekommt er die Finger nicht hinein. Smile zerrt den Schlüssel ungeduldig aus der Jacke.

"Sabbel nicht … mach hinne Opa!"

Er gibt dem alten Mann einen brutalen Stoß, der ihn vorwärts treibt. Scholle bricht die nächsten Schubladen auf.

"Yo Mann. Echt geil, hier ist alles voll. Mann, kiek mal."

Er hält Armbänder und Ketten aus Gold in die Höhe. Jetzt lacht Zaster trotz der angespannten Lage.

"Pack ein, ganz ruhig. Pack ein, was du findest. Wir haben noch zwanzig Minuten."

Smile hat den Pfandleiher ins hintere Zimmer gezerrt, tritt ihm in die Kniekehlen, so dass der auf die Knie fällt. Scharf sticht der Schmerz dem Alten in die Knochen. Was ist mit dem Typen los? Wieso macht der das?

Wieder schlägt Smile mit seiner beringten Hand leicht an den Kopf des Mannes, genau auf das linke Ohr.

"So, du Weihnachtsmann, wo ist das gute Stück?"

Zaster hört den lustvollen Unterton in der Stimme Smiles. Die Sache könnte entgleisen und unnötig brutal werden.

"Nun sag schon Opa, wo steht der Tresor?"

Smile lässt den Mann los, aber seine Stimme bleibt schneidend.

"Also?"

Der Pfandleiher spürt die aufkommende Bedrohung. Er muss stöhnen, ächzen, so wie es von einem verängstigten alten Mann erwartet wird. Mitleid, er muss die Mitleidskarte spielen. Er hört die Jubelschreie des dritten Mannes, der Schublade nach Schublade öffnet, jedes einzelne Knirschen und Gepolter ist ein Stich in sein altes Herz. Nur mühsam kann er formulieren.

"Die rechte Schreibtischtür ist eine Attrappe. Dahinter ist der Tresor. Die Blende müßt ihr nach links rausziehen."

Smiles Stimme hat jetzt wieder den weichen, öligen Tonfall.

"Ist schon recht Alter, ist schon recht."

Der alte Mann riecht das Adrenalin, das Lauern auf den Fehler von ihm, um ihn quälen zu können. Mit dem Typen stimmt etwas nicht. Der macht das nicht nur wegen des Geldes. Der fährt sich künstlich hoch. Er hat immer geglaubt, dass er im Alter den Tod nicht fürchten wird. Aber eine Ahnung steigt auf, dass man nicht den Tod fürchtet, sondern das Sterben. Und hier wäre der Tod keine

Erlösung, sondern eine Sinnlosigkeit. Er hat sich geirrt. Der prügelnde Verbrecher nimmt seinen Tod skrupellos in Kauf, als Nebensächlichkeit, als Kollateralschaden sozusagen. Den muss er ruhig stellen. Der ist auch nicht mit Mitleid zu erreichen. Wenn er sich verletzt und devot gibt? Der hat sicher auch einen Vater gehabt. Vielleicht hat er ihn geliebt?

"Darf ich mich anders hinsetzen? Mir tun die Knie weh?"

Was für eine Enttäuschung. Der Mann bricht nicht ein, krümmt sich nicht vor Angst. Einfach nur – mir tun die Knie weh - ? Das ist alles? Smile beantwortet das auf seine eigene Art und stößt den Alten mit einem Kniestoß um, dass der lang auf den Boden schlägt.

"Klar … leg dich hin."

"Hör auf mit dem Scheiß."

Zaster zerrt den alten Mann in einen der Sessel.

Smile sieht nur kurz zu ihm hinüber, um dann die Blende auf der Schreibtischtür nach links rauszuziehen. Ohne einen Laut gleitet die drei Zentimeter starke Holzplatte zu Seite und gibt eine Stahltür mit zwei Schlössern frei. Von vorne ist Scholle wieder zu hören. "Ich fass es ja nicht. Das ist ja ein Ding." Smile grinst jetzt Zaster an.

"Hier Meister, Ehre wem Ehre gebührt."

Zaster kniet vor der Tresortür nieder, steckt den Schlüssel ins Schloss. Scholle kommt bis in den Türrahmen und wedelt mit einem Bündel Geldschein.

"He Jungens, kiekt mal hier. Ne ganze Schublade voll. Alles Dollars. Und bei euch?"

Der kindlichen Freude von Scholle kann sich sogar Smile nicht ganz entziehen.

"Alter, Spitze, weiter so. Wir sind gerade am Tresi."

Für einen Moment liegt eine gewisse Fröhlichkeit in der Luft, von der sich auch Zaster nicht ausschließen kann. Alles läuft wie geschmiert, keiner weiß dass sie hier sind und sie liegen voll im Zeitplan. Jetzt noch den Tresor leermachen und weg.

Noch während Smile Scholle beobachtet, durchzuckt ihn ein vollkommen abwegiger Gedanke. Wie wäre es, wenn Scholle ihn in seinem Apartment besuchen würde? Das wär doch geil, mit dem Langen und ein paar Bräuten. Und dann der Lange auf Koks. Da geht der bestimmt ab. Oder auch nicht. Oder das Maulen und das Stänkern geht los. Ich will die Braut und ich will die Braut oder so.

Der Lange ist bestimmt ein Stinker. Scheiß also was drauf, bestimmt gibt es Streit und er muss sich irgendein Gesülze anhören. Genauso, wie von diesem alten Drecksack hier. Wichser. Komm mir nicht auf die Tour. Nicht mit mir, nicht mit Smile. Ich brauche niemanden und ich vermisse niemanden. Also scheiß drauf mit dem Langen zu feiern. Bringt sowieso nichts. Arschloch. Sie machen hier ihr Ding. Aber das ist auch schon alles.

Scholle fühlt sich wohl. Er macht seinen Job, die Beute ist fett. Das Lob von Smile ist neu für ihn. War das ehrlich? Für einen Augenblick ist er versucht Smile etwas Nettes zu erwidern. Was soll er sagen? Nein, das geht nicht. Er will sich nicht lächerlich machen, wenn Smile wieder seine ekelige Seite raushängen lässt und ihn blöde anlabert. Das braucht er nicht. Unwichtig. Unnütz. Schade, aber unnütz. Der Blonde wird sich nicht ändern. Warum auch? Nicht für ihn. Wichtig ist, dass Zaster mit ihm zufrieden ist. Das bedeutet fast mehr, als die Beute selbst, also weiter.

"Ich mach ja schon."

Der Tresor ist auf. Zaster kann die gebündelten Geldscheine erkennen.

"Den Beutel!"

Smile versucht sich nach vorne zu drängeln. Seine Knie drücken Zaster im Rücken. Aber der Platz ist zu eng. Smile ist ungeduldig.

"Mann Alter. Lass mal gucken. Sag schon, wie viel liegt denn da?"

Mann, was drängelt der denn jetzt. Sie sind doch dran. Da wird die Kohle auch nicht mehr von, wenn sie nun alle in den Tresor starren. Die Knie des Blonden schmerzen Zaster. Unwirsch drückt er ihn beiseite.

"So ungefähr dreißigtausend."

"Was denn? Dreißigtausend? Das ist alles? He Opa, wie viel ist da genau? Mach die Fresse auf!"

Smile kann seine Enttäuschung nicht unterdrücken, schlägt dem alten Mann mit der flachen Hand auf den Hals, dass der zusammen zuckt. Er hört den wütenden Unterton in der Stimme seines Peinigers. Wie soll er den beruhigen? Erklären, aber wie?

"Es sind genau vierundreißigtausendneunhundert. Ich habe gerade investiert. Ihr Kollege packt ja vorne alles ein, was ich eingekauft habe."

"Scheiße Mann, nur dreißigtausend. So ein Scheiß. Bis wir den ganzen Ramsch verhökert haben dauert es eine Weile. Und es gibt sowieso nur 25 Prozent dafür. Scheiße aber auch. Da muss noch mehr sein."

Glaubt der Alte, er könnte ihn verarschen. Hält ihn denn jeder für einen dämlichen Psychopathen? Will der Alte ihn mit den paar Mäusen abspeisen? Das ist Betrug! Glaubt der, dass er, Smile, zu blöde ist, dass er ihn vorführen kann? Da hat er sich aber getäuscht, dieser Scheißpilz. Will der Alte auf Zeit zocken? Will der ihn abziehen. Fuck! Nicht mit ihm, nicht mit Smile. Er lässt sich nicht verarschen. Er ist nicht nur der Psychopath. In ihm steckt mehr.

Er könnte ein guter Freund sein, wäre ein guter Familienvater, wäre ein super Rennfahrer, wenn er wollte. Er ist nicht nur der Irre! Er wird es dem Alten schon zeigen, dass er nicht nur Sprüche klopft, dass er kein Schwätzer ist. Was glaubt der eigentlich?

Vor Wut tritt er den alten Mann mit der Stahlkappe der Sicherheitsschuhe vor das Schienbein. Sofort platzt die spröde Haut auf und Blut rinnt das Schienbein hinab. Der Mann beginnt leise zu weinen.

Zaster hat den Tresor leer geräumt. Die Beute okay. Sie haben abgeräumt, was da ist. Es hätte mehr sein können, aber so ist das eben. Ein kleines, sicheres Ding. Handgeld. Geriebenes. Ruck – Zuck und weg. Das ist hier kein Fernsehquiz. Einen Hehler für den Schmuck hat er auch.

"Lass gut sein. Wir sind fertig. Wieviel Uhr ist es?"

Smile sieht auf den Mann am Boden, wieder zu Zaster, weiter durch den Raum, als versuche er eine Witterung aufnehmen. Am liebsten würde er den Alten ein paar Rippen brechen.

"Zwölf nach Eins. Lass mich mal machen. Der hat noch was. Ich koch den schon weich."

Smiles Spielchen kann Zaster jetzt nicht gebrauchen. Sie haben noch fünfzehn Minuten für die Pfandleihe und drei Minuten bis zum Auto. Alles andere wird nur den Ablauf durcheinander bringen und ein unkalkulierbares Risiko hervorrufen.

"Hilf Scholle mit und pass auf, dass nichts liegen bleibt."

*

In der Polizeizentrale am Mehringdamm geht die Meldung eines Polizeipostens über Funk ein. Man hat Sicht auf den Drogentransport. Kriminaldirektor Henschel weist sofort erhöhte Alarmbereitschaft an, sieht sich Unterstützung heischend im Raum um und bekommt das beruhigende Kopfnicken von Kriminalhauptkommissar Herbe. Dr. Kallig putzt seine Brille, setzt sie auf, nimmt sie ab, putzt sie erneut.

Zwischendurch klopft er Henschel beruhigend auf den Unterarm, womit er aber nur seine eigene Nervosität unter Kontrolle bekommen möchte. Der Kriminaldirektor spürt das überhaupt nicht.

Während er haltsuchend das Fernglas umklammert, treten seine Handknöchel weiß hervor. Es wird langsam ernst.

*

Bomber erhebt sich, drückt die Zigarette im Aschenbecher aus und geht zum Ausgang. Die leicht ansteigende Straße mit dem Kopfsteinpflaster liegt still in der Mittagssonne. Von oben an der Kurve, wo der Kinderhort seinen Sitz hat, klingt Kindergeschrei herunter und im ersten Stock, in dem Haus nach dem Restaurant, liegt eine Oma im Fenster. Bombers Blick kontrolliert die Umgebung.

Die Sonne lässt ihn blinzeln, er setzt seine Sonnenbrille auf. Schweißtropfen bilden sich auf seiner Stirn. Die Hand zittert, als er versucht, den Kombi aufzuschließen. Mit beiden Händen schafft er es endlich, die Tür zu öffnen. Im Auto sind aus den Schweißperlen schon längst kleine Rinnsale geworden. Der Motor springt an, doch Bomber würgt ihn vor Aufregung ab.

Verdammt. Sieht die Bedienung von gerade nicht misstrauisch herüber? Beobachtet ihn die alte Frau mit dem Köter da vorne? War das Auto hinter ihm schon vorher da? Seine Hände umkrampfen das Lenkrad, er legt die Stirn darauf.

"Jut, lieba Jott, jut. Lass mir diesmal davonkommen, wejen die Kleene und die Jören. Aber lass mir noch eenmal wech sein. Ick will nich innen Bau. Bitte, lass et jut jehen. Wenn de dit machst, dann drehe ick nie wieda een Dingens. Ick jeh sogar mitte Ute uffe Treppen malochen."

Bomber gibt sich einen Ruck, startet den Wagen erneut, rangiert ihn aus der Parklücke, bleibt einen Augenblick stehen. Diese plötzliche Angst. Riesengroß. Er will das nicht. Kann sich nicht wehren, muss schreien.

"Jau, wenn de det unbedingt hören wills! Ick hab Meure! Ick hab Schiß! Biste nu zufrieden, wa?"

Der Wagen rollt in Richtung Kreuzbergstraße, die quer zur Methfessel verläuft. Da war damals das Autohaus, das ihm keinen Mercedes verkaufen wollte, weil er nicht bar latzen konnte. Auch schon längst Geschichte.

*

Zaster, Scholle und Smile stehen im Flur, um wieder auf das Gerüst nach draußen zu klettern. Scholle bereits mit einem Bein auf den Brettern, zwängt gerade seinen großen Körper durch das Fenster.

Der alte Mann ist mit Klebebändern auf einen Stuhl gefesselt. Er atmet schwer durch den Jutesack, über den sie zudem einen Schal quer über seinen Mund gebunden haben. Er hat es gleich geschafft, er hat sie überlistet. Diese Luschen, er hat mal wieder hoch gespielt und gewonnen.

Smile zittert noch immer. Wieder und wieder taxiert er den Raum.

"Scheiße, ich rieche es, der Alte verarscht uns. Ich rieche es. "

Zaster sieht auf die Uhr. Sie haben noch ein paar Minuten. Der Blonde könnte Recht haben. Der Alte könnte noch einen Bunker haben. Er könnte tatsächlich versuchen ihnen ihre Beute vorzuenthalten. Aber wo?

"Hast du eine Idee?"

Smile bewegt sich auf den Pfandleiher zu.

"Opa, ich hab die Schnauze voll. Ich habe keine Zeit mehr. Ich frage dich jetzt noch einmal. Wo ist die restliche Kohle? Säcke wie du haben immer einen Schwarzgeldbunker."

Der alte Mann zuckt zusammen. Es ist doch noch nicht vorbei. Noch einmal schüttelt er vehement den Kopf. Dieser Typ mit der weichen Stimme ist wie ein Wolf. Nein, das ist kein Wolf, sein

Kollege ist einer. Ein Wolf, der sich zuerst um die Sicherheit kümmert. Der hier ist eher eine Hyäne, die ihre Hemmungen und ihre Vorsicht vergisst, wenn sie erst einmal etwas wittert.

Smiles Hass kocht hoch. Ohne Vorwarnung, ohne Anzeichen. Die gleiche Wut auf alles, das ihn in Frage stellen könnte. Auf jeden, der ihn anzweifelt. So wie als Bengel, als auf der neuen Schule bekannt wurde, dass er nicht lesen und nicht schreiben konnte. Sie haben ihn gehänselt und beschimpft. Aber das wird sich heute keiner mehr wagen. Auch dieser Alte hier nicht. Nicht mit ihm. Smile fühlt es körperlich, dass hier noch etwas zu holen.

Sein Blick fällt auf die Treppe, die in die Wohnung des alten Mannes führt. Er zuckt zu dem alten Mann herum.

Der kann zwar das triumphierende Grinsen nichts sehen, hört aber die Entschlossenheit in Smiles Worten und ahnt, dass es noch einmal hart wird. Er muss sie nur noch hinhalten. Sie haben nicht ewig Zeit. Er muss noch einmal widerstehen.

"Okay Alter! Es ist in deiner Wohnung. Ich weiß es. Also? Ich will es haben. Sag, wo ist es?"

Zaster gibt Smile insgeheim Recht. Verdammt, da hätte er selbst dran denken können, ja müssen. Oder doch nicht? Zeitmanagement? Sein eigener Plan hat sich nur auf die Geschäftsräume erstreckt. Aber da ist ja noch die Wohnung, die von hier aus direkt zu erreichen ist. Es ist nur logisch, dass da noch etwas ist. Muss man so etwas mit einkalkulieren? Wieso hat er eine solche Möglichkeit als Geldversteck unbeachtet lassen können? Hat Hilde doch Recht? Sollte er sich langsam zur Ruhe setzen? Ist er nicht mehr gierig genug? Hat er nicht mehr diesen untrüglichen Instinkt?

"Ich glaube mein Partner hat Recht. Sag uns, wo es ist."

Scholle hat gewartet, zieht nun sein Bein wieder zurück. Sie versammeln sich um den Weißhaarigen mit dem Jutesack. Ihre Mienen sind mitleidslos, gierig und wütend. Und plötzlich ist da die unausgesprochene Übereinstimmung, die gleiche Denkweise, die sie vereint. Der absolute Wille ein Opfer zu jagen, zu stellen, zu erlegen und es auszuweiden. Gib uns die Beute, sie steht uns zu, sie gehört uns. Unser Lohn für das Risiko. Erkenne uns an, unterwerfe dich!

Die Zeit drückt. Sie müssen es rechtzeitig schaffen, dem Alten das Geheimnis abzuringen, egal wie. Um 13.30 Uhr wartet Bomber mit dem Fluchtauto. Wenn sie dann nicht zur Stelle sind, wird er abhauen, so wie das abgesprochen ist.

Und dieser alte, störrische Sack hier, trägt die Schuld, wenn sie es nicht schaffen. Er beugt sich nicht, spielt mit ihnen, hat keinen Respekt. Na warte!

Smile bindet dem Alten das Tuch vor dem Mund los. Seine Stimme zittert vor Wut.

"Ganz schnell, wo ist es."

Der alte Mann schüttelt den Kopf. Ein kurzer Blick, ein Nicken, Scholle hält dem Alten den Mund zu. Smile schlägt dem Pfandleiher mit dem Revolverknauf auf das Handgelenk. Der alte Mann stöhnt, bäumt sich auf, versucht den Kopf freizubekommen, hat keine Chance gegen den Hünen hinter sich. Scholle nimmt die Hand weg. Der Pfandleiher stöhnt wieder. Nicht aufgeben. Nur noch ein paar Minuten. Schmerzen unterdrücken. Alles nur im Kopf. "Ich habe doch nichts mehr. Erbarmen." Smile ist in seinem Element.

"Mach die Fresse auf. Ich weiß es. Du hast noch was zu liegen!"

Smile nickt wieder Scholle zu. Der dem alten Mann erneut den Mund zuhält. Smile zertrümmert das Schlüsselbein. Es bricht mit einem morschen Geräusch.

Oh Gott, betet der Pfandleiher, laß die Zeit vergehen, damit sie endlich aufhören. Mach, dass sie wegmüssen. Ich halte das durch, das sind nur die Knochen. Ich gebe nicht nach. Herr, gib mir Kraft.

Smile grinst, visiert bereits das Schultergelenk an, hebt den Revolver, als Zaster seinen Arm mit einer Hand stoppt, und mit der anderen ein Feuerzeug hält.

"So, Opa, du hast also nichts? Okay, dann steck ich jetzt den Sack auf deinem Kopf an."

Das ist der Wolf, der Leitwolf, denkt der Alte. Der schnappt nicht nur wütend um sich, der macht ernst, der beißt, der tauscht Leben gegen Geld. Ok. Noch einmal zocken.

"Wirklich, ich habe nichts. Glaubt mir doch?"

Zaster hält das Feuerzeug an einen Zipfel des Jutesacks, der sofort Feuer fängt.

Der Pfandleiher spürt die Hitze, riecht die verbrannte Jute und hört das Knistern der Flammen. Sie werden seinen Kopf bei lebendigem Leib verbrennen. In seinem Gehirn rasen die Gedanken durcheinander. Panik breitet sich aus, lähmt ihn und macht ihn willenlos. Ohne es zu wollen formen seine Lippen Worte und seine Stimme verleiht ihnen Ton.

"Oh Gott, oh Gott, es ist im Schlafzimmer. In der Blechkiste. Im Kleiderschrank!"

Die drei Gangster grinsen. Bingo! Scholle erstickt die kleinen Flammen mit seinen großen Händen. Der alte Mann fällt in Ohnmacht.

"Binde ihm wieder das Tuch vors Maul."

Smile ist längst an der Treppe zur Wohnung. Die Zeit läuft. Hoffentlich hat der Opa die Wahrheit gesagt. Noch eine Chance haben sie nicht. Wenn der Alte gesponnen hat, leg ich ihn um. Alle lügen. Drecksvolk. Ich könnte ihn gleich umlegen, ob da was ist oder nicht. Sollte ich tun.

"Beeil Dich!"

Zasters Stimme ist kühl.

*

Die Männer der Dachdeckerkolonne, die auf dem Haus Gneisenaustraße Ecke Mehringdamm einen Schaden beheben, achten nicht auf die endlose Reihe der Fahrzeuge, die sich tief unter ihnen auf dem heißen Asphalt über die Straße quält. Für die Männer, hier hoch oben über den Straßen ist alles dort unten nur Spielzeug. Sie genießen den frischen Wind auf ihren Körpern und fühlen sich der übrigen Welt nicht zugehörig. So sehen sie auch nicht die Kolonne der vier Fahrzeuge, die von Veysel angeführt wird und deren Abschluss der Mercedes bildet. Die Dachdecker schlagen Folie auf die Dachsparren, um den Dachschaden heute noch beheben zu können.

*

Der Türke Veysel dirigiert die Kolonne an der Kneipe "Bierparadies" und am „Curry 36" vorbei auf die Kreuzung Yorckstraße zu. Der Verkehrsknotenpunkt, der die Bezirke Schöneberg nach Neukölln und Tempelhof nach Berlin Mitte verbindet, ist erreicht. Nur noch wenige Meter bis zur Übergabestelle. Er grinst leicht vor sich hin, im Vorgefühl einen guten Job gemacht zu haben. Das wird ihn in der Organisation hoffentlich wieder ein Stück voranbringen.

Eines Tages sitzt er dann auf dem Posten von Hüssein oder Erdogan. Dann wird er Macht haben und reich werden. Aber noch ist es nicht soweit. Konzentration. Er muss nicht anhalten, sondern durchfahren. Wenn der Merc rechts ranfährt, ist es für ihn erledigt. Keiner kann ihm was. Und ab, auf direkten Weg zu seinem Mädchen, auf der Terrasse liegen, eine Wasserpfeife rauchen und sie zwischendurch zu lieben. Das Leben kann so schön sein.

*

Die Männer aus dem Lebensmittelladen sitzen vor einem Café am Heinrichplatz. Sie spielen Karten, nippen zwischendurch an einer Schale Tee oder Kaffee. Ab und zu stiehlt sich ein Lächeln auf ihre Lippen, während sie ein paar Worte wechseln und sich wissend zunicken. Der Probelauf ist so gut wie durch. Sie können sich um die nächste, die große Ladung kümmern.

*

Die Gruppe, die vorhin noch im Café am Olivaer Platz das Signal des SUV abgewartet hat, ist inzwischen in eine, noch für normale Kundschaft geschlossene Bar, gewechselt. Nicht alles muss in der Öffentlichkeit besprochen werden. Die Schmiere setzt nicht nur Abhörtechnik ein, sondern auch Lippenleser. Während der eine oder andere noch schnell telefoniert, Verabredungen für abends oder geschäftliche Arrangements trifft, kommt der Bote mit dem Essen.
Es folgt der gewohnheitsmäßige Streit ums Bezahlen, das zu erwartende Gemecker über die Lieferung und letztendlich doch ein gemeinsames Mahl, das von Scherzen und Lachen begleitet ist.

*

In der Wohnung über der Spielhalle am Mehringdamm macht man für den letzten Akt fertig. Positionen besetzen, überprüfen der Waffen. Im Erdgeschoß richtet sich Cemal mit einer Pumpgun ein.

*

Funkspruch an die Polizeizentrale.
„Schneefall" ist im Zielgebiet. Alle Einheiten in Bereitschaft. Noch fünf bis null.

*

Scholle und Zaster sind schon auf dem Gerüst. Sie sehen durch das Fenster wie Smile die Treppe hochkommt. Sein breites Grinsen zeigt, dass er Erfolg gehabt hat. Gleichzeitig täuscht es wie immer über seine Wut hinweg. Auf dem Weg zum Fenster macht er noch einen Bogen zu dem gefesselten alten Mann, der wieder aus seiner Ohnmacht erwacht ist. Mit einer kurzen, harten Bewegung schlägt er ihm mit dem Revolver ins Gesicht. Der Alte unter dem Sack wird von dem Schlag überrascht, mit einem Stöhnen wird er erneut schlaff in seiner Fesselung.

Smile kommt zum Fenster, reicht einen Blechkasten heraus und klettert aufs Gerüst.

"Respekt, der alte Drecksack, war wirklich zäh, der Hund." Zaster schüttelt, genervt den Kopf.

"Das letzte Ding hättest du dir auch klemmen können. Der Scheiß war völlig unnötig."

Smile ignoriert die Bemerkung. Ist ihm egal. Ihm geht es damit besser. Warum er so etwas immer wieder macht, immer wieder mal ausrastet, weiß er selbst nicht. Oder doch? Hat der Alte ihn nicht provoziert? Hatte der sich nicht nur deshalb geweigert, weil er ihn nicht hat für voll genommen hatte? Hat ihm wohl nichts zugetraut. Aber bei Zaster, gleich weich werden. Zaster scheint immer die Nummer eins zu sein.

Dem Alten hat wohl seine rücksichtsvolle Art Mut gemacht. Einfach den Sack anstecken hätte er auch gekonnt. Mit dem letzten Ding in die Fresse wird der Alte wohl begriffen haben, dass er ebenso hart ist. Er hätte ja gleich sagen können, wo die Kohle ist. Arschloch! Basta! Smiles Grinsen straft seine Worte lügen.

"Tschuldigung, da ist das Temperament mit mir durchgegangen."

Scholle ist bereits eine Lage tiefer. Er freut sich schon auf die Verteilung und auf die Stunden, wenn sie noch zusammensitzen.

Was Zaster wohl sagt, wie sie das durchgezogen haben? Generalstabsmäßig. Jetzt weg hier. Ab auf den Dachboden. Sie haben bis morgen früh Zeit nochmal darüber zu quatschen.

"Hört auf zu quasseln, wir müssen los."

Alle drei klettern in den Hof hinunter. Die Beute ist in den Rucksäcken verstaut. Am Gerüst entlang in den Hausflur, zum Ausgang auf den Mehringdamm.

*

Bomber biegt langsam aus der Methfesselstraße nach links in die Kreuzberg Straße ein. Kurz stoppt er den Wagen und sieht sich noch einmal um. Er legt den Rückwärtsgang ein, setzt zurück. Er schwitzt, trommelt mit den Fingerspitzen auf das Lenkrad. Guckt der Typ da drüben herüber?

Weil er den Motor laufen lässt? Soll er den Wagen abstellen? Was passiert, wenn der nicht mehr anspringt? Endlos scheinen die Minuten sich hinzuziehen. Läuft die Karre nicht ein wenig unrund? Angestrengt hört Bomber hin. Ja, da ist doch ein leichtes Stottern. Oder doch nicht? Ist die Handbremse angezogen? Unsicher fingert er nach dem Hebel, findet den Knopf, den er mehrmals hektisch drückt und sich überzeugt, dass sie nicht angezogen ist. Wieder der Blick auf die Uhr. Bomber ist naß vor Schweiß. "Macht hinne Kerls, macht bloss hinne."

*

Kriminalhauptkommissar Herbe kontrolliert die Monitore die den direkten Einsatzbereich wiedergeben. Das Aufnahmegerät ist on, damit sie später eine Dokumentation für Schulungen haben. Dr. Kallig hat darum gebeten. Außerdem können die Aufnahmen dazu dienen, eventuelle Versicherungsansprüche zu klären, Argumentationen bei der Gerichtsverhandlung zu liefern oder taktische Anweisungen in der Umsetzung deutlich zu machen.

"Fahrzeuge im Erfassungsbereich. Kameras laufen."

*

Veysel sieht in den Rückspiegel, als er auf der Höhe der Spielhalle ist. Er grinst zufrieden. Die nachfolgenden drei Fahrzeuge verlangsamen das Tempo. Das klappt doch wieder perfekt. Die deutschen Bullen sind Idioten. Der Mercedes setzt den Blinker rechts und bleibt stehen. Während Veysel den Opel weitersteuert, kann er noch erkennen, dass die beiden anderen Fahrzeuge ihm folgen. Ein Lieferwagen aus der zweiten Fahrspur drängt sich zwischen sie. Egal, der Job ist zu Ende, das Win Pin bleibt hinter ihm zurück.

Aus der Spielhalle tritt ein Mann auf die Straße und geht auf den Mercedes zu. Robert muss sich vergewissern, dass es der richtige Wagen ist und wird dann die Parklücke freimachen, damit der Mercedes erst einmal geparkt werden kann. Der Mercedes wird eine Weile stehen bleiben, bevor man ihn entlädt. Das sind Anfängeraufgaben. Die jungen Burschen machen alle sofort auf Gangster, sind aber noch verhältnismäßig harmlos. Mit diesen Jobs testet das Kartell wer wirklich das Zeug hat, um mit zu machen oder wer nur eine Blase ist.

Robert zeigt keine Aufregung. Er ist ruhig und umsichtig. Für das erste Mal bewegt er sich außerordentlich gelassen.

*

Die Ampel schaltet auf Rot, Veysel nimmt den Fuß vom Gas, er ist 150 Meter weit weg. Na also, damit hat er den Kurier an die Station übergeben und für den Rest sind die anderen verantwortlich. Alles paletti und ab dafür. Seine Anspannung legt sich. Er blinzelt zufrieden in die Sonne und pfeift eine heitere Melodie.

*

Im ersten Stock des Hauses mit der Spielhalle steht Hyatin verdeckt hinter der Gardine. Erdogan sitzt an seinem Schreibtisch und sortiert Papiere in seinen Koffer. Hyatin beobachtet das Geschehen auf der Straße. Unablässig bearbeiten seine Kiefermuskeln den Kaugummi, schieben ihn von links nach rechts, drücken ihn platt, beulen ihn mit der Zunge aus, um ihn wieder den Kauwerkzeugen erneut zu unterwerfen. Seine Hände umklammern die Pumpgun. Die dunklen Augen verfolgen ohne Unterlass die Situation auf dem Asphalt. Neben dem Messer auf dem Tisch, zwischen dem Aschenbecher und dem halbvollen Wasserglas, zieht sich eine feine weiße Spur bis zu der Tüte mit dem weißen Pulver.

*

Bomber schaltet den Warnblinker ein und behält die Straße im Rückspiegel genau im Auge. Langsam lässt er den Wagen näher an den Kreuzungsbereich Mehringdamm / Kreuzbergstraße rollen. Die Hände in den Handschuhen sind schweißnass. Der Blick zuckt unstet, vom Rückspiegel auf die Uhr, durch die Seitenscheibe auf die Umgebung, dann wieder in den Rückspiegel.

*

Scholle, Smile und Zaster stehen im Haus der Pfandleihe an der Innenseite der Haustür. Der Lichtschacht in der Mitte des Hausflures lässt durch seine dreckigen Scheiben ein merkwürdig gefiltertes Licht herein, das gespenstische Schatten und Flecken auf die Wände des Treppenhauses zeichnet. Überall liegen Werbezettel herum. Einige der Briefkästen an der Wand sind aufgebrochen und alles ist mit Graffiti verunstaltet.

Zaster zeigt seine perfekte Zahnreihe, als er sein Lachen nicht unterdrückt. Ja, er hat es geschafft. Sie haben es geschafft. Perfektes Timing, gute Teamarbeit und der Rest ist ein Kinderspiel. Morgen sind wieder alle zu Hause. Das Zusammenbleiben gehört zu seinem Plan. Damit will er ihre Euphorie bremsen. Das hat sich in der Vergangenheit bewährt. Wenn jeder erst am kommenden Tag wieder alleine unterwegs ist, hat sich die Erregung gelegt. Man hat sich heruntergefahren und denkt logisch, ist besonnen. Einen Coup komplett abzuwickeln, dazu gehört auch die Nachbearbeitung, wenn das Ding gelaufen ist. Distanz, Beobachtung, Abgeklärtheit.

"Und Jungens? Alles cool?"

Scholles Herz hüpft ein wenig. Die Zufriedenheit in Zasters Stimme ist das Lob, auf das er gewartet hat.

"Alles cool Zaster. Astrein."

Sogar Smile klingt versöhnlich, als er an den Rucksack schlägt und sein meckerndes Lachen hören lässt.

"Aber auch so was von cool."

Zaster öffnet die Tür, hält sie auf. Seine beiden Tatgenossen treten an ihm vorbei auf das kleine Podest, das sich drei Stufen über dem Gehweg erhebt, sehen sich nach links und rechts um, dann die Stufen hinunter, warten bis Zaster soweit ist. Sie sehen wie eine Kolonne Arbeiter aus, die entweder Mittag machen oder ihre Arbeit für heute beendet haben und so ähnlich ist es ja auch.

Während Scholle zufrieden einen Hund auf der gegenüberliegenden Seite beobachtet, der neugierig am Hintern eines anderen Köters schnüffelt, peilt Smile dem jungen Mädchen nach, das in kurzen Pants vorbeiradelt. Hinter ihnen schließt Zaster die Haustür ab, um vor Hausbewohnern, die jetzt zufällig nach unten kommen, einen kleinen Vorsprung zu haben. Die Ampel an der Ecke vor ihnen schaltet für die Autofahrer auf Rot. Der Verkehr kommt zum Stehen. Gelangweilt schaut Scholle zu den Fahrzeugen hin.

Smile kneift die Augen zusammen, damit er das Mädchen auf dem Fahrrad auch noch an der nächsten Kreuzung erkennen kann.

*

Der Audi steht etwa fünfzehn Meter von der Ecke zum Mehringdamm entfernt. Die Türen und die Heckklappe sind einen Spalt breit geöffnet, damit die Kameraden leichter einsteigen und die Beute verstauen können.

Links, ein Stück die Methfesselstraße hoch kann Bomber das Lokal sehen, wo er gerade noch gegessen hat und zu seiner Rechten ist die Einfahrt zum Hof auf der Rückseite der Pfandleihe. Alles ist so unwirklich, ist trügerisch harmonisch, wenn man weiß, was gerade hinter den Mauern geschieht. Die Unwissenheit der Passanten in den Straßen wirkt bizarr. Dass er wirklich hier dabei ist, erscheint ihm eher wie ein Film.

Warum hat er bloß nach all den Jahren noch einmal an einem solchen Job teilgenommen? Ist er wirklich so verzweifelt? Ist es das wert? Es wird gut gehen. Es muss gutgehen. Sie werden entkommen, keinem wird etwas auffallen und niemand wird sie verdächtigen. Ihn schon gar nicht. Es ist ein sonniger Mittag mitten im Sommer und niemand ahnt etwas von dem, was hinter der Fassade des großen Eckhauses passiert. Bombers Lippen bewegen sich.

„Allet wie immer, allet wie immer."

Keiner achtet auf den Wagen, keiner achtet auf ihn. Mit dem Jackenärmel wischt er sich über die nasse Stirn.

Bei den Beamten der Drogenfahndung hinter den Fenstern steigt die Unruhe. Kriminaldirektor Henschel sieht die Bewegung auf dem Mehringdamm vor der Spielhalle. Ein Mann tritt heraus. Fast noch ein Kind in Henschels Augen. Was will der denn da? Geh weg! Vielleicht zwanzig oder zweiundzwanzig Jahre alt, hipper Haarschnitt. Bis zwei Fingerbreit über die Ohren sind die Haare auf ein paar Millimeter gestutzt und auf dem Kopf dann einige wenige Zentimeter lang. Das Gesicht weich, noch ohne Konturen, aber der Körper pendelt leicht in einer schwankenden Bewegung, als ob er riesige Gewichte bewegen müsste. Die Sixpocketshosen enden in knöchelhohen Turnschuhen. Der gut trainierte Oberkörper ist bedeckt von einem hautengen, schneeweißen T-Shirt, dessen kurzen Ärmel noch einmal umgeschlagen sind. Links ist eine Zigarettenschachtel drunter geschoben. Der Junge bewegt sich betont lässig, lässt eine Filterzigarette in seinem Mund wippen. Geh doch endlich weg, Junge!

Der Mercedes blinkt, während sich der junge Mann auf eines der geparkten Autos zu bewegt. Henschels Finger haben die Taste auf dem Sprechfunkgerät auf "Sprechen" gedrückt und halten sie fest. Neben ihm zappelt Dr. Kallig aufgeregt hin und her, stößt ihn an.

"Mensch Henschel, was ist nun? Was ist? Zugriff oder was?"

Kriminaldirektor Henschel ist ruhig, taxiert das Geschehen auf der Straße. Er will, dass der Mercedes erst einmal eingeparkt und der Motor abgestellt ist. Den unruhigen Kallig ignoriert er, hört nur, wie durch einen Wattebausch gedämpft, dessen aufgeregte, drängende Stimme. Konzentriert, das Funkgerät am Mund, stiert er nach unten, während er tadelnd Kalligs Worte wiederholt.

"Zugriff, Zugriff, was fürn Blödsinn Kallig, sie Hektiker ..."

Aus dem Funkgerät ertönt die Bestätigung der Beamten an der Frontlinie.

"Verstanden Zugriff ...!"

Kriminaldirektor Henschel begreift seinen Fehler und versucht noch zu retten, was zu retten ist.

"Nein, Mensch, noch kein Zugriff, ein Irrtum ... hört ihr ... kein Zugriff!"

Das Funkgerät knarzt.

"Zugriff erfolgt!"

13.30 UHR

Von einer Sekunde zur anderen verändert der Mehringdamm sein Gesicht. Einsatzfahrzeuge der Polizei kommen aus der Bergmannstraße, sowie aus der Hagelbergerstraße. Mit Blaulicht und gellenden Sirenen. Aus den Autos auf dem Mittelstreifen springen Beamte. Blendgranaten explodieren. Robert, der junge Mann aus der Spielhalle, steht zwischen den Fahrzeugen und reißt verwirrt die Hände in die Höhe. Er versteht nicht, was plötzlich um ihn herum in Gang geraten ist. Er wollte lediglich die Parklücke für den Mercedes freimachen. Mit weit aufgerissenen Augen, von der Granate geblendet starrt er ins Leere, die Ohren betäubt von der Explosion, wankt er hilflos.

Lautsprecherdurchsagen gellen über die Straße. Größte Priorität hat es Unbeteiligte aus dem Abschnitt zu entfernen und in Sicherheit zu bringen. Beamte drängen Passanten von der Straße, schieben sie in Geschäfte. Blitzartig haben die Einsatzkräfte der Polizei den Straßenabschnitt von der Hagelbergerstraße bis zur Yorckstraße abgeriegelt und geräumt.

Männer in Kampfanzügen, mit schwarzen Helmen und mit Heckler & Koch MPs ausgerüstet, drängen nach vorne.

*

Scholle lässt den Arbeitseimer fallen, als die erste Blendgranate etwa einhundertundfünfzig Meter entfernt am Mehringdamm explodiert und reißt seine beiden Automatiks unter der Jacke hervor.

Verrat, Falle, Gefahr, Gefängnis, rasen durch seinen Kopf. Sein Gesicht zeigt eine Fratze von Wut und Entschlossenheit. Er versucht zu begreifen, was los ist.

"Scheiße! Die Bullen!"

Er feuert beidhändig diagonal über die Kreuzung, in die Bergmannstraße, wo sich Blaulicht durch den Verkehr quält. Die großen 11,2 Millimeter Geschosse schlagen in den ersten Wagen ein, zertrümmern die Windschutzscheibe, gehen durch das Blech der Kühlerhaube, in den Motorblock, als ob der aus Butter wäre. Der Fahrer verreißt den Wagen und stellt sich quer. Sofort bildet sich ein Stau und die nachfolgenden Autos kommen nicht weiter. Der Bereich ist in Sekunden verstopft.

Scholle macht ein paar Schritte nach rechts zur Ecke hin. Sein Pistolenfeuer hat die Beamten vollkommen überrascht, verwirrt.

Smile lächelt. Der Trommelrevolver springt ihm wie von selbst in die Hand. Sein Blick geht zu den Polizeikräften, die unten am Mehringdamm versuchen die Spielhalle zu stürmen. Scholles Feuerzauber können sie nicht einordnen. Sie ducken sich instinktiv hinter den Fahrzeugen und heben nicht einmal die Nase hoch. Aus Scholles linker Kanone fliegt das Magazin raus, während er mit rechts weiterfeuert. Einen Augenblick betrachtet Smile voller Bewunderung den Langen, wie der da stoisch sein Punktfeuer durchzieht, als ob er am Spielautomaten stehen würde.

Nicht nervös, sondern klassisch korrekt. Stück für Stück rückt seine Kanone weiter. Sie haben noch Zeit genug für die die Flucht. Stümper. Die Bullen haben die Falle zu weit entfernt aufgebaut und viel zu früh losgeschlagen. Idioten. Wenn die Schmiere sie im Hausflur erwartet hätten, hätten sie keine Chance gehabt. Aber so. Smile dreht sich zu Zaster herum, der noch den Haustürschlüssel in der Hand hält.

"Komm jetzt!"

Zaster ist mit einem Satz von der Treppe, bleibt geduckt stehen, schaut nach links. Auch dort Polizisten, die inzwischen aufgeregt in Richtung Pfandleihe zeigen. Seine Hand fasst die Makarov. Um den Rückzug zu decken feuert er den Mehringdamm hinunter. Die Polizeifalle kommt auch für ihn überraschend. Was ist passiert? Haben sie die SoKo unterschätzt? Haben die Wind von dem Coup gehabt? Wer hat geplaudert? Er hat in dieser Sache nicht telefoniert. das tut er nie. Egal, nicht darüber nachdenken. Lösungsmöglichkeiten schaffen. Fakt ist, sie müssen aus dem Sichtfeld der Beamten, bevor sich die Schergen sammeln können, bevor Ordnung in ihre Reihen kommt.

"Scheiße! Los zum Wagen."

*

Der Rover und der BMW sind bereits gestürmt. Die Insassen liegen auf der Erde, die Hände mit Plastikstreifen gefesselt. Man hat sie hinter die Einsatzfahrzeuge auf dem Mittelstreifen gezerrt. Plötzlich Schüsse am oberen Ende des Mehringdamm.

Kriminaldirektor Henschel ist verwirrt. Er muss zusehen, wie sich seine Leute in Deckung werfen und nicht mehr auf die Spielhalle konzentriert sind.

"Was zum Teufel ...?"

Er sieht verständnislos zu Dr. Kallig, der, ebenso fragend, im Raum von einem zum anderen schaut und immer wieder aus dem Fenster sieht.

"Das gibt es doch gar nicht? Was ist da los? Henschel, was haben Sie da für einen Mist gemacht?"

Der Kriminaldirektor fängt sich. Führungsqualitäten sind gefordert. Er muss sachlich reagieren. Keine Zeit für die kleinen Pillen.

Schnelles Handeln ist gefordert. Er ignoriert Dr. Kallig.

"Achtung! Bewaffnete aus Richtung Luftbrücke. Auf Deckung achten und langsam vorrücken."

Darauf hat Kriminalhauptkommissar Herbe gewartet. Eine klare Anweisung. Damit kann er etwas anfangen. Das ist seine Stärke. Sofort schreit er in sein Mikrofon.

"Achtung! Deckung nehmen! Feindlicher Waffengebrauch aus Richtung Luftbrücke. Langsam vorrücken"

*

Der dumpfe Donner der 45 Automatiks wird jäh um das harte Bellen der Makarov erweitert. Einige Beamte versuchen sich in die Spielhalle zu retten. Als sie den Eingang fast erreicht haben, registrieren sie im Inneren einen Schatten. Cemal feuert von innen seine Pumpgun ab. Die Beamten springen zurück, reißen sich gegenseitig zu Boden, werden teilweise von der 12er Ladung erwischt. Angst ist in ihren Gesichtern. Sie kriechen auf dem Bauch hinter geparkten Autos in Deckung.

Andere Beamte wollen die Spielhalle angreifen, sehen ihre Kollegen zu Boden stürzen, feuern auf Robert, der noch immer orientierungslos zwischen den Wagen steht. Ein paar Kugeln durchschlagen das Blech des Mercedes wie Butter. Plötzlich färbt sich Roberts schneeweißen T-Shirt mit ein paar dunklen Flecken ein, die schnell größer werden. Er taumelt zurück, die Zigarette rutscht aus seinem Mund, prallt von der Brust ab, wo sie ein paar dunkle Spritzer mitnimmt und fällt zu Boden Seine Hände heben sich bis in Schulterhöhe, dann rutscht er, mit einem verwirrten Gesichtsausdruck zu Boden. Cemal erscheint in der Tür der Spielhalle und feuert weiter mit der Pumpgun, stoppt die erneut vorwärts stürmenden Beamten.

Als sie seine Schüsse erwidern, hechtet er hinter einen der Wagen, die auf der Fahrbahn stehen, in Deckung

An der Ampel Mehringdamm Ecke Kreuzbergstraße springen zwei Beamte mit gezogenen Waffen aus dem Lieferwagen hinter Veysel. Der verliert in dem Durcheinander die Übersicht, glaubt, dass der gesamte Einsatz seiner eben abgeschlossenen Mission gilt und reißt die Waffe aus dem Fach in der Fahrertür, dreht sich über die Beifahrerseite um und zielt durch die Rückscheibe, feuert, trifft einen der beiden Beamten.

Scholle sieht genau in dem Augenblick in den Opel Vectra, als Veysel sich wieder nach vorne dreht. Für den Bruchteil einer Sekunde treffen sich ihre Blicke. Scholle sieht die Pistole, reagiert augenblicklich, setzt seine letzten drei Projektile durch die Seitenscheibe.

Veysel bekommt nicht einmal mehr mit was ihm passiert, als zwei der Geschosse in seinen Schädel dringen. Instinktiv drückt er noch ab. Der Schuss geht durch das Wagendach.

Der zweite Polizist aus dem Lieferwagen wirft sich flach auf die Straße, um Deckung zu suchen. Er drückt sich in das Blut seines regungslosen Kollegen, dem Veysels Geschoss die Halsschlagader zerfetzt hat.

Scholle hat neue Magazine eingeschoben und deckt den Rückzug in Richtung Kreuzbergstraße mit Sperrfeuer in Richtung Mehringdamm. Endlich die Straßenecke. Smile und Zaster laufen auf den Audi zu, Scholle folgt den beiden. Innerhalb von 45 Sekunden hat sich die ganze Welt komplett geändert.

*

Der Mercedesfahrer vor der Spielhalle verliert die Nerven. Sein Beifahrer liegt neben ihm, hält sich mit beiden Händen den Hals, zwischen den Fingern pulsiert das Blut heraus. Er röchelt. Der Mann am Steuer schert links aus, gibt Gas, will nur noch weg von hier. Die beiden Beamten vor dem Wagen haben nicht mit seiner Aktion gerechnet, werden völlig überrumpelt. Mit einem dumpfen Geräusch prallen die uniformierten Körper von der Karosserie ab und verschwinden aus dem Sichtfeld des Fahrers.

Die Frontscheibe wird milchig und in der Mitte erscheint ein kleines Loch, dem Fahrer wird warm und plötzlich fällt ihm das Atmen schwer, dann erst spürt er den harten Schlag in seiner Brust. Noch zwei Projektile dringen in seinen Oberkörper. Er will anhalten, aber sein Fuß drückt weiter auf das Gaspedal. Irgendetwas läuft hier schief, der Job ist doch eigentlich schon so gut wie erledigt. Seine Augen werden glasig und der Kopf fällt zur Seite. Der Daimler knallt in eines der parkenden Autos auf dem Mittelstreifen, klemmt einen Beamten ein. Wieder schlagen Geschosse in den Wagen, in den Tank. Benzin läuft aus, bildet eine Lache und benetzt den eingeklemmten Beamten.

*

Cemal kommt hinter dem Auto auf der Fahrbahn hervor und brüllt seine ganze Angst und Wut heraus.

"Ananizi avradinizi sikicem!" (ich werde eure Mütter und Frauen ficken)

Er schießt wieder mit der Pumpgun. Hasserfüllt macht er einige Schritte auf die Deckung der Polizisten zu und zieht dabei immer wieder den Stecher seiner Pumpgun durch, obwohl schon keine Patrone mehr in der Kammer ist.

"Geberticem sizi!" (ich werde euch abschlachten)

Einer der Beamten, der verwundet hinter einem Fahrzeug liegt, schießt unter dem Auto durch in Cemals Fußknöchel. Cemal schreit, dreht sich und fällt in das auslaufende Benzin des Daimlers. Er schmeckt das Benzin in seinem Mund. Cemal greift nach seinem Feuerzeug, sieht direkt zu dem Politzisten, der auf ihn zielt und den Kopf schüttelt. Cemal nickt, setzt das Benzin in Brand, sieht den Mündungsblitz der Dienstwaffe. Den Schlag, als das Projektil in seinen Kopf einschlägt, spürt er schon nicht mehr. Weitere Polizisten stürmen vor, wollen den eingeklemmten Kollegen am brennenden Mercedes retten und werden von Hyatin vom Balkon aus daran gehindert. Er feuert wahllos in das Inferno auf der Straße. Links und rechts von ihm spritzt Putz von der Wand. Er springt zurück in das Zimmer, zerschlägt eine Fensterscheibe und nimmt den Kampf von innen heraus wieder auf.

Mit einem peitschenden Knall explodiert der Mercedes, Feuer hüllt den eingeklemmten Beamten ein, mischt sich mit dunklen Rauchschwaden in denen seine Schreie langsam verstummen.

*

Bomber zuckt zusammen. Schüsse knallen, Sirenengeheul von überall. Er sieht in den Rückspiegel. Da ist Scholle an der Ecke, der beidhändig feuert! Ist der denn bescheuert? Alles ist plötzlich anders. Die ganze Chose läuft aus dem Ruder. Pläne stürzen ein, Träume zerplatzen und die Angst stülpt sich über seine Seele, schnürt die Kehle zu.

"Arschloch, du verdammtes Arschloch. Warum denn dit? Wieso denn so´n Scheiß?"

*

Smile und Zaster kommen um die Ecke, knien sich hin, schießen ebenfalls, Scholle schließt auf. Sie spurten auf den Audi zu. Noch fünf Meter. Bomber kann sich nicht dagegen wehren, als ihm die Tränen über das Gesicht laufen. Was wird aus ihm? Was wird aus

Ute? Was wird aus den Kindern? Gleich sind die Bullen da. Nehmen in fest. Sperren ihn ein. Es ist doch noch soviel zu erklären. Es ist noch so viel zu sagen. Das wollte er nicht.

"Ick fahr doch nur den Wagen. Ick mach doch janischt."

Es rauscht in seinem Kopf. Zwei Meter noch, dann haben die drei den Wagen erreicht. Bomber gibt Gas, die Kumpels im Rückspiegel sind plötzlich Monster, die mit riesigen Händen nach seinem Leben greifen. Mutierte Milben, Ungeheuer. Gleich muss er wach werden. Raus aus diesem Albtraum. Die Lippen zusammengepresst und die Augen weit aufgerissen, hält er den Fuß auf dem Gaspedal. Mit quietschenden Reifen schießt der Audi ohne die drei Kumpels davon.

*

Kriminaldirektor Henschel versucht zu retten, was zu retten ist. Er muss dieses Massaker beenden.

"Aufpassen! Aufpassen! Spielhalle, erster Stock, setzt den Verrückten da oben außer Gefecht. Der schießt aus dem Fenster rechts neben dem Balkon. Konzentriert euch darauf."

Dazwischen immer wieder die Stimme von Kriminalhauptkommissar Herbe, der versucht die Aufmerksamkeit eines Teils der Polizeikräfte auf den Angriff vom oberen Mehringdamm zu richten.

"Vorsicht! Starke feindliche Feuerkraft Ecke Kreuzbergstraße. Kollegen in Gefahr. Sofort Entlastung in Richtung Kreuzbergstraße. Vorsicht! Starke feindliche Feuerkraft."

Feuerwehren und Krankenfahrzeuge wollen in Stellung fahren. Die Rettungseinheiten werden gestoppt, weil noch immer geschossen wird. Eine andere Anweisung schickt sie wieder nach vorne. Chaos! Durcheinander! Die Straße ist abgeriegelt, an den Blockadestellen

113

streiten sich Kompetenzträger darum, wer in das Einsatzgebiet hinein darf und wer nicht. In einigen Fenstern machen es sich jetzt Anwohner bequem. Eine ältere Frau erscheint in einer Haustür, mit einer Kanne Kaffee für die Beamten und fragt verstört was denn los ist, als zwei Beamte sie in den Hausflur zurückdrängen. Von weitem ist das Geräusch von Rotorblättern zu hören.

Dr. Kallig ist weiß im Gesicht, starrt auf den noch immer brennenden Mercedes, kann den Blick nicht von dem toten Polizisten und den erschossenen Gangstern nehmen. Er sieht den Türken im Fenster über der Spielhalle, der wieder und wieder seine Pumpgun abfeuert. Zwischen Sirenengeheul und Megaphonstimmen peitschen Schüsse. Kallig hat die Hände vor den Mund gerissen.

"Henschel, Mensch Henschel! Was haben sie da angerichtet. Nach allen Regeln der Psychologie hätte so etwas überhaupt nicht ..."

Henschel dreht sich nicht herum. Er kann diese bescheuerte Stimme nicht mehr ertragen.

"Halt die Fresse, du Vollidiot!"

*

Scholle, Smile und Zaster sind wie paralysiert. Trotz des Lärms im Hintergrund gellt ihnen nur das überlaute Quietschen der Autoreifen in den Ohren, als der Audi mit durchdrehenden Reifen davon schießt. An Scholles langen Arme baumeln die Automatiks.

"Was macht der denn? Was wird das denn? Zaster?"

Smile kniet neben einem parkenden Wagen. Der Lange gibt ein prächtiges Ziel ab.

"Runter Scholle, sofort runter."

Zaster kniet neben Smile, schüttelt leicht den Kopf. Was soll das? Was macht Bomber für einen Quatsch. Was ist da passiert? Lösung! Ausweg! Alternative! Es muss eine Lösung her!

"Los! Rüber in die Methfesselstraße. Weg hier, von der Bühne. "

Smile kann es nicht lassen.

"Ach nee, ich dachte, wir graben uns hier ein."

Zaster versucht den langen in Deckung zu ziehen.

"Scholle komm runter, die erwischen dich noch."

Aber Scholle steht und schaut Bomber ungläubig hinterher.

"Warum macht der das?"

*

Erdogan steht, mit dem Koffer an die Brust gepresst, wie erstarrt im Türrahmen. Am Fenster feuert Hyatin, in Pulverqualm gehüllt. Die Patronenhülsen fliegen durch die Luft und Hyatin lacht fanatisch.

Erdogan schiebt sich langsam aus dem Zimmer und eilt die Treppe hinunter. Er muss hier herauskommen. Das hier, mit der Ballerei, ist nicht sein Ding. Sollen sich die anderen mit den Bullen herumschießen. Umso besser für ihn, dann kann er sich in aller Heimlichkeit dünne machen. Die Verteilerpläne hat er dabei. Gott sei Dank war der Stoff noch nicht im Haus. Da werden ihm die Bosse keine Schuld geben können. Und die Bullen können ihm als Pächter der Spielhalle nichts. Er war gar nicht da. Er weiß von nichts. Da wird ein Strohmann als Untermieter eingesetzt, der schon längst wieder in der Türkei ist. Damit sind die deutschen Behörden zufrieden.

Hyatin lädt die Waffe erneut. Auf dem Tisch ist das Kokain verstreut. Die Tüte ist halb leer. Er greift mit der ganzen Hand hinein, zieht es durch die Nase hoch und verschmiert den Rest im Gesicht.

"Amina kodugumunun cocuklar." (ihr Kinder von denen ich die Fotze ficke)

Einen Augenblick steht er still, die Augen geschlossen. Dann reißt er die Augen weit auf, sein schrilles Lachen überschlägt sich. Er fetzt sich das Hemd herunter, öffnet das Fenster vollständig und springt auf das Fensterbrett.

"Allah-ü-ekber ve Mühammadü rassül ullah!" (Gott ist groß und Mohammed ist sein Gesandter)

Er feuert wahllos nach unten auf die Straße, glaubt einen Schatten unter sich an der Hauswand zu sehen, beugt sich weit vor. Das Stakkato aus der Pumpgun schweigt einen Augenblick. Polizisten kommen aus ihren Deckungen, feuern und Hyatin wird von mehreren Kugeln getroffen. Er wankt, schießt wieder und es scheint als könne er sich auf dem Fensterbrett halten, verliert dann aber doch die Kontrolle über seinen Körper, kippt nach vorne. Noch im Fallen feuert er weiter, lacht, bis er mit einem lauten Geräusch auf dem Pflaster aufschlägt.

*

Es sind nur Sekunden seit der Flucht Bombers vergangen. Der Audi ist vielleicht fünfzehn Meter vom fassungslosen Trio entfernt. Bomber sieht im Rückspiegel den erstarrten Scholle. Sieht Smile und Zaster die vorsichtig aus ihrer Deckung kommen, um die Straße zu überqueren.

"Scheiße, Scheiße. Verdammte Scheiße."

Bomber haut den Rückwärtsgang rein und fährt mit Vollgas zurück. Verdammt, warum macht wer das? Hau doch ab! Aber die Hände arbeiten gegen den Verstand.

Scholle springt aufgeregt hin und her, noch immer ohne Deckung.

"Wartet. Er kommt zurück. Ich wusste es. Bomber kommt zurück."

Der Audi stoppt. Scholle springt hinein. Smile folgt ein wenig unbeholfen und muss von dem Langen hineingezogen werden.

Zaster wirft sich auf den Beifahrersitz. Alle ducken sich, auch Bomber.

*

Jetzt werden verschiedene Pannen deutlich. Aus taktischen Erwägungen und wegen einer Empfehlung von Dr. Kallig sind keine Polizeihubschrauber angefordert worden. Das Geräusch vorhin war der Rettungshubschrauber, der inzwischen auf der Kreuzung an der Yorckstraße niedergegangen ist.

Eine Gruppe von Polizisten hat sich auf dem Mehringdamm bis zur Ecke Kreuzbergstraße vorgearbeitet. Das gegnerische Feuer von dort ist verstummt. Noch herrscht Aufregung. Überall können Gefahren lauern. Vorsichtig schieben sich die Beamten um die Ecke, ducken, sichern, gehen in den Anschlag. Männer werfen sich in ein Auto, das davonrast. Feuer frei! Die Beamten wagen sich aus ihrer Deckung, feuern dem Wagen hinterher. Projektile treffen das Auto, die Heckscheibe zersplittert, ohne es jedoch zum Halten zu bringen. Mit quietschenden Reifen entkommt der Audi, in Richtung Katzbachstraße. Von der Großbeerenstraße schiebt sich ein Müllauto quer auf die Fahrtbahn, verdeckt die Sicht auf das Fluchtauto, gibt ihm die Möglichkeit zu verschwinden.

*

In der technischen Abteilung der Einsatzleitung läuft die Arbeit mit höchster Konzentration. Das Beobachtungsmaterial aus den Kameras wird analysiert. Eine übergeordnete Senatsstelle hat den Fall an sich gezogen. Staatssekretär Gruba ist von allen Details als Erster zu unterrichten. Sämtliche Maßnahmen die getroffen werden, müssen von ihm abgezeichnet werden.

Die Auswertung der polizeilichen Videoaufnahmen der Vorfälle vom Mehringdamm zeigen deutlich, dass drei Unbekannten vor der Pfandleihe die Schießerei ausgelöst haben. Noch ist nicht klar, ob die zu der Gruppe „Schneefall" gehört haben oder was genau die Ursache war. Die Aufnahmen reichen nicht für eine Identifizierung aus, da der Bereich nicht im unmittelbaren Einsatzgebiet „Schneefall" lag. Doch es gibt Fotos, die jemand vom Balkon mit seinem Handy gemacht hat, wie die drei auf dem Gehweg vor der Pfandleihe stehen. Erkennungsdienstliche Schritte sind eingeleitet. Täteridentifikation und Fahndung haben Priorität. Staatssekretär Gruba bildet seinen eigenen Stab.

*

Erdogan hat sich auf den Hof geflüchtet. Das Haus ist komplett umstellt. Schüsse, Sirenengeheul, Getrampel von Schuhen und Stiefeln.

Panisch zerrt er an der Kellertür, die, Allah sei gelobt, nicht verschlossen ist. Jetzt die alte, ausgetretene Steintreppe hinunter, den Koffer immer noch an die Brust gepresst. Kein Licht machen, hämmert sich Erdogan ein. So tastet er sich in dem diffusen Licht durch den Kellergang. Oben verstummen die Schüsse. Einen Augenblick Stille. Vorbei? Haben sie die Suche aufgegeben? Dann wieder das aufgeregte Scharren vieler Schuhe auf dem Boden über ihm. Kein zweiter Ausgang. Wohin?

Verzweifelt prüft er die Türen zu den verschiedenen Kellerverschlägen und wird fündig. Schnell hinein in den Verschlag. Im Gesicht die ekligen Fäden eines Spinnennetzes. Minutenlang verharrt er an die Wand gelehnt. Der Schlag seines Herzens ist dermaßen laut, dass er die Luft anhält, damit es nicht bis nach oben zu hören ist.

Undeutlich sind die Umrisse eines unordentlichen Haufens zu erkennen. Ist noch Zeit zum Telefonieren?

Hastig nimmt er das Handy aus der Jackettasche.

Oben am Treppenabsatz fliegt die Tür auf. Ein Lichtstrahl tanzt auf der Stirnseite des Kellerganges. Erdogan überwindet seinen Ekel und presst sich tiefer in das Gerümpel des Verschlages. Laute Stimmen ertönen vom Kellereingang.

"Scheiße, das Licht brennt nicht"

"Egal! Los, weiter! Keller durchsuchen"

Erdogan hat sich vorsichtig mit Müll bedeckt. Irgendetwas Klebriges läuft ihm zäh über den Nacken ins Hemd und rinnt den Rücken herunter. Er muss das Würgen unterdrücken. Näher kommen die Schritte und die Lichtkegel der Taschenlampen werden größer. Unter Zementtüten, Marmeladeneimern, alter Wäsche und gebrauchten Windeln sucht er Schutz. Noch immer hält er den Koffer mit einer Hand wie ein Schutzschild vor seine Brust gepresst. Unter Unrat vergraben, den Kopf gegen die feuchte Kellerwand gedrückt, wartet er darauf, dass die Polizisten wieder abziehen.

Die Beamten im Kellergang machen ihre Sache gründlich. Jede Nische, jeder Verschlag wird überprüft.

Erdogan hält die Luft an, spürt, dass sich etwas in dem Haufen, unter dem er liegt, bewegt. Irgendetwas kriecht über seine Hüfte nach unten, verharrt einen Moment an seiner, von der Hose entblößten Wade, und dann streicht warmes, weiches Fell an Erdogans Haut entlang, um irgendwo in der Dunkelheit zu verschwinden. Ekel würgt ihn. Die Tür des Kellerverschlages fliegt zur Seite. Ein greller Lichtstrahl blendet ihn. Erdogan reißt die Hand mit dem Handy hoch, um seine Augen zu schützen. Angst, einfach nackte Angst.

"Yok, yok (nein, nein)"

Der Beamte sieht Erdogans Hand nach oben fliegen, sieht den dunklen Gegenstand in der rechten Hand, kaum zu erkennen in dem aufgewirbelten Müll.

"Achtung! Waffe!"

Der Schlag hoch oben in der Schulter trifft Erdogan vollkommen überraschend. Die Detonation des Schusses in dem engen Keller macht Erdogan taub und der Stoß drückt ihn fest in den Müll. Er sieht in die funkelnden Augen der Männer in den Schlitzen ihrer Gesichtsmasken. Er kann ihre Stimmen nicht hören, schüttelt den Kopf, um das taube Gefühl aus den Ohren zu bekommen. Ein Stiefel tritt ihm das Handy aus der Hand, das er noch immer umklammert. Ein zweiter Tritt befördert den Koffer aus seiner Hand nach irgendwie in den Keller.. Noch immer versteht er kein Wort. Im Licht der Taschenlampen wirbeln Staubpartikelchen und die Bewegungen der Maskierten werden langsamer, harmonischer, so als ob sie tanzen würden.

Aus der Schulterwunde läuft Blut. Komisch, schön warm, tut überhaupt nicht weh. Dann wird Erdogan ohnmächtig.

"Peter? Schick mal nen Notarzt runter in den Keller! Wir haben hier einen erwischt. Schusswunde."

Die Männer des SEK sichern das Kellergewölbe.

*

Zaster schaltet das Autoradio ein. Bomber, der noch kein Wort gesagt hat, schlägt so wütend mit der Faust darauf, dass es mit einem Quäken den Betrieb aufgibt.

"Lass de Scheiße aus! Ick will nischt hören! Seid ihr völlig bekloppt? Habta se nich mehr alle?"

Smile fühlt Wut aufsteigen. Was bildet sich diese Pissnelke da vorne eigentlich ein. Er stößt Bomber von hinten grob an die Schulter.

"Eh, Maul halten. Klapp den Unterkiefer an, du Vogel! Wenn hier einer bescheuert ist, dann ja wohl du? Willst du jetzt auch noch an der Uhr drehen? Halt dein Fischmaul!"

Zaster nickt. Smile hat Recht. Die Nummer von Bomber war unter aller Sau.

"Was hast du dir denn dabei gedacht?"

Bomber starrt auf die Fahrbahn. Seine Stimme beginnt leise, fast entschuldigend, steigert sich dann zur anklagenden Lautstärke.

"Ick hab Bammel jehabt, als ick die Blaulichter gesehen und die Sirenen jehört hab. Und überhaupt, wat wollta denne. Den Mist hab ick doch nich vazapft, wa? Hab ick etwas da rumjeballert?" Smile tastet nach seinem Revolver.

"Du Schwitzer. Mann, mit so einem Wichser muss ich zusammenarbeiten. Glaubst du wir haben die Kanonen für die Balance dabei? Bist du so blöd? Hast wohl nen Kampf zu viel!"

Bomber ist sich klar darüber, was er gemacht hat und er weiß auch, dass es dafür keine Entschuldigung gibt. Aber wie soll er das diesen harten Jungs erklären? Er will auch das Gemecker nicht hören. Er will das hier nur zu Ende bringen. Raus aus dem Traum. Weg. Kinn auf die Brust, die Fäuste hoch und durch. Aber da ist kein Rauschen mehr in seinem Kopf, das Rauschen, das immer alles so leicht gemacht hat. Seltsam. Irgendwie ist der Kopf so klar, so frei. Warum erst jetzt und nicht schon gestern? Was soll er ihnen sagen? Sie werden es nicht verstehen, er begreift es ja selbst nicht. Leise, fast nicht zu hören versucht er eine Erklärung.

"Ja, mecka ma, has ja recht. Für mich is dit nischt mehr. Ick bin zu weich jeworden. Als det Jeballer losjing, hab ick die Nerven varlorn. Tut mir leid."

Auch sein alter Weggefährte Zaster kann die Enttäuschung nicht verhehlen. In seinem Blick ist eine Mischung aus Unverständnis und

Ablehnung. Obwohl sie doch noch davongekommen sind, liegt ein Hauch Feindseligkeit in der Luft.

"Mensch Bomber, da hast du eine Scheiße abgeliefert."

"Ick wees."

Smile äfft die Sprechweise von Bomber nach.

"Tut mir leid! Ick wees! Mensch, du bist eine Fotze. Quatsch mich bloß nicht mehr von der Seite an, du Lusche."

Scholle legt Bomber die Hand auf die Schulter und drückt sie leicht.

"Hört auf jetzt. Er hat eben Angst gehabt. Na und? Aber er hat immerhin so viel Mut gehabt, um zurückzukommen. Habt ihr das schon mal überlegt? Er war schon weg. Aber wir sitzen jetzt im Auto und er hat uns da rausgebracht."

Im Auto herrscht betretenes Schweigen, während sie die Kurfürstenstraße entlang in Richtung Lützowplatz fahren.

Zaster ist nachdenklich geworden. Scholles Worte haben Eindruck hinterlassen. Wie kommt der plötzlich zu so einer besonnenen Überlegung? Zaster ist überrascht, nimmt aber die Worte des Langen als Gelegenheit, um die Bande wieder auf einen gemeinsamen Kurs zu bringen. Er muss hier Struktur reinbringen, damit sie das hier zusammen durchstehen. Sie müssen sich einig sein. Persönlicher Kleinkrieg schadet nur.

"Scholle, da ist was dran. Wir müssen nach vorne sehen. Immerhin hat uns Bomber aus der Scheiße rausgeholt, auch wenn das Ganze nicht koscher war, ist doch klar. Oder?"

Die Worte helfen Bomber auch nicht bei seinen Selbstzweifeln und bei seiner inneren Zerrissenheit. Er knabbert noch immer an seinem Fehlverhalten und an seiner Angst, die ihn auch jetzt nicht verlassen hat.

"Schon jut."

Sogar Smile haben die Worte von Scholle ruhiger gestimmt. Jedenfalls meckert er nicht mehr. Smile sieht auf den Hinterkopf von

Bomber. Das Arschloch hat Frau und Kinder. Vielleicht kocht das ja weich? Vielleicht wäre er selbst dann auch anders? Ist bestimmt nicht so einfach für drei, vier Menschen zu entscheiden, anstelle immer nur für sich selbst. Scheiße Mann, Hauptsache du bringst uns ins Versteck.

"Äh Bomber, da war ich ein bisken wütend! Aber so eine Scheiße geht mir einfach quer runter. Na ja, nischt für ungut Alter."

Bomber bewegt den Kopf langsam auf und ab. Seine Stimme ist ganz ruhig und die Hände liegen entspannt auf dem Lenkrad.

"Nich so schlimm. Ick wees et ja selba. Aba wißta, der Schiß für dit, was danach kommt, de hat mir einfach de Beene wegjekloppt. Wat soll denn dann aus meene Kleene und meene Jören werden, wenn ick im Bau bin?"

Die drei schweigen und sehen sich an. Gefängnis stand bislang überhaupt nicht auf dem Plan.

Zaster hat seine Familie gut versorgt, um die muss er sich keine Gedanken machen. Hilde steht wie eine eins, da macht er sich keine Sorgen. Vielleicht geht es ja auch gut und er wird mit Hilde die kleine Reise antreten, die er ihr versprochen hat.

Smile grübelt, ob er etwas verpasst hat, weil er keine Familie hat. Wenn er viel verpasst hat, dann ist ihm aber auch viel erspart geblieben. Er entscheidet sich dazu, nichts verpasst zu haben. Er muss frei sein, will frei sein für alle Muschis dieser Welt. Und doch, manchmal wäre es schön, dass eine auf ihn wartete. Nicht nur weil er das Scheiß Dope mitbringt, nicht nur weil er bescheuerte Sachen macht oder weil er beim Ficken tabulos ist und nichts auslässt. Sondern einfach auf ihn wartet, um zu fragen, wie sein Tag war, wie er sich fühlt. Eine, die glücklich ist, weil er, der Irre, nur neben ihr auf der Couch sitzt. Vielleicht, wenn das hier vorbei ist ...

Der Lange ist bei seiner Überlegung hängen geblieben, ob er für seinen Hamster und seinen Wellensittich auch seine Kameraden im

Stich lassen würde. Eine schwierige Frage. Aber zum Glück stellt sich die Frage nicht. Morgen ist er wieder Zuhause. Ob er sich demnächst noch einen Hund zulegen sollte? So einen kleinen Jack Russel vielleicht? Die Ballerei von heute? Mund abwischen, weitermachen. Zaster wird's schon richten. Der findet immer einen Ausweg. Und er, Scholle, geht sowieso nicht mehr in den Knast. Nee!

*

Ute sitzt im Märkischen Viertel mit den drei Kindern beim Essen auf dem Balkon. Immer wieder geht ihr Blick zur Uhr, zum Telefon, über die Brüstung auf die Straße. Die drei Kinder lärmen, streiten sich um die besten Bissen am Tisch. Adrian hat seine Bratwurst bis zum Schluss aufgehoben, wogegen Kevin seine bereits verschlungen hat. Jetzt will er noch ein Stück von der Wurst seines Bruders abhaben und die kleine Sarah heult einfach so mit. An diesem Tag beendet Ute die Nerverei, indem sie dermaßen wuchtig auf den Tisch schlägt, dass die Flasche mit dem Saft herunterfällt, auf dem Boden zerschellt und die Flüssigkeit sich auf den Fliesen ausbreitet.

"Jetzt haltet aber mal den Schnabel. Ist den nie Ruhe in dem Irrenhaus hier?"

Die Kinder sitzen wie erstarrt. Das kennen sie von ihrer Mutter nicht. Das ist noch nie passiert. Während Ute die Scherben beseitigt, essen die drei mit gesenkten Köpfen weiter. Auf dem Balkon stützt sich Ute mit beiden Unterarmen für einen Augenblick auf dem Balkongeländer ab. Ein lauter Seufzer entfährt ihrer Brust. Sarah sieht zu ihr herüber. "Mama?"

Ute dreht sich herum, schüttelt den Kopf und lächelt milde. „Nichts!"

*

Hilde Sohl schlendert mit ihren beiden Töchtern durch die Borsighallen in Tegel. Wie die meisten Teenager sind die zwei extrem wählerisch in Sachen Kleidung. Seufzend beobachtet Hilde, wie auch diesmal wieder keines der T-Shirts das Richtige zu sein scheint. Warum die beiden überhaupt einen Stapel in die Umkleidekabine mitnehmen? Das kennt sie. Das wird jetzt noch eine Weile dauern. Da kann sie in Ruhe planen. Was soll sie morgen zu essen machen, wenn Benno wieder da ist? Vielleicht den Sauerbraten Rheinische Art, den er so gerne mag?

Eines der beiden Mädchen erscheint nur im Slip und mit einem bauchfreien Top vor dem Kabinenvorhang.

"Mama, was meinst du denn dazu?"

Hilde, peinlich berührt, sieht sich um, bemerkt den Mitvierziger, der sich den Hals verdreht, um einen Blick auf das junge Fleisch abzubekommen. Sie drängt ihre Tochter zurück in die Kabine. "Schon gut, schön, prima. Aber geh erst einmal wieder zurück." Seitlich ertönt eine Stimme.

"Mutti, Mutti, kann ich das tragen?"

Hilde dreht sich voller Ahnung, panisch herum, sieht jedoch zu ihrer Erleichterung, dass ihre zweite Tochter züchtig in neuen Jeans und T-Shirt vor ihr steht.

"Na ja, ein bisschen weiter oben könnte die Hose schon sitzen, man kann fast deinen ganzen Po sehen. Das muss ja nicht sein." Das Mädchen verschwindet kichernd in der Kabine.

Diese Zurschaustellung der Körper heutzutage kommt gar nicht in Frage. Das öffnet Sodom und Gomorrha alle Tore. Sie wird schon darauf achten, dass die Mädchen sich nicht zu nackig in der Öffentlichkeit zeigen.

Und dazu Knödel, ja, dass wird das Richtige sein. Sie stellt im Kopf den Einkaufszettel zusammen, während ihre Töchter aufgeregt mit einem neuen Stapel Klamotten in Richtung Umkleidekabine verschwinden.

*

Im Café am Olivaer Platz sonnen sich die Blondine und die Asiatin auf der Außenterrasse. Männer gaffen, werfen sich in Pose, konkurrieren um die Aufmerksamkeit der beiden. Die tun so, als ob sie nichts davon bemerken, lassen, rein zufällig, mal hier den Rock höher rutschen, gewähren dort beim Vorbeugen einen Einblick ins Dekolleté und einmal zu häufig leckt die Zunge aufreizend über die roten Lippen. Zwei Typen wagen die Attacke, setzen sich unaufgefordert an den Tisch.

"Hallo, ihr beiden Edelsteine. Dürfen wir euch einen Drink spendieren?"

Eine Augenbraue der Asiatin zuckt nach oben, die weißen Zähne strahlen bei ihrem verführerischen Lächeln.

"Nun streng dich mal nicht unnötig an, mein Lieber, die Karat die hier sitzen, kannst du sowieso nicht stemmen."

Der zweite Mann fasst sich zwischen die Beine und sagt provozierend.

"Fühl mal Kleene, mit dem Stemmeisen heb ich alles hoch",

Die beiden Frauen stehen auf, legen einen Geldschein auf den Tisch, bewegen sich weg. Blondie bückt sich noch einmal, um ihre Schuhschnalle zurechtzurücken, gibt dabei ihre makellosen Beine und ein Stückchen des kleinen, festen Hinterns für die Blicke der Männer im Café frei. Kurz blitzt der winzige Tanga, dann richtet sie sich wieder auf, schüttelt die blonde Mähne und stöckelt den Gehweg hinunter.

Zurück bleiben zwei Machos, die absolut davon überzeugt sind, dass sie ganz knapp davor waren, die beiden Schmuckstücke abzuschleppen.

*

Überall heulen Sirenen. Blaulicht zuckt in den Straßen. Die Stadt ist unruhig. Die Schießerei vom Mehringdamm hat den Moloch aus seinem Rhythmus gebracht. Die ganze Stadt scheint in Aufruhr zu sein.

Smile, stöhnt unterdrückt, wenn der Wagen das ein oder andere Schlagloch mitnimmt.

"Scheiße Mensch, mir ist schlecht." Scholle
ist überrascht.

"Was? Ausgerechnet Dir?"

Das Mitgefühl tut gut, es gibt Smile einen Hauch von gemocht sein. Aber mal lieber gleich mit gewohnter Gehässigkeit dagegen halten, nicht das hier einer auf das schmale Brett kommt er würde schwächeln.

"Ja, ausgerechnet mir! Und? Passt dir das nicht? Kann ja mir auch mal sein! Oder?"

"Mensch, mach den Kopp zu, sonst hau ich dir eine rein." Zaster
dreht sich herum und schaut Smile in die Augen.

"Bleibt mal beide ganz cool. Was ist denn los Smile?"

Wieder kommt ein gepresstes Stöhnen von Smile. Mit jedem Pulsschlag sticht ihm der Schmerz durch den Körper und in der Körpermitte breitet sich ein flaues Gefühl der Schwäche aus.

"Die haben mir irgendwo vorne nen Tunnel gestanzt."

Scholle fühlt sich hilflos, nimmt Smile in den Arm, tappt unbeholfen an Smiles Jacke herum.

"Ach du Scheiße. Zeig mal her Alterchen. Das wusste ich ja nicht. Komm her, lehn dich an. Wie schlimm ist es denn?"

"Ach, geht schon, alter Penner, lass mich mal nen Augenblick ausruhen. Aber bilde dir nichts drauf ein", Smile lässt sich gegen den Hünen sinken.

"Mach mir keinen Kummer! Mir würde deine große Fresse fehlen." Zaster zieht die Stirn kraus. Das fehlt jetzt noch. Die Bullen überall und dann noch einer verletzt. Scheiße und der Doc sitzt in Zehlendorf.

"Wo denn? Zeig mal her?"

Smile versucht mit dem üblichen Grinsen die Sache zu verharmlosen, aber es gerinnt ihm zu einer Grimasse.

"Seh ich so aus, als ob ich heule? Ich glaube, das Ding ist durchgepfiffen. Blutet aber wie Sau. "

Zaster Gehirn dreht auf Hochtouren. Einen Verletzten hat er nicht eingeplant.

"Halt durch. Wir müssen zum Dachboden. Da liegen unsere Klamotten. Da haben wir Ruhe. Da können wir überlegen, wie wir den

Doc ranholen. Da sind wir erst einmal sicher vor der Schmiere." Scholle hält noch immer Smile fest.

"Die wissen ja nicht, wo wir hin sind, sonst hätten sie uns schon längst angehalten."

„Ich nehm einfach mal ne Nase voll und dann geht das schon!" Zaster sieht Smile eindringlich an.

„Was hab ich dir gesagt! Kein Stoff beim Job! Arschloch! Hast Du doch was dabei?"

Der Blonde grinst mit schmerzverzerrtem Gesicht. „Na ja … auahhhh … Scheiße … ooohhh … pass doch auf!!" Der Audio knallt durch ein Schlagloch, Smile kippt weg.

Bomber dreht sich zu Zaster.

"Also bleebt dabei, wa? In Richtung Jerichttrasse?"

Zaster streicht sich durch die Haare, seine Augen flackern einen Augenblick lang unruhig, als sie die Umgebung am Schloß Bellevue, die Spree und die S-Bahnbrücke passieren, aber seine Stimme ist fest und bestimmt.

"Ja, zur Gerichtstraße. Da setzt du uns drei ab und fährst das Auto weg, ehe einer drauf kommt, dass mit der Karre was nicht stimmt."

Scholle wischt Smile, der besinnungslos an ihm lehnt, den Schweiß von der Stirn.

"Wegen der Löcher und der Heckscheibe, stimmts?"

"Richtig Scholle. Also Bomber, wenn du uns im Hof abgesetzt hast, fährst du sofort weiter. Über die Hussiten- und Bernauer Straße zum S-Bahnhof Schönhauser Allee. Da suchst du dir irgendwo einen Parkplatz. Von dort aus kommst du die drei S-Bahnstationen bis Humboldthain zurück. Das letzte Stück kannst du laufen."

"Allet paletti. Mach ick."

Zaster legt Bomber die Hand auf die Schulter und sieht ihn von der Seite an. Der Ex-Boxer spürt den Blick. Ein seltsames wehmütiges Gefühl zieht durch seinen Magen. Bomber kann sich das nicht erklären. Zasters Stimme reißt ihn aus seinen Überlegungen.

"Tut mir leid, dass du das Risiko eingehen musst. Aber die Karre muss weg vom Versteck. Und ruf nicht deine Frau an. "

Bomber zeigt keine Reaktion. Aber Zaster betont noch einmal nachdrücklich seine Forderung.

"Geht das klar?"

"Schon jut. Jeht klar."

Der Audi biegt in die Reinickendorfer Straße ein, Smile stöhnt wieder.

*

Auf dem tristen grauen Gewerbehof in der Gerichtstraße kommt der Wagen mit den Verbrechern in Hof eins zum Stehen. Hoch steigen die Glasfronten der einzelnen Etagen in den Himmel und die unterschiedlichsten Geräusche dringen nach draußen. Scholle schnappt sich drei der Rucksäcke, stützt Smile und geht mit ihm auf den Aufgang zu. Der Blonde zieht das linke Bein leicht hinterher. Zaster und Bomber sehen ihnen nach. Smile so schwächlich und hilflos zusehen berührt sie seltsam. Die Stimmung hat sich verändert. Zaster muss mehr denn je Führungsqualitäten beweisen, die nächsten Stunden sind wichtig.

"Bring die Karre hier weg."

"Is jut Zaster, is jut. Und denne?"

"Kommst du wieder her. Ich brauche dich noch."

Wat soll ick denne noch hier?"

Zaster blickt wieder zu Scholle und Smile.

„Wir brauchen den doc."

"Lieba würd ick wieda nach Hause fahn. "

Scholle verschwindet mit Smile im Hausflur. Bomber wartet auf eine Antwort von Zaster, der noch auf den Hauseingang starrt, in dem die Kameraden verschwunden sind. Bomber braucht eine Entscheidung. Vielleicht sogar seine Entlassung aus der ganzen Kiste.

"Nee Mann, ohne mir, wa … dit war nich ausjemacht."

Zaster dreht sich herum, sieht Bomber in die Augen. Hier steigt keiner aus. Hier gibt es keine Extrawurst.

"Ich muss zusehen, wie wir alle heile da raus kommen. Ich verlass mich auf dich."

Bomber seufzt schwer, er kennt diesen Blick von Zaster, der eigentlich nur ein Ja oder Nein, ein Schwarz oder Weiß zulässt, der einen verpflichtet, anbindet, nicht mehr loslässt.

"Benno, wir haben so ville Scheiße zusammen jemacht. Ick liebe dir wie een Bruda. Aba ick hab auch Ute und de Jören. Was soll ick denn hier noch reißen."

*

Scholle ist mit Smile auf der Treppe zum ersten OG, als sich die Kellertür öffnet und Rudi der Hausbesorger sein Gesicht in das Blickfeld des Langen schiebt. Er mustert die beiden Gestalten von oben bis unten. Von dem Kleinen ist kaum etwas erkennen, gerade mal die Beine und die Schuhe, der hängt wie ein Schluck Wasser am Arm des Riesen. Den Großen kennt er von heute früh, als sie sich gegrüßt haben. Das ist einer von den Arbeitern vom Dachboden.

"Ach ihr seid es. Schon Feierabend?"

Scholle schiebt Smile zwei Stufen höher, hinter die Ecke, außer Sichtweite, lehnt ihn dort an das Treppengeländer und grinst.

"Ja, hatten heute außerhalb ein Richtfest. Erst einrichten und dann feiern."

Rudi brummt verständnisvoll und kramt in den Kitteltaschen nach einer Zigarre.

"Ja, ja, und der Kollege war wohl für das Feiern zuständig."

Scholles Kehle entrinnt ein raues Lachen, sie verstehen sich.

"Jau, den muss ich erst einmal ein wenig frisch machen. Sonst meckert seine Olle wenn ich ihn so abliefere." Rudi winkt ab.

„Kenn ich das Theater mit den Weibern! Kenn ich", und geht wieder zurück zur Kellertreppe, während er eine halbe Zigarre zwischen Schrauben, Papierfetzen und Nähgarn findet und sie sich zwischen die Lippen schiebt.

"Das sind die Richtigen. Saufen wie die Weltmeister und zu Hause Kreismeister. Pah! Diese Luschen."

Der Hausbesorger zieht die Tür hinter sich zu und zündet den Zigarrenrest an.

*

Zaster betrachtet Bomber nachdenklich. Er muss ihn motivieren, da packen, wo Bomber schwach ist. Der Ex-Boxer hat immer auf ihn gehört und sich auf alles eingelassen, was er vorgeschlagen hat. Jetzt abnabeln geht nicht. Die Truppe muss Einheit zeigen.

"Hier geht es um Kameradschaft, um Loyalität, um Verlässlichkeit. Mensch, Bomber, jeder Mann auf seinen Posten! Wir funktionieren nur zusammen."

„Mann, Zaster! Ick war nur der Fahrer!"

„Bomber, der Fahrer ist am Start dabei und auch im Ziel! Willst du die Mannschaft auf halber Strecke hängen lassen? Ich sage es nicht gerne, aber ich habe dem Betrüger damals aufs Maul gehauen, damit du dein Geld wiederbekommst. Dafür habe ich dreieinhalb Jahre gesessen. Heute will ich von dir nur ein paar Stunden! Also, mach!"

Bomber nickt. Er hat begriffen. Es gibt keinen Ausweg für ihn. Er kommt nicht raus aus dieser Verpflichtung. Aber er will nicht zurück nach hier. Er hat Angst, er will nach Hause. Die Beute ist ihm egal.

"Ick wees. Also jut, ick komm retour, aba nur um zu helfen, wenn ick kann. Keen neuet Dings oder so und von die Sore will ick ooch nischt."

Arme Sau. War nur verzweifelt gewesen, wollte raus aus seinem Dilemma. Und dann gleich so einen Griff ins Klo. Schöne Scheiße. Dem steht die Angst ins Gesicht geschrieben. Zaster zögert einen Moment. Was ist das da in ihm? Bekommt er ein Gewissen? Seine Umarmung kommt für beide spontan.

"Danke."

Bomber erwidert die Umarmung verlegen, schiebt Zaster rasch wieder von sich. Damit hat er nicht gerechnet, das ist ungewohnt.

"Schon jut Benno, schon jut."

Bomber steigt in den Wagen, startet ihn und fährt los. Zaster mit der Blechkiste aus dem Schlafzimmer des Pfandleihers, verschwindet im Aufgang.

*

Eine Mitteilung an den Staatssekretär Gruba im Polizeipräsidium am Flughafen Tempelhof, sorgt für Aufregung.

Die drei Männer auf der Treppe der Pfandleihe, die das Drama auf dem Mehringdamm ausgelöst haben, sind identifiziert. Es handelt sich um Benno Sohl, alias "Zaster, Rüdiger Schmidtke, alias "Smile" und Franz Sachtleb, alias "Scholle".

Die SoKo „Triangel" befasst sich, unter der Leitung von Hauptkommissar Karl-Heinz Werftel, bereits im vierten Jahr mit dem brutalen Trio, ohne diesem bisher Straftaten nachweisen zu können. Auf Grund der besonderen Kenntnisse über das flüchtige Trio wird für die SoKo Bereitschaft angeordnet. Sie sind unmittelbar aus ihrer Freizeit in das LKA zu beordern.

Gruba ordnet die bundesweite Fahndung an und eine Sondermeldung an sämtliche Medien.

15.00 Uhr

Im Wohnzimmer des kleinen Häuschens am Zimmererweg in Buckow liegt der kleine, dünne Mann auf der Couch und sieht fern. Als auf dem Bildschirm die Sondermeldung der Polizei aufblendet und die Gesichter von Scholle, Zaster und Smile zeigen, hält er die Luft an. Ungläubig starrt Karl-Heinz Werftel auf die Mattscheibe. Er richtet sich auf, streckt den Arm streckt und der Finger zeigt auf das Fernsehbild, während Hauptkommissar Werftel, gebannt der Stimme des Ansagers lauscht und die Bilder sich beginnen zu vermischen.

"Die Aufnahmen wurden von einem Amateurfilmer gemacht. Sie zeigen die drei Räuber, beim Verlassen der Pfandleihe, deren Inhaber sie schwer misshandelt haben."

Werftel steht mitten auf der Straße und sieht das Ungeheuer in Gestalt eines Multivans auf sich zurasen. Der Motor brüllt und die Reifen quietschen auf dem Asphalt.

„Heute Mittag kam es bei dem Versuch der Polizei drei Verbrecher, nach einem Raubüberfall auf die Pfandleihe in Kreuzberg, festzunehmen, zu einem Schusswechsel. Drei Beamte wurden getötet, mehrere schwer verletzt."

Der Mann hebt seine Pistole. Noch zwanzig Meter, noch zehn … plötzlich wird er beiseite gestoßen. Der Retter wird von dem Van erfasst, weggeschleudert. Das Auto setzt zurück, überfährt den Körper am Boden und rast auf eine Seitenstraße zu.

„Mit Rücksicht auf die Sicherheit der Bevölkerung und um die Situation nicht weiter eskalieren zu lassen, unterließ die Polizei direkte Verfolgungsmaßnahmen"

Werftel feuert auf den Van. Als der Wagen an ihm vorbeischießt, streckt sich eine Hand mit einer Waffe aus dem Seitenfenster. Das Handgelenk ist innen tätowiert „Ring frei e. V.. Werftel sieht in den Mündungsblitz, spürt den Schmerz in seinem Knie. Er hält den Kopf seines Retters im Schoß...

„Die drei Verbrecher konnten entkommen"

Auf dem Fernsehschirm blenden die Konterfeis Zasters, Scholles und Smiles auf. Hauptkommissar Werftel wischt sich über die Augen, unbewusst massiert er das Knie seines verletzten Beins.

"Nee, das gibt es doch nicht. Das sind Zaster, der Doofe und der Verrückte. Scheiße, das gibt es doch nicht. Gerda, mach mir meine Sachen fertig, ich muss sofort zum Präsidium."

Werftel hält es nicht mehr auf der Couch. Die Decke fliegt zur Seite.

Er springt hektisch hin und her. Aus dem Bad klingt die enttäuschte Stimme seiner Frau.

"Das war es wohl wieder mit den freien Tagen, was?"

Werftel ist nicht zu bremsen. Die Latschen segeln durch den Raum, er reißt sich die ausgebeulte Trainingshose von den käseweißen, dürren Beinen.

"Quatsch nicht rum. Ich brauch Socken, Schuhe, Hemd und mein Cordjackett."

Die Stimme aus dem Bad versucht es mit Spott.

"Ja, ja, ich geh ja schon. Was ist denn wieder? Einer zu wenig beim Skat?"

Schrill gellt das altmodische Telefon mit der Wählscheibe. Der Hauptkommissar hinkt in kurzer Unterhose und ärmellosen Unterhemd in Richtung Telefon.

"Ja, ja, ja. Leg alles aufs Bett. Die haben die Drecksäcke heute beim Überfall fotografiert. Das ist brandheiß. Endlich kriege ich Benno Sohl, diesen Polizistenmörder, am Arsch. Jetzt ist er dran, jetzt hab ich ihn am Haken!"

Gerda bleibt im Türrahmen stehen. Ihr Mann reißt aufgeregt den Hörer von der Gabel.

„Werftel ... na klar ... Schlaf ich mit den Füßen in der Steckdose ... gleich da ... bin ja nur partiell beschränkt, Arschloch ... auf meinen Tisch ...“

Wie ihr Hund Steppke, der Mittelschnauzer, den sie zwölf Jahre lang hatten, zappelt Werftel da herum, wie sie ihn so rast- und ruhelos von einem Bein auf das andere springen sieht, wird ihr bewusst, wie sehr sie ihn liebt.

"Wieder Sohl? Sei vorsichtig. Reg dich nicht so auf. Denk an Dein Herz. Hör auf Tonno."

Den mag sie. Der ist besonnen und der lässt sich nicht so schnell vom Gehabe ihres Karl-Heinz einschüchtern.

Werftel nimmt erneut den Hörer ab, hat Gerda schon wieder vergessen, antwortet unbewusst, automatisch. Das Jagdfieber hat ihn gepackt.

"Ja, Ja – ich weiß. Ist jetzt die Zeit, dass ich ihn mir greife! Ihn endlich zur Strecke bringe! "

Gerda legt seine Sachen zurecht.

"Pass nur auf, werde nicht unvorsichtig.“

Werftel nickt, winkt nachlässig ab und wählt eine Nummer. Gerda eilt ins Schlafzimmer.

"Mann, pennt ihr denn da? Hier ist Hauptkommissar Werftel. SoKo „Triangel“. Alarmiert sofort die Kollegen Lektos und Willschuk. Ich erwarte die beiden in einer halben Stunde im Präsidium. ...Ja ich weiß, was bei euch los ist ... ist mir scheißegal ... und wenn ihr die beiden zur Fahndung ausschreibt ... ist mir scheißegal ... ich warne euch ... wenn das nicht klappt, leg ich euch persönlich um ... ist mir scheißegal."

Werftel schmeißt den Hörer auf, rennt halbangezogen ins Schlafzimmer und schlüpft in die bereitgelegten Sachen. Gerda steht im Korridor. Eine Hand an der Türklinke, in der anderen die Auto- und die Wohnungsschlüssel.

Werftel wirft sich im Flur das schäbige Sakko über, schnappt nach den Schlüsseln. Gerda reißt die Tür auf. Ein wenig Schuldbewusstsein schleicht sich in Werftels Unterbewusstsein. Aber wie immer ist er einer Erklärung oder einer Entschuldigung nicht fähig. Er küsst Gerda eilig auf die Wange, stößt ein verlegenes Murmeln hervor.

„Tschüss Watson!"

Gerda ist beruhigt. Ihr Mann hat sich gefangen. Sein Blutdruck hat sich beruhigt. Sie lächelt nachsichtig, sieht ihn das Bein nachziehen, er hat sich daran gewöhnt.

"Tschüss Holmes!"

Hauptkommissar Werftel bleibt auf dem Bürgersteig stehen, dreht sich herum. Er winkt einmal kurz.

"Morgen gehen wir schön essen! Versprochen!"

Gerda nickt, schließt die Tür, geht zurück ins Wohnzimmer und setzt sich auf die Couch. Für einen Augenblick überkommt sie ein warmes Gefühl. Schon lange hat er nichts mehr mit ihr unternommen. Er hat sich so bestimmt angehört. Das hat er ewig nicht mehr versprochen, geschweige denn getan. Es war immer etwas Neues, warum es nicht geklappt hat. So wird es auch diesmal wieder sein. Nein, wird es nicht. Diesmal wird sie darauf bestehen. Sie sieht das

Foto an, das im Regal neben der Couch steht. Es zeigt den jungen Polizeibeamten in Zivil gemeinsam mit Karl-Heinz beim Armdrücken, während beide in die Kamera lachen. Gerdas Finger streicheln den Goldrahmen.

"Ja, mein Lieber, morgen gehen wir schön essen und übermorgen reitet der Kanzler auf einem Esel vorbei."

*

Hauptkommissar Werftel rennt in seinem Büro auf und ab. Dreht die Akten auf dem Schreibtisch um, sieht aus dem Fenster des Polizeipräsidiums auf den Tempelhofer Damm und stiert wiederholt zur Bürotür. Er ist nervös, trommelt mit den Fingerspitzen auf den Schreibtisch.

"Wo bleiben denn nur wieder diese beiden Arschlöcher. Frei! Ha! Frei, wenn ich das schon höre. Hatte ich etwa nicht frei? Auch frei bedeutet immer Bereitschaft. Der Dicke frisst sich bestimmt wieder voll. Der Große hängt wieder in irgendeinem Chat fest. Alles unwichtiges Zeug."

Werftel greift zum Telefon, wählt, bellt hinein, als sich der Pförtner ordnungsgemäß meldet.

"Wie, Pforte? Weiß ich auch alleine. Habe doch selbst bei Euch angerufen. Sage mal, sind Tonno und Knochen schon durch? Was denn, Knochen schon vor zehn Minuten? Wo bleibt der denn? Und Tonno? Und? Habt ihr …? Ach, leck mich."

Er wählt eine neue Nummer. Die Tür zum Büro geht auf. Oberkommissar Thomas Willschuk bückt sich im Türrahmen, um mit seinen zwei Meter zehn nicht anzustoßen. Die dürre Gestalt zuckt zusammen, als Werftel den Hörer auf die Gabel wirft.

"He Knochen, wozu hast du eigentlich die langen Beine? Hä? Bestimmt nicht um schnell zu laufen. Oder?"

Willschuk, auch Knochen genannt, versucht äußerlich Haltung zu bewahren und bleibt betont lässig.

"Wo brennt es denn?"

Die schlaksige Erscheinung bemüht sich, die endlos wirkenden Gliedmaßen in eine halb sitzende, halb stehende Position am Schreibtisch zu bringen. Noch damit beschäftigt, die Beine zu kreuzen und die Arme zu verschränken, gibt er die Koordinationsversuche auf und stellt sich gerade hin. Dabei stößt er an einen der Stapel mit Unterlagen, die auch prompt vom Tisch rutschen. Ungelenk versucht Willschuk die Papiere aufzufangen, was ihm nur unvollständig gelingt.

Der kleine Hauptkommissar springt in die Höhe, sein Gesicht wird rot, er schlägt die linke Faust in die rechte Hand.

"Wo brennt es denn? Hä. Wooooo brennt es denn? Du hast wohl gar nichts mitbekommen? Die Triangel ist heute beim Überfall fotografiert worden. Schusswechsel. Drei Kollegen tot. Die Bande ist flüchtig. Meldungen sind raus an alle Taxizentralen, Rundfunk- und Fernsehanstalten. Es brennt im Busch. Wir haben sie endlich. Ratz Fatz … da brennt es!"

Werftel ist puterrot im Gesicht, seine Halsschlagader pulst und das Weiße in seinen Augen quillt vor.

„Hier, hier", er haut mit dem Handrücken auf ein paar Fotos die vor ihm liegen, „hier, das ist Benno Sohl. Erkennst du ihn?"

Willschuk sieht auf die Fotos. Werftel haut wieder auf die Fotos.

„Da, das ist er!", sein Zeigefinger pocht auf eine der Personen auf dem Foto, „siehst du, das da? Das ist Mündungsfeuer! Müüüünduungsfeueeer! Sohl legt da einen Polizisten um. Jetzt ist er offiziell ein Polizistenmörder!"

Werftel lässt Oberkommissar Willschuk stehen, reißt die Tür auf und rennt den Gang mit den zahllosen Türen hinunter. Die Wände grau, die Türen in einem schwachen Blau gestrichen und dazu der abgenutzte Linoleumbelag auf dem Boden im schwachen Schein der verdreckten Deckenbeleuchtung. Vorbei an dem ewig defekten Kopierer, erreicht er die Ecke, biegt rechts herum in Richtung Kantine und prallt gegen Kriminalkommissar Rainer Lektos. Er wird ein kleines Stück zurückgeworfen, seine Beine verhaken sich und die Hände finden keinen Halt. Er schafft es nicht, den Fuß nach hinten zu nehmen, kann sich nicht abfangen, strauchelt und landet auf der

Erde. Noch am Boden zetert er los

"Tonno, fetter Sack! Wo bleibste denn so lange?"

Der Dicke betrachtet einen Augenblick den zappelnden Vorgesetzten vor sich auf dem Gang, steckt einen Umschlag in die Jackettasche, beugt sich vor.

"Fahr mal runter, Chef, tritt auf die Bremse. Ich dachte mir, wenn du sowieso noch hier rumliegst, kann ich mir auch Zeit lassen."

Er fasst Werftel unter die Arme, und mit einem Ruck hebt er den Hauptkommissar hoch und stellt ihn auf die Beine. Werftel zieht sich ärgerlich die Sachen zurecht.

"Ja, ja, witzig, sehr witzig. Komm mal lieber in die Spur, als hier Sprüche zu klopfen. Hast du überhaupt eine Ahnung, was los ist? Hä? Wo warste wieder? Bei Mäc Dov? Oder im Wettbüro?"

Kriminalkommissar Lektos, genannt Tonno, grinst und wischt sich bedeutsam die Handflächen an der Hose ab.

"Mann, wäre schön wenn du mal duschst. Hast ja ein richtiges Feuchtbiotop unter den Armen. Nö, ich war ein bisschen bummeln."

Werftel schnaubt verächtlich, dreht sich herum und hinkt vor Tonno zurück in Richtung Büro. Oberkommissar Willschuk nickt Tonno zu, als sie eintreten, sichtlich erleichtert Werftel in Begleitung seines Kollegen in zu sehen, streckt er Lektos die Hand hin.

"Mahlzeit Tonno. Willst du was trinken?"

Der stimmt mit einer Kopfbewegung zu und zeigt auf die Wasserflasche auf Knochens Schreibtisch.

"Tagchen Knochen. Na, auch schon unter Beschuss von ihm gewesen?"

"Er war ... bummeln!", tönt es von Werftel.

„Ja, am Mehringdamm!" Tonno grinst.

Der Hauptkommissar zuckt herum.

„Wo warst du?"

Der dicke Kriminalkommissar Lektos setzt sich, ächzt, hebt beruhigend die Hände. Einen Augenblick sieht er von einem zum anderen. Wiederholt wischt er sich den Schweiß ab, schüttet sich ein Glas Selters ein.

"Nu bleib mal ruhig Chef. Du brauchst mir nichts erzählen. Ich war mit einem Kollegen von der Bereitschaftspolizei zur Sauna verabredet. Seine Frau rief mich gegen 13.30 Uhr an und hat das Treffen abgesagt, weil er sofort zum Einsatz am Mehringdamm muss. Es sei ein schlimmes Ding passiert. Na, da habe ich mich hier erkundigt und bin dann auch sofort zum Mehringdamm gefahren"

Hauptkommissar Werftel ist irritiert. Da hat tatsächlich einer seiner Leute recherchiert ohne das mit ihm abzusprechen? Ohne ihn direkt zu benachrichtigen? Der zählt ihn wohl schon zum alten Eisen? Dieser fette Kerl spekuliert wohl auf seinen Posten zu sein.

"Dicker! Wooo warst Du? Ohne Rücksprache mit mir? Wieso hast du mich nicht angerufen? Was hast du rausbekommen? Raus damit! Oder muss ich erst amtlich werden?"

Kriminalkommissar Lektos genießt den Auftritt, lehnt sich zurück, greift in die Tasche und holt einen Block hervor, grinst.

"Nee, laß ma. Dass du der Boss bist, wissen wir ja. Soll auch so bleiben. Aber ich bin siebzig Kilo schwerer – was willste also machen?"

Werftel zieht die Luft hörbar ein. Lektos mimt ein ängstliches Gesicht.

"Ist ja gut. Nu hör zu. Ich habe mit Kriminaldirektor Henschel und Dr. Kallig gesprochen, die haben den Einsatz geleitet. Außerdem war ich direkt am Tatort. Habe hier und da mit Leuten geredet. Bin in den Häusern klingeln gewesen. Habe ....."

„Tonnoooooooooo ..." Werftels Fingerspitzen trommeln auf die Schreibtischoberfläche.

„... und bin fündig geworden!", mit spitzen Fingern zieht er den Umschlag aus seiner Tasche.

„Was ist das?"

„Ruhig, Chef, ganz ruhig. Das ist ein Chip, da ist die Schießerei von vor der Pfandleihe drauf ...“

Der Hauptkommissar zieht scharf die Luft ein.

„Gib schon her!“ Werftel schnappt nach dem Umschlag, den Tonno rechtzeitig wegzieht.

„Nein, damit muss ich sofort zu Dr. Henschel ...!“

„Wieso? Wartet der da drauf?“ Werftel baut sich vor seinem Oberkommissar auf.

„Nein, der weiß noch gar nichts von dem Chip. Aber oben laufen die Fäden zusammen. Die brauchen das für die Analyse. Du weißt doch wie der Hase läuft!“

„Ja, ist richtig. Ok. Ich muss sowieso zur Besprechung in die Leitung. Nehme ich gleich mit. Und keine Sorge, ich werde dafür Sorge tragen, dass du persönlich genannt wirst.“

Tonno zögert einen Moment, aber Werftel ist schließlich sein Vorgesetzter. Er legt den Umschlag in die offene Hand des Hauptkommissars.

„So, und nun ab ihr beiden. Schleppt mir mal alles ran, was es von heute schon gibt. KTU, Aussagen, neueste Meldungen ..., na ihr wisst schon!“

Tonno sieht den Hauptkommissar verwirrt an.

„Wir sind hier auf Abruf, zur Beratung, da kommt das Zeug sowieso...“

„Quatsch nicht, das dauert immer. Also Bewegung. Wir müssen aktuell sein.“

Knochen ist schon an der Tür, als Tonno sich erhebt und zu ihm kommt, erreicht sie der Kommentar von Werftel.

„Und kommt mir nicht ohne etwas zurück!“

Mit dem Rücken zu seinem Chef zwinkert Tonno bedeutungsvoll mit einem Auge, flüstert.

„Komm, holen wir erst mal einen Kaffee in der Kantine.“

Werftel hat nichts mitbekommen. Als die Tür hinter den beiden schließt, holt er den Chip aus dem Umschlag und schiebt ihn in das Lesegerät.

*

Hamster Alf läuft in seinem Laufrad, unterbricht, schnüffelt am Fressnapf, klettert zurück ins Laufrad. Pieper planscht im Wasserbecken. Es klopft an die Wohnungstür. Hamster und Vogel halten inne.

"Herr Sachtleb sind sie zu Hause? Herr Sachtleb?"

Ein Umschlag schiebt sich durch den Briefschlitz der Wohnungstür. Er flattert zu Boden. Eine Nachricht von der Vattenfall. Schritte ertönen aus dem Treppenhaus, der Zusteller stolpert die Treppe hinunter, flucht. Die Haustür klappt. Der Hamster setzt seinen Lauf im Rad fort und der Pieper planscht weiter.

*

Smiles Asiatin und Blondie sitzen beim Essen im Café Breslau am Breslauer Platz. Der Mann hinter dem Tresen verschlingt die Körper der Frauen mit seinen Augen. Seine Fantasien sind ihm ins Gesicht geschrieben. Zu gerne würde er die beiden abschlecken, seine Finger in sie stecken. Sie würden sich vor Wollust winden und ihn um mehr anbetteln.

Den beiden Frauen fällt er nicht weiter auf. Nur einer der üblichen Gaffer, wie immer, wo sie auflaufen. Aber über Smile als Liebhaber und die letzte Nacht ist noch zu reden. Vor allem über den Rausschmiss von heute früh. Die Blonde ist stinkwütend.

"Smile ist ein Arsch. Ein mieses Schwein."

143

Die Asiatin lächelt schwach. So hat sie auch erst gedacht, als sie den Irren kennengelernt hatte. Aber nach der ersten Nacht folgte eine zweite, eine dritte und immer so weiter. Der Mistkerl konnte mit einer Frau spielen wie auf einer Geige. Seine grobe Art hinterher machte es umso reizvoller, ihn wieder für sich zu gewinnen, ihn für sich zu interessieren, ihn leidenschaftlich zu spüren.

"Der Sex mit ihm ist eine Wucht und wenn er hinterher den Macho raushängen lässt ist es umso geiler. Wenn er im Bett abgeht, gibt es nichts Besseres. "

"Das kannst du wohl sagen. Eine richtige Sau. Du kennst ihn länger?"

"Ja, schon eine ganze Weile. Während der Zeit habe ich gelernt, ihm nicht zu widersprechen. Das reizt ihn bloß. Das kann unangenehm werden. Außer, du willst es mal hart. Er wartet nicht gern. Es ist besser man tut es sofort, wenn er was sagt. Man muss den Kerl genießen und dann vergessen. Der benutzt dich nur, danach bist du für ihn durch. Bis zum nächsten Mal."

Blondie stochert in ihrer Backkartoffel rum.

"So ein Drecksack. Total erniedrigend, wie er mich vorhin behandelt hat. Den müsste mal einer so richtig fertigmachen."

"Eines Tages passiert das bestimmt."

"Jawoll."

Die beiden Frauen stoßen an, trinken und schauen sich dabei in die Augen. Der Barkeeper kommt an den Tisch, schaut hinunter, leckt sich über die Lippen.

„Kann ich noch etwas für euch beide tun. Ich denke, ich weiß, was ihr jetzt vertragen könntet?"

Blondi mustert ihn von oben bis unten, zieht eine Augenbraue hoch.

"Ich denke, dass unsere Vorstellungen ziemlich weit auseinander liegen, was das wohl betreffen könnte."

Bomber hat den Audi in der Nähe des S-Bahnhofes Schönhauser Allee abgestellt. Er ist ein paar Schritte die Straße hinunter gelaufen, bis zu dem kleinen, unbebauten Gelände. Er erbricht sich hinter einem Gebüsch. Wieder zurück zum Bürgersteig. Er taumelt die grauen Granitplatten entlang, achtet nicht auf Links und Rechts, während der Verkehrslärm an seinem Ohr vorbeizieht. Er reißt sich die Handschuhe herunter, wirft sie in einen Mülleimer. Wie in Trance wickelt er die Bandagen von den Händen, lässt sie fallen, nimmt das Handy aus der Tasche, tippt eine Nummer, bricht ab, steckt das Telefon wieder ein, steht an der S-Bahn Station.

Ab und zu hasten Leute die Stufen zu den Bahnsteigen nach oben, ohne einen Blick auf die Umgebung oder ihn zu werfen. Ohne auf die dunklen Flecke am Boden zu achten, die diejenigen hinterlassen haben, die dort hingespuckt, hinuriniert oder sich dort erbrochen haben. Im Eingangsbereich die übliche Verkaufsbude, mit Zeitungen, Schnaps, Zigaretten und allerlei Schnickschnack im Angebot. Die Männer draußen am Stehtisch, stieren in ihr Bier, beachten Bomber nicht. Der Verkäufer sieht nicht hoch, studiert weiter die nackten Frauen in einem Hustler Heft.

"Ja bitte?"

"Ick hätte jerne ..... ick wollte ...... ick meene........"

"Na, was denn nun? Bier, Schnaps oder Zigaretten?"

"Ja, Schnaps, Klaren, eene kleene Pulle." Der

Verkäufer nickt.

"Siehste, geht doch. Machte sieben Euro achtzig."

Er greift ohne hinzusehen hinter sich in das Regal. Oben vom Gleis ist der Lärm der einfahrenden S-Bahn zu hören. Eisen schrillt, Bremsen quietschen. Bomber erschrickt, sieht sich um, sein Blick geht aus dem Eingangsbereich des S-Bahnhofs raus, über die Straße hinüber zur Gethsemanekirche, wo die Kirchentür offen steht. Bomber verlässt den Kiosk.

"Lass man, is schon jut. Ick will nischt mehr. Danke."

Der Verkäufer hält die Flasche in der Hand, kratzt sich mit der Hand, die die Zeitung hält, an der Brust.

"Was ist? Was soll das denn? Wohl schon wieder voll, was? Na ja, du kommst schon wieder, wie alle."

Bomber stolpert auf die Straße. Mühsam drückt er die Knie durch und lehnt mit dem Kopf an einer Schaufensterscheibe, zuckt zusammen, als die Stimme ertönt.

"Heute wurde in Berlin-Kreuzberg ein brutaler Raubüberfall auf ein Pfandhaus verübt ..."

Bomber öffnet die Augen. Kühl drückt das Glas des Fernsehladens gegen seine Stirn. Wieder die Stimme. "... kam es zu einem Schusswechsel ... " Bomber krümmt sich.

"... bei den der Täter handelt es sich um den 43-jährigen Benno Sohl, den 38-jährigen Franz Sachtleb und um den 32-jährigen Rüdiger Schmidtke ..."

Bomber öffnet die Augen, Schweiß auf seiner Stirn, ihm ist schwindelig und die Gehwegplatten scheinen sich zu drehen. Ein Verkäufer kommt aus dem Laden.

"Scheiß Penner! Kotz hier nicht vor den Laden! Sieh zu, dass du weiterkommst! Mach ne Fliege, sonst helf ich dir nach!"

Bombers Gedanken drehen sich im Kreis. Was ist mit ihm? Ihn haben sie noch nicht auf dem Schirm? Warum nur die drei? Jetzt nur nicht auffallen. Kein Aufsehen. Weg hier.

"Is ja jut, is ja jut. Ick jeh ja schon, mir is nur een bisken schwummerig."

"Ja, ja schwindelig, was? Wohl eine Flasche zu wenig gehabt." Die Stimme aus dem Fernseher wir leiser.

."... alle drei sind bewaffnet und machen ohne Warnung von der Schusswaffe Gebrauch ..."

Bomber ist weiter, will zum Fußgängerüberweg, will zur Kirche, wo sich gerade langsam, behäbig die schwere Tür schließt. Bomber schlägt mit der nackten Faust an eine Hauswand, blickt hilflos nach oben.

"Lieber Jott, lass mir nich im Stich. Ick bitte dir. Ick muss zu die Jungs. Ick muss. Wejen de Kameradschaft, vastehste? Aber danach mach ick mir jleich nach Hause und nie ... nie wieda mach ick sonne Fisematenten. Ick vasprech et Dir. Nu musste mir aba helfen ... bitte."

Die Kirchentür schließt sich endgültig. Bomber wankt mit gesenktem Kopf zurück in Richtung S-Bahneingang.

*

Hilde Sohl sieht mit leeren Augen durch das Fenster in den Garten.

Der Fernseher läuft im Hintergrund. Ständig glätten ihre Hände die Tischdecke, wo längst keine Falte und kein Kniff mehr sind. Eine der Töchter kommt herein.

"Mama, hast du noch zwei Eis?"

Frau Sohl steht auf und geht zum Kühlschrank. Das Mädchen sieht sie an.

"Mama? Ist dir nicht gut?"

Hilde seufzt, nimmt aus dem Gefrierfach zwei verpackte Eis.

"Nein Kleines, alles in Ordnung. Ich bin nur ein wenig müde."

Das Mädchen hüpft mit dem Eis fröhlich davon. Hilde Sohl bleibt an der Spüle stehen, stützt sich mühsam ab, als im Fernseher die Stimme des Nachrichtensprechers die Meldung verliest.

"Heute in den Mittagsstunden kam es zu einem Schusswechsel ... "

*

Ute Eigenstedt sitzt am Wohnzimmertisch und weint. Sie starrt ungläubig auf den Fernseher und die Fahndungsbilder der drei Flüchtigen. Tränen rollen ihr über das Gesicht. Sie reißt sich los, ihr Blick fällt auf die Bohrmaschine, den Bohrstaub und das aufgehangene Regal im Korridor. Sie hat es gerade montiert. Genau wie Klaus es ihr aufgetragen hat. Das Klingeln des Telefons reißt sie aus ihrer Starre.

"Ja?"

"Ute?"

„Ja?"

„Hier ist Georg. Sag mal, ist Klaus zu Hause?"

Utes Schultern fallen nach vorne, sie wischt sich die Tränen aus dem Gesicht, fühlt eine Schwäche, ihr werden die Knie weich.

"Ach, du bist es Georg. Was ist? Ob Klaus da ist? Ja. Aber er hat sich hingelegt. Er hat den ganzen Tag hier in der Wohnung gearbeitet. Ist es denn etwas Wichtiges?"

"Nein, lass den alten Sack man pennen. Wird ja auch nicht jünger. Wollte nur fragen, wann er mal wieder mit zum Training kommt. Grüß ihn schön."

"Ich sag ihm Bescheid, wenn er wieder auf den Beinen ist."

"Tschüss Ute."

Ute legt auf, öffnet die Balkontür, geht hinaus, beugt sich über das Geländer, sieht hinunter. Dort unten ist alles so klein - wie Spielzeug, die Büsche der kleinen Grünanlage und die Bäume am Straßenrand. Dort drüben der Einkaufsmarkt wirkt wie ein Spielzeugladen. Man wird erfüllt von dem Gefühl, dass man all diese Dinge mit nur einem Finger so leicht hin und her bewegen könnte. Sie einfach dirigieren könnte, ohne Widerstand, ohne Sorgen, ohne Probleme. Wenn sie jetzt die Arme wie Flügel spreizen würde, könnte sie alles hinter sich lassen, über den Dingen schweben, höher und höher steigen, bis alles winzig wird und dann gänzlich verschwindet. Die Sorgen, der Kummer, die Gedanken, einfach alles.

Ute fühlt eine Wärme tief aus ihrem Innersten aufsteigen. Es ist wie eine Versuchung. Die macht unendlich müde und sie möchte sich in den Sog hineinsinken lassen, der lockend aus der Tiefe zu ihr heraufsteigt. Der sie aufnehmen möchte und mit ihr wieder hinabsinken wird. Er verspricht ihr das Ende von allem Mühsal und Querelen. Ute beugt sich über das Geländer und möchte dieser Schwäche nachgeben. Nicht immer stark sein müssen, sich auch einmal fallen lassen.

*

Hauptkommissar Werftel schmeißt die Tür zu. Ist er denn nur von Idioten umgeben? In diesem miefigen kleinem Kackbüro, mit den vielen Zetteln an den Wänden, den endlosen Papierstapeln auf den Schreibtischen.

"So eine Kacke, warum kommen wir nicht weiter? Die Spur ist brandheiß. Die drei müssen doch gesehen worden sein. Tausende laufen da draußen rum, sind die alle blind?"

Oberkommissar Willschuk versucht beschäftigt auszusehen und legt einen Finger an die Stirn. Er will auf keinen Fall, dass Werftel ihn wieder als Zielscheibe für seinen Unmut hernimmt.

"Vielleicht sind sie ja noch in der Nähe und verstecken sich. Sollten wir nicht rund um den Tatort suchen?"

Der dicke Kriminalkommissar Lektos winkt ab.

"Lass man Großer, das sind ganz abgewichste Brüder. Die sind weg. Dazu war die ganze Aktion für die viel zu überraschend. Die Brüder waren ebenso nicht drauf vorbereitet wie wir. Die haben einen Plan und an den halten die sich."

149

Hauptkommissar Werftel versucht, den Ansatz einer Spur in den Hinweisen zu erkennen. Immer wieder hämmert er sich eine Faust gegen die Stirn.

"Scheiße, Scheiße, wenn wenigstens das Fluchtauto irgendwo auftauchen würde. Kein Schwein meldet sich auf die Fotos hin."

„Hat der Chip mit dem Video irgendetwas ergeben?" Tonno sieht Werftel an.

„Nee! Der wird auch noch ausgewertet!"

„Soll ich da mal nachfragen?"

„Nein, kümmere du dich lieber um die wichtigen Sachen. Die KTU ruft uns sofort an, wenn sie was haben. Wie weit sind die Hausdurchsuchungen?"

Willschuk ist froh etwas Positives beitragen zu können.

"Die Jungens sind gleich vor Ort."

Werftels Arme rudern unkontrolliert in der Luft herum. Was soll er mit so einer Auskunft anfangen? Hat er gefragt, wo die gleich sind oder hat er gefragt wie weit die Hausdurchsuchungen sind?

"Sind gleich vor Ort, sind gleich vor Ort! Mann, was ist denn das für eine Info? Geht es nicht präziser? Sind wir hier beim Schneckenexpress? Hätte ich mir gleich denken können - wenn man nicht selbst dabei ist! Wer hat den Mist angeordnet, dass ausgerechnet die SoKo „Triangel" in Bereitschaft bleiben soll, um Auswertungen vorzunehmen? Ich werd noch wahnsinnig hier!"

Tonnos fleischige Lippen kräuseln sich zu einem süffisanten Lächeln, und Werftel ahnt, dass nun wieder dieser verhasste Unterton zu hören sein wird.

"Haben wir eigentlich Hoffnung, dass dich der Herzkasper noch vor dem Abendessen niederstreckt? Und die Anweisung soll wohl von ganz..."

Hauptkommissar Werftel ist mit einem Satz an dem Dicken heran, der gemütlich mit dem Schreibstuhl hin und her rollt. Er schlägt ihm seine Faust vor die Schulter, wobei seine kleine knochige Faust in dem Fettpolster des Untergebenen versinkt.

"Arschloch! Scheiß auf Bereitschaf! Scheiß auf „von oben". Wir machen da jetzt mit. Los jetzt."

*

Smile liegt auf dem Boden, Scholle hält seinen Kopf, streicht ihm die Haare zurück, während Zaster die Wunde verbindet.

„Na los, rück dein Zeug raus?"

„Was ist mit Dir los? Willste jetzt doch mal probieren? Aber nur gegen Cash!"

Smiles breites Grinsen ärgert Zaster.

„Quatsch nicht so einen Scheiß. Die Kugel ist noch drin und die Blutung hört nicht auf! Also, hast du oder hast du nicht?" Smiles misstrauisches Zögern dauert Zaster zu lange.

„Dann muss es auch ohne gehen!"

Er nimmt einen Streifen Pflaster aus dem Verbandskasten, verklebt den Verband, steht auf, wäscht sich die Hände im Eimer. Das Schnupfen in seinem Rücken, lässt ihn herumfahren. Smile grinst, hält ein Plastiktütchen in der Hand hält und reibt sich die Nase.

„Was denn? Hast du doch gesagt!"

„Bis du nur blöde? Das Zeug muss auf die Wunde, das vermindert die Blutung!"

Auf den Holzdielen liegend, zwischen Staub und Dreck, mit den schimmernden, noch feuchten Blutflecken, hebt der Blonde den Siegerdaumen.

„Egal. Hilf ja auch so. Mir geht es gut!"

"Arschloch! Die Blutung ist im Augenblick zwar ruhig, aber Du darfst dich nicht heftig bewegen, sonst bricht sie wieder auf." Der harte Hund grinst.

"Gut zu wissen. Dann lege ich mich bei den Bräuten mal vorsichtshalber drunter und lass die alleine machen." Scholle schüttelt den Kopf.

"Red doch nicht immer noch so einen Quatsch."

Smile zaubert ein vermeintlich verführerisches Lächeln auf seine Lippen und streckt dem langen Kerl seine Zunge entgegen.

"Schwester, du machst mich verrückt. Küss mich du geiles Luder"

Scholle lässt ohne Vorwarnung den Kopf von Smile los, der mit einem dumpfen Geräusch auf den Boden knallt. Der Lange geht zum provisorischen Tisch.

"Alter Sausack, immer nur Scheiße im Kopf."

Smile hat da nur sein Grinsen für übrig. Guter Stoff. Was ist denn mit den beiden los? Die ganze Show ist doch einfach nur geil. Sollen mal aufhören zu heulen. Über was machen die sich bloß nen Kopp? Zaster wird von seiner Frau und seiner Familie erwartet, draußen in Frohnau. Eine treue Frau, ein tolles Haus, klasse Kinder.

Und er, Smile? Er geht zum Arzt, lässt sich zunähen und ab geht die wilde Fahrt wieder. Schön geil ficken. Rock`n Roll! Ist wegen der Ballerei von heute etwa Spaß abgesagt? Nicht für ihn. Alter, du bist doch für alle sowieso nur der Bekloppte. Nicht schwach werden, gib ihnen den Irren, den sie haben wollen. Guter Stoff, Mann. Der Stoff ist wirklich gut. Der Schmerz jagt von seiner Hüfte bis ins Gehirn. Auch geil, Schmerz ist geil.

"Scheißpersonal hier."

Zaster nimmt die beiden mit ihrem Geplänkel nicht wahr. Den Kopf in die Hände gestützt, versucht er, die Lage zu analysieren. Verdammt, wo ist der Fehler gewesen? Was hat er übersehen? Was ist da passiert? Wenn die Bullenfalle für sie gewesen ist, wieso war das so dilettantisch gewesen? Oder war die gar nicht für sie gewesen? Infos, er braucht Infos!

"Ich weiß, was fehlt."

Scholle sieht interessiert vom anderen Ende der Platte zu ihm hinüber. Na also, er hat es gewusst, Zaster hat wieder etwas ausgebrütet, war ja klar.

"Was?"

"Wir haben hier kein Radio und keinen Fernseher. Wir bekommen nicht mit, wieweit die Bullen von uns wissen."

„Internet!"

Zaster holt sein Handy raus, tippt herum, schüttelt den Kopf.

„Nix!"

Zaster blickt Smile an.

„Handies?"

"Hab ich im Auto."

Scholle schüttelt den Kopf.

"Ich hab keins."

"Du machst da wohl mit Brieftauben, he? " Scholle zeigt Smile den Stinkefinger.

"Leck mich." "Quer oder diagonal?"

Zaster reicht es.

"Ruhe jetzt! Wir warten ab, bis Bomber hier ist. Der wird etwas wissen. Falls einer Hunger bekommt, da sind Konserven, warmes Essen holen wir erst etwas, wenn es dunkel ist. Klar?"

Smile zieht sich mühsam auf einen der Stühle in Sitzposition. Das ist ein Knaller. Der hat ja vielleicht Probleme. Obwohl ... Radio wäre nicht schlecht. Bisken AC/DC könnte man sich jetzt reinziehen.

Hee, wofür hat er sich das Ding in der Hüfte eingehandelt? Wie hoch ist sein Anteil, den er verbraten kann?

"Quatscht keine Blasen hier. Mach die Schatulle auf. Ich will wissen, was der alte Sack vor uns versteckt hat. Mach auf."

Scholle springt hoch, sucht nach einem Werkzeug, findet einen Meißel. Zaster legt die Hand auf die Blechkiste, aber Scholle greift danach, zieht sie zu sich herüber und beginnt sie zu bearbeiten. Smile schüttet unter Ächzen und Stöhnen die drei Rucksäcke auf dem Tisch aus. Zaster sieht Smile an.

"Alles klar bei Dir, Alter?"

"Klar! Klar ist alles klar. Und jetzt mal hier zur der Medizin hier auf dem Tisch." Die Augen des Blonden glänzen fiebrig. Scholle bearbeitet noch immer mit dem Meißel den Deckel der Blechkiste. Die Dinge verselbständigen sich, laufen aus dem Ruder.

"Scholle! Lass die Kiste in Ruhe. Und Smile, vergiss die Sore. Wir ziehen uns jetzt sofort um. Klar?!"

Scholle lässt den Meißel sinken. Zasters Unterton warnt ihn.

"Ja, klar! Aber warum? Wir haben doch noch Zeit?"

Smile fühlt die Schwäche wieder hochkommen, ihm ist ein wenig flau. Scheiß drauf. Ihm geht das Kommandiergehabe Zasters gegen den Strich. Was bildet der sich eigentlich ein? Die Wunde pocht. Ab und zu fallen die Augenlider zu. Smile ist heiß, muss sich hinsetzen. Arschloch, kommandiert hier herum. Nicht mit ihm. Flagge setzen, Revier markieren. Guter Stoff.

"Ja, Meister, wie ihr befehlt."

An Zaster prallt der offensichtliche Spott ab. Solange die Jungens parieren, können sie sagen was sie wollen.

"Scholle, du hilfst Smile, damit der in seine Klamotten kommt."

Aus einem Wasserkanister füllen sie eine Schüssel. Ab und zu knickt Smile ganz einfach weg. Dann ist er wieder da und bemüht sich, alleine klar zu kommen. Sein Jackett fällt auf den Boden, in das Blut, in den Staub, in die Pfützen. Mit dem Hemd wischt er sich wiederholt das schweißnasse Gesicht ab. Als er endlich umgezogen ist, sinkt er erschöpft in sich zusammen. Das sonst gegelte Haar hängt ungeordnet in sein Gesicht, wirkt fettig. Die von Zaster angebrachte Wundversorgung ist wieder blutig und selbst auf dem Hemd treten feucht schimmernde Flecken hervor.

Scholle und Zaster verwandeln sich wieder in Zivilisten. Ihre besorgten Blicke gehen zu Smile, der schwer atmend auf dem Stuhl sitzt und vergeblich versucht, seine Haare mit der linken Hand zu ordnen.

15.30 Uhr

Fußgeräusche auf dem Treppenabsatz. Der Hamster streckt verschlafen seinen Kopf aus dem kleinen Holzkasten im Käfig. Pieper presst sich ängstlich an das Gitter des Vogelbauers. Einen Augenblick ist draußen Stille, dann birst mit einem splitternden Geräusch die Wohnungstür, fliegt auf. Holzsplitter schießen wie kleine Geschosse umher, das Türblatt wird gegen die Wandgarderobe geschleudert und vermummte Gestalten stürmen herein.

"Polizei! Sachtleb! Kommen sie heraus! Zeigen sie sich!"

Weitere Beamte dringen in das Wohnzimmer ein, gehen in Knie, die Waffen im Anschlag. Die Läufe suchen wie große Finger das Zimmer ab. Finden kein Ziel.

Weitere Einsatzkräfte rücken nach. Sie reißen die Schränke auf, stürzen Regale um. Einer der Beamten stößt heftig an den Hamsterkäfig, der umfällt. Hamster Alf kann in der allgemeinen Aufregung aus seinem Gefängnis entkommen.

"Irgendetwas gefunden?"

"Objekt gesichert. Nichts gefunden. Die Zielperson ist nicht da."

"Drecksack! Auf Polizisten schießen und hier heile Welt spielen! Scheißkerl! Wo ist die Sau?"

Voller Wut tritt einer der Männer vor den Vogelkäfig, der durch den Raum geschleudert wird. Erschrocken flattert Pieper hoch, gewinnt die Freiheit und fliegt durch das offenstehende Oberlicht davon. Wieder bellt die Kommandostimme.

"Mann, reißen sie sich zusammen. Disziplinlosigkeiten können wir uns nicht erlauben."

"Entschuldigung."

"Schon gut. Keine Wiederholung."

Der Zugführer macht ein paar Schritte auf die Wohnzimmertür zu, gibt ihr einen heftigen Stoß.

"Wir rücken ab. Eingangstür sichern und versiegeln."

Die Tür schlägt an die Wand. Ein Quieken. Die Männer verlassen die Wohnung. Die Wohnzimmertür schwingt von der Wand zurück ins Schloss. Halb an der Scheuerleiste, halb auf dem dünnen Bodenbelag liegt der Hamster Alf auf dem Rücken, zerquetscht.

*

Mehrere Polizeiwagen halten in der Delbrückstraße. Das ist ungewöhnlich in dieser besseren Wohngegend. Flache Stadtvillen ducken sich hinter hohen Hecken, daneben kokettieren prachtvolle Häuser aus längst vergangenen Zeiten. Die Nobelkarossen der Anwohner stehen hier in Garagen, unter Carports oder auf den Zufahrten parkähnlicher Grundstücke. Hier gibt es keinen unbeobachteten Fußgängerbetrieb und keinen hektischen Straßenverkehr. Hier und da wird eine Gardine zur Seite gezogen, um diesen ungewöhnlichen Aufmarsch in Augenschein zu können.

Die Einheiten arbeiten sich auf dem Gelände einer dreistöckigen Stadtvilla bis zur Haustür vor. Die Seiten des Gebäudes sind bereits gesichert. Ein Spezialteam erreicht das Treppenhaus und steigt zum Penthouse hoch. An der Tür mit dem Schild R. S. verweilt der Zugführer für einen Augenblick, geht wieder einen Treppenabsatz tiefer und zückt sein Funkgerät.

Inzwischen sind weitere Einheiten auf dem Dach und warten an der Kante über der Terrasse auf ihren Einsatzbefehl. Im hellen Sonnenlicht wirken die Gestalten in ihren Kampfanzügen und den schwarzen Gesichtsmasken seltsam bizarr und auf eine unwirkliche Art bedrohlich.

Alles geht gespenstisch leise vor sich, gesteuert von Hand- oder Lichtzeichen. Nur wenige Worte werden geflüstert. Das Gebäude ist jetzt hermetisch abgeriegelt.

Einer der Beamten schaut auf sein Funkgerät, an dem eine Lampe dreimal im regelmäßigen Rhythmus dreimal grün. Der Einsatzleiter gibt den Leuten an den Dachkanten Handzeichen. Spinnenkameras werden bis zu den Oberkanten der Fenster des Penthauses herabgelassen und liefern Bilder aus dem Inneren der Wohnung an die kleinen, angeschlossenen Monitore.

Der Einsatzleiter wartet. Die Männer an der Dachkante drehen sich herum, schütteln den Kopf und machen ein Negativzeichen. Der Leiter streckt den Arm aus und macht mit der flachen Hand eine senkende Bewegung. Sofort gleiten die Männer lautlos neben den Fenstern auf die Terrasse hinunter. Zugführer Wellmann folgt ihnen. Vorsichtig schauen die Beamten in das Innere des Penthauses.

Keine Bewegung und keine Person ist zu sehen. Wellmann reckt die Faust hoch. Ein Zweimann-Team zertrümmert mit der mitgeführten Ramme die Verglasung der Terrassentür. Schnell sind die Scherbenreste an den Rändern herausgeschlagen, ein weiteres Team sichert den Eingang. Die Kollegen dringen ein.

"Bad 1 gesichert. Negativ."

"Bad 2 gesichert. Negativ."

"Toilette 1 gesichert. Negativ."

"Toilette 2 gesichert. Negativ."

"Küche gesichert. Negativ."

"Wohnraum 1 und Gästezimmer gesichert. Negativ."

"Schlafzimmer gesichert. Negativ."

"Ausgang gesichert. Negativ."

"Wohnraum 2 gesichert. Negativ."

Wellmann nimmt das Funkgerät.

"Zugführer an Einsatzleiter. Objekt ist gesichert. Keine Person."

*

Hilde Sohl sitzt in der Essecke, wo sie vor ein paar Stunden noch mit Zaster gefrühstückt hat. Wo sie noch mit Stolz auf ihre Familie geblickt hat. Neben ihr steht eine gepackte Tasche. Ihre Augen suchen die Ecke mit den Fotos an den Wänden, um wieder zur großen Scheibe, die den Blick auf den Garten freigibt, zurückzukehren. Sie weint, während sie telefoniert.

"Erika, du hast schon die Nachrichten gesehen? ... Ja, es ist furchtbar. Ich habe die Mädchen erst einmal in ein Taxi gesetzt und zu dir geschickt. Sie haben es noch nicht mitbekommen. ... Nein. Die Polizei war noch nicht hier. Aber sie wird jeden Augenblick kommen, bestimmt ... Es tut so weh. Versuche es hinzubekommen, dass die Mädchen noch nicht die Nachrichten sehen. ... Es wird schlimm genug, wenn sie wieder in die Schule müssen ... Ja, das geht für ein paar Tage. Aber sie werden nach Benno fragen, sie hängen an ihm... Nein, natürlich nicht, sie haben nie etwas geahnt ... Ich weiß es nicht, das Haus, das Auto, die Konten laufen alle auf meinen Namen ... Ich weiß es wirklich nicht ... Benno hatte immer ordentlich Buch geführt, in den beiden Zigarettenläden und der Videothek ... nein, dass sind auch meine ... Benno hat nur die Bücher und die Steuern gemacht ... mein Gott, die armen Mädchen ..."

Durch den Garten sieht Hilde Sohl zwischen Büschen und Bäumen mehrere Männer in Kampfanzügen, mit Waffen und Sturmhauben auf die Terrasse zulaufen. Sie kennt das, es ist nicht das erste Mal. Bisher haben Zasters Anwälte das stets ausgebügelt. Doch diesmal wird kein noch so gewiefter Rechtsvertreter helfen können. Immer wieder sind sie umgezogen. Erst in den letzten Jahren hatten sie hier ihre Ruhe gefunden. Hilde schluchzt in den Hörer.

"Sie kommen ..."

Hilde lässt das Telefon fallen und geht zur Terrassentür, stößt sie auf. Mit einem Schritt ist sie auf der Terrasse und breitet die Arme aus. Sofort lassen sich die Männer auf den Rasen fallen und bringen die Waffen Anschlag.

"Kommen Sie bitte meine Herren, ich bin alleine."

Im selben Augenblick splittert die Eingangstür und die Einsatzgruppe dringt ein. Ganz vorne Werftel, der Hilde grob anfasst und ins Zimmer zerrt und sie mit dem Gesicht gegen die Wand presst.

"Los, wo ist der Hund? Sag schon, wo ist er?"

Hilde ist verängstigt. Was will der Mann? Warum tut er das? Ihre Worte kommen mühsam über die zitternden Lippen.

"Also ... bitte ... wer ... Benno ... äh ... mein Mann ... ist nicht hier ..."

"Quatsch nicht. Wo ist er? Los, raus damit? Ich will wissen, wo ist der Mörder?"

Der Banküberfall. Die Flucht. Der Multi Van, der auf ihn zurast. Und dann sein Sohn Robert, der ihn, Werftel zur Seite stößt. Das fürchterliche Klatschen, als der Wagen Robert voll trifft, ihn wegreißt, ihn noch einmal überfährt. Die Schüsse, das Knie, „Ring frei e. V. am Handgelenk.

Hilde wird schwindelig. Sie sinkt an der Wand zu Boden, dreht sich, sitzt mit dem Rücken zur Wand. Die Luft wird knapp, es ist so kalt, so eng in der Brust, wo kommt der Schmerz her? Alles dreht sich.

"Mörder? ... Wieso Mörder? ... Aber doch nicht mein Benno."

"Scheiß auf deinen Benno. Was ist das hier für eine Tasche? Hä? Wohl schon für die Flucht, wie? Seid wohl beim Packen. Los durchsucht den Schuppen. Findet das Schwein."

Werftel schüttet die Tasche aus. Frische Wäsche, ein Trainingsanzug, Zigaretten, Socken. T-Shirts, Fotos von Hilde, von den Töchtern fallen auf den Boden. Hilde begreift nicht. Warum liegen die Sacher hier herum? Die sollten doch in der Tasche sein. Hat sie vergessen zu packen? Wieso packen? Wollen sie verreisen? Wo ist Benno? Ach ja, sie muss die Tasche packen. Benno braucht die Sachen.

"Flucht? Nein .... Benno braucht doch Wäsche."

Sie kriecht auf allen Vieren zu der Tasche und versucht die verstreuten Sachen in die Tasche zu zurückzupacken, während um sie herum Geräusche von umgestoßenen Gegenständen und splitterndem Holz tönen. Hilde kniet auf der Erde, immer wieder fällt ihr etwas aus den kraftlosen Händen. Hilflos streicht sie das weiße Hemd glatt, um es im nächsten Augenblick zur Seite zu legen, um Zasters Unterwäsche zu ordnen.

Noch einmal einpacken, herausnehmen, neu sortieren. Was soll denn Benno von ihr denken? Dass sie zu alt ist, um für ihn zu sorgen? Dass sie ihn etwa nicht mehr liebt? Nein, nur das nicht. Alles muss seine Ordnung haben. Ihr Blick geht unruhig durch den Raum. Was machen die Männer hier? Warum reißen sie die Bücher aus den Regalen? Warum schmeißen sie alles wahllos die Erde?

"Warum machen sie das?"

Werfel starrt sie hasserfüllt an.

"Bist du bescheuert? Warum wir das machen? Sag schon, wo ist der Verbrecher? Dann kann ich das ein für alle Mal zu Ende bringen. Mit einem Schuss. Dann haben wir alle unsere Ruhe!"

Hilde zittert, wirft sich auf die Füße Werftels, umklammert seine Beine.

"Nein, das dürfen Sie nicht. Wegen der Mädchen. Das dürfen Sie nicht."

Der rosarote Nebel schiebt sich wohltuend vor ihre Augen, sie ist so schwach, so wehrlos, so müde ...

"Bitte nicht ..."

Angewidert schiebt der Hauptkommissar sie mit dem Fuß von sich.

"Das sag mal den Kindern unserer toten Kollegen. Sag das mal den Witwen, du alte Seche!"

Beamte im Raum starren befremdet auf die Szene Werftel bemerkt die plötzliche Stille.

"Was ist?"

Tonno kommt in das Zimmer sieht auf die besinnungslose Hilde Sohl, dann zu seinem Chef. Seine Stirn zieht sich kraus und er hebt beschwichtigend die Hände.

"Hier ist keiner. Hier ist nichts. Was ist denn mit der Frau?"

"Was heißt hier „hier ist nichts", sucht weiter. Und was geht dich die Alte an?"

Tonno hebt Hilde hoch und legt sie auf die Couch. Seine Stimme ist leise.

"Chef, du verlierst die Kontrolle. Das sieht hier stark nach einem Kollaps aus. Wir sollten den Notarzt reinrufen." Werftel ist nicht zu bremsen.

"Wer bist du denn? Mutter Theresa? Wer ist denn hier zuständig? Du oder ich? Noch bestimme ich hier, was passiert. Die mimt hier ne Schau."

Der Dicke schüttelt den Kopf, legt die Beine von Hilde Sohl hoch.

"Wir sind hier überhaupt nicht zuständig. Wir sind eigentlich in Bereitschaft am Platz der Luftbrücke. Schon vergessen?"

Wütend reißt Werftel Tonno zurück, seine Stimme ist schrill.

"Ich habe nichts vergessen! Überhaupt nichts! Gar nichts! Sieben Jahre lang nicht. Hörst Du? Und jetzt lass das Flittchen los!"

"Mensch, beruhige dich, Chef. Das ist doch eine Frau, eine Mutter. Die hat nicht geschossen. Komm zu dir ...", dann gibt Tonno eine Meldung durch, „Achtung, Achtung sofort einen Notarzt in das Objekt. Parterre, nach hinten hinaus ...."

Werftel, fällt auf einen Stuhl, seine Stimme ist tonlos, während er vor sich hin ins Leere starrt.

"Du Arsch, was weißt Du denn schon ... nichts weißt du ... lass mich doch einfach nur machen."

Der Arzt kommt herein. Tonno weist ihn mit dem Kinn in Richtung Sofa, zu Hilde Sohl. Tonno geht zu seinem Chef und zieht ihn hoch. "Nu komm jetzt. Reiß dich zusammen. Mensch, sonst bist Du schneller aus dem Fall draußen, als du denkst."

Behutsam aber bestimmt drängt Tonno Werftel aus dem Zimmer.

Ein Räuspern lässt ihn innehalten. Im Türrahmen drehen sich beide noch einmal um. Der Arzt, der sich um Hilde kümmert, sagt, ohne sie anzusehen.

"Die Frau hat einen Herzanfall. Sie muss sofort in ein Krankenhaus, hier besteht Lebensgefahr. Sagen sie draußen dem Sanitäter Bescheid, der gibt ihrem Kollegen eine Beruhigungsspritze, bevor der auch noch umfällt."

Mit einem Knacken öffnet Tonno den Kanal auf dem Sprechfunkgerät.

"Ein Sanitäter bitte in Bereitschaft zum Eingang."

Hildes Augen starren ins Leere, ihre Lippen zittern und der Arzt hat Mühe ihre Hände festzuhalten. Zwei Sanitäter legen sie auf eine Bahre.

*

Ein Fernschreiben geht bei Staatssekretär Gruba ein.

"Erste Spuren zur Schießerei vom Mittag am Mehringdamm. Verdächtiges Fahrzeug in Richtung tschechische Grenze unterwegs."

*

163

Smile steht ein wenig unsicher am Tisch, stützt sich ab. Die aufgebrochene Blechkiste liegt auf dem Boden, während auf der Tischplatte die Beute gestapelt ist. Der Schmuck und die Goldmünzen auf zwei Haufen, die Scheine und das Kleingeld auf zwei anderen. Zaster prüft den Schmuck mit einer Lupe. Scholle lädt gewissenhaft die Magazine seiner Automatikpistolen. Smile zeigt sein Grinsen.

"Na, was sagt ihr jetzt? Fünfundsiebzigtausend Euro nur in der Schatulle und dazu noch die drei kleinen Säckchen mit den schönen Steinen. Hab ich da nicht ein Näschen gehabt?"

Scholle nickt anerkennend. Ohne Smiles Spürsinn wären sie nicht auf das Versteck in der Wohnung des Alten gekommen. Das war wirklich clever von ihm gewesen.

"Das muss man dir lassen, das hast du wirklich."

Zaster beobachtet seine beiden Komplizen. Der eine macht sich gar keine Gedanken und er andere ist im Wundfieber. Scholle verlässt sich auf ihn. Smile sieht alles rosig, vielleicht liegt das an der Nase von vorhin. Aber das hält nicht ewig an. Denkt keiner an die Gefahr, die draußen lauern kann? Ist die nur in seinem, Zasters, Kopf vorhanden? Schätzt er die Lage vielleicht doch falsch ein? Wissen die Bullen nichts von ihnen?

Sie können hier nicht wie geplant bis morgen früh bleiben, Smile muss zu einem Arzt. Verdammt, wann kommt Bomber. Wenn es ganz mies gelaufen ist, müssen sie alle vier raus aus der Stadt.

„Also, mit dem ganzen Kram zusammen können wir erst einmal eine Weile Pause machen. Bares ist genug da und die Sore kann in aller Ruhe verkauft werden. Nicht sofort, eher so in vier Wochen. Die Steine gehen nach Holland." Scholle
lacht.

"Ja, und ich kann Alf ein richtig großes Terrarium kaufen. Da wird er sich freuen. Und Pieper ..." Smile winkt ab.

"Mann. Hör auf mit deinen Viechern. Wo bleibt Bomber? Bringt der gleich nen Arzt mit?"

Zaster schaut auf die Uhr.

"Der müsste bald hier eintreffen. Und zum Arzt müssen wir hin, der kommt nicht nach hier."

Er sieht fragend zu Smile. Der nickt lässig. Scholle zuckt mit den Achseln, geht zu den Campingliegen. Mann, das war eine Menge starker Tobak heute. Der alte Mann, das Geld, der Schmuck. Dann die Schießerei und die Flucht. Okay, erledigt, Mund abwischen. Nur gut, das er für Alf und den Pieper vorgesorgt hat.

"Dann hau ich mich jetzt aufs Ohr."

Er nimmt seine Waffen, legt sie akkurat neben die Liege, macht sich lang, verschränkt die Arme hinter dem Kopf. Nur einen Wimpernschlag später, ist sein Atem tief und regelmäßig zu hören.

Smile rückt sich mühselig eine Liege zurecht. Er kann das Stöhnen nicht ganz unterdrücken, als er sich hinlegt.

"Wird mir auch gut tun. Und du?"

"Ich rechne alles durch. Mal sehen, wie weit wir im Notfall damit kommen."

"Wie meinst du denn das? Notfall!"

"Na, überleg mal. Ob wir einfach wieder so nach Hause können? Scholle hat zumindest an der Kreuzung den Kerl im Auto umgelegt.

Wenn das ein Bulle war, machen die richtig Ballett. Ob wir noch jemanden anderen getroffen haben, wissen wir nicht genau. Vielleicht identifizieren die uns. Wir haben ja wie auf dem Präsentierteller gestanden. Das müssen wir erst einmal checken, oder nicht?" Zaster nickt zu Scholle hin.

"Der Lange dreht durch, wenn er nur an den Knast denkt. Dazu die Sorge um seine Viecher und der Schiss vorm Alleinsein. Du bist angeschossen. Das sieht nicht gut aus. Du musst auf jeden Fall zum Doc."

Smile sieht ihn skeptisch an.

"Was machst du, wenn wir uns verpissen müssen?" Zaster sieht vor sich auf den Tisch.

"Abflug. Über die Grenze nach Osten. Jedenfalls für ein paar Jahre. Und du?"

"Ich gehe nach Petersburg. Da kenne ich einen mit ner Disko. Viel, viel Frischfleisch und neue Papiere. Was ist mit deiner Familie?" Zaster schüttelt den Kopf.

"Da müssen Hilde und die Mädchen eben durch. Das werden sie schon verschmerzen. Für sie ist gesorgt."

"Na ja, so einfach ...", Smile dreht sich, „ oooch, Mensch, tut das weh."

Trotz seiner Schmerzen betrachtet Smile Zaster noch eine Weile, wie er da so sitzt, den Schmuck prüft, sich Notizen macht. Anscheinend ohne Emotionen, ohne Gewissen? Smile brennen die Augen, fallen ihm zu. Kreise drehen sich und Bilder tauchen auf. Er mit Frau und Kindern im Vorgarten eines kleinen Häuschens. Was für ein Scheiß. Das Dope lässt nach. Scheiß Fieber. Ich doch nicht? Smile kippt weg.

*

Ute Eigenstedt sitzt auf der Couch, eine Hand am Telefon. Das Gesicht vom Kummer gezeichnet, die Augenschminke durch die Tränen verschmiert. Obwohl sie auf den Anruf gewartet hat, zuckt sie zusammen, als es klingelt.

"Jaaa?"

Bombers Stimme ist nur ein Flüstern. Er hat sich auf dem Bahnsteig der S-Bahn-Station eng in eine Lücke zwischen zwei Stützpfeiler gepresst.

"Biste alleene?"

"Meine Güte Klaus. Du lebst. Wo bist Du? Was habt ihr gemacht? "

"Sei stille. Ruhig jetze. Ick hab janischt jemacht. Ich war nur mit die Karre eene Straße weita. Ick wusste det janich."

"Klaus, wo bist du?"

Bombers Stimme hat einen eigenartigen Klang, sie zittert. Er sieht sich unsicher um. Vom Wind getrieben, weht ein Papierfetzen über die Gleise des Bahnhofs. Weiter vorne knutschen zwei Teenager auf einer Bank. Bomber achtet auf alles. Nur nicht selber. Niemand darf ihm etwas ansehen, nichts vermuten, nicht ahnen. Wieder sieht er sich um.

"Ruhig Kleene, janz ruhig. Ick bin nich bei die annern. Ick hab allet inne Glotze jesehen. Det is ja so schlimm, ick hab jeflennt."

"Klaus, komm nach Hause. Von dir war in den Nachrichten nicht die Rede. Hast du verstanden?"

"Ick kann nich. Ick hab Zaster versprochen dass ick noch mal zurückkomme und ihnen helfe. Die broochen eenen Doc."

Utes Schrei der Überraschung und der Wut kommt unvermittelt. Mit allem hat sie gerechnet, aber nicht damit, dass Klaus nochmal für diese Kerle noch einmal seinen Kopf riskiert.

"Hast du getrunken oder bist du nun total verblödet?"

Er muss mit diese verdammten Kumpanei mit dem Verbrecher Sohl endlich aufgeben. Das ist keine Loyalität, das ist Selbstverstümmelung, das ist Idiotie. Dafür fehlt ihr jedes Verständnis.

"Klaus ... das kannst du doch nicht ..."

Bomber flucht über sich selbst, über seine Handlung, darüber, wie sehr er Ute damit verletzt und was er damit aufs Spiel setzt. Doch es geht nicht anders. Er kann nicht anders. Er ist nicht stark genug. Wie soll er aus dieser Zwickmühle zwischen Freundschaft und Verrat herauskommen? Es gibt Regeln. Wie soll er die Regeln brechen? Die Ehre, das gegebene Wort, die Freundschaft. Kann sie das nicht verstehen? Warum hilft sie ihm nicht?

"Ick hab es vasprochen Kleene ... ick hab es vasprochen ... vastehste, wejen die Kameradschaft und die Ehre und det janze

167

Zeugs. Wat soll ick denn machen? Die verlassen sich doch uff mir. Vasteh mir doch!"

"Nein Klaus, das kann ich nicht verstehen. Das kann ich nicht ..."

"Ute, Kleenes, ick kann nich anners. Et is das letzte Mal. Ick hab es Zaster ooch jesacht. Nur noch een Mal. Ick muss aba da hin, ick steh da im Wort. Et is det letzte Mal, ick vasprech et dir."

Utes Entscheidung ist klar und unmissverständlich. Es geht um die Kinder und um deren Zukunft. Die brauchen keinen Vater der im Gefängnis sitzt.

"Also gut, fahr hin. Hilf deinen Brüdern. Reite dich da weiter hinein. Lass dich verhaften oder lass dich erschießen ..."

"Ick liebe dir ..."

"Ich liebe dich auch. Die Kinder lieben dich. Aber liebst du uns oder deine Verbrecherfreunde? Bist du nicht in der nächsten Stunde zu Hause bei uns, hast du dich entschieden. Gegen uns. Dann setzt du hier keinen Fuß mehr in die Tür."

"Ute, bitte mach dit nich. Wenn ick hier rauskomme, dann wird allet anners."

"Klaus, komm nach Hause. Ich habe die neue Putzstelle bekommen. Da arbeiten auch Männer. Da kannst du Montag gleich anfangen. Vielleicht können wir sogar zusammen in einem Objekt arbeiten. Und komm mir jetzt nicht mit der Soße deine Kumpels haben ohne dich keine Chance. Du hast noch eine und die ist nur ohne deine Freunde, die hast du nur hier mit uns."

"Ja Kleene, dit will ick ja. Bestimmt. Aba ick muss ersma zu Zaster, ick hab es vasprochen."

Obwohl Ute Tränen über die Wangen laufen, bleibt sie bei ihrem Entschluss.

"Schatz, komm nach Hause."

Langsam legt sie den Hörer auf.

*

Aus dem Haus in der Gerichtstraße schiebt Hausbetreuer Rudi sein altes Damenfahrrad, das er immer für die kurzen Wege zur Post oder zum Kaufmann nimmt, auf den Gehweg. Er bückt sich, steckt die Fahrradklammer an sein rechtes Hosenbein, sieht misstrauisch nach allen Seiten, so als hätte er etwas zu verbergen. Aber nichts Ungewöhnliches fällt ihm auf. Rudi schwingt sich auf das Rad und fährt in Richtung Nettelbeckplatz.

An der Kneipe „Zum Stadtbad", hält er abrupt an. Anscheinend völlig entspannt lehnt er das Fahrrad an die Hauswand, hält den Kopf gesenkt, sieht sich wieder verstohlen um, nichts Verdächtiges zu entdecken, geht in das Lokal und steuert auf den Tresen der Altberliner Kneipe zu.

"Komm Hermine, gib mir mal schnell einen doppelten Korn."

"Was ist denn mit dir Rudi? Mitten in der Woche? Hat dich das Liesken von der Leine gelassen oder bist du ausgebüxt?"

Sie schenkt Rudi seinen Doppelten ein, den er sofort zu sich heranzieht, mit leicht zitternder Hand das Glas an seine Lippen führt und den Alkohol mit einer Bewegung hinunterkippt. Herrlich dieses Brennen in der Speiseröhre.

"Noch einen Hermine, noch einen. Das ist ja alles so schrecklich. Kann ich euch gar nicht erzählen."

"Mensch Rudi, was ist denn? Du bist ja janz kalkig im Gesicht. Trink erstmal."

Ein Gast am Tresen mischt sich gutgelaunt ein, fasst sich an seinen Hals, würgt sich selbst.

"Sag mal Rudi. Hat dich Liesken wieder geärgert und du haste ihr den Schlund umgedreht?"

Hermine schüttet Rudi unaufgefordert noch einen ein. Rudi nimmt das Glas trotzdem, setzt es an. Hermine sieht ärgerlich zu dem Gast.

"Halt deine Klappe Hannes. Mit so etwas scherzt man nicht. Rudi, sach doch mal, was is denn?"

"Nee, nee so was aber auch. Kann ich nicht erzählen. Ich muss zur Polente. Mörder unter meinem Dach. Nee, so was aber auch."

Hermine blickt zu Hannes der ebenso ratlos wie sie ist. Hannes zuckt mit den Schultern, zeigt auf sein leeres Glas.

„Noch ne Pilsette, Herminchen!"

Während Hermine das Pils zapft sieht sie sorgenvoll zu Rudi.

„Rudi noch'n Doppelten? Willste uns nicht sagen, was passiert ist?

Rudi ist schon kopfschüttelnd auf dem Weg zur Tür, murmelt selbstvergessen „nee, nee", verlässt das Lokal, vergisst sein Fahrrad, besinnt sich, geht wieder zurück, nimmt das Rad von der Wand, schiebt es gedankenverloren neben sich her.

*

Die beiden Teenager, vorne am Bahnsteig, knutschen noch immer. Wieder fährt eine Stadtbahn ohne Bomber ab. Das muss schon die zweite oder dritte sein. Bomber kann sich nicht entschließen. Der Oberkörper wiegt hin und her, keiner außer ihm selbst hört sich zu.

"Ick hab et vasprochen. Ick muss dahin. Vasteh dit doch. Ick hab et vasprochen. Ick muss et vasuchen. Ick würd sons imma dran denken. Dit würd mir doch nie mehr loslassen"

Eine ältere Frau mit Hut, dunklen Mantel und auf einen Stock gestützt, beugt sich über ihn.

"Ist ihnen nicht gut? Haben sie Hunger? Wissen sie nicht wohin?"

Bomber sieht zu ihr hoch, hört ihre Worte wie durch eine Wand aus Watte, begreift nicht-

"Nee, is allet inne Reihe. Ick bin nur ein bisken danebe."

"Wirklich? Alles in Ordnung mit ihnen?"

"Mach dir keene Jedanken Mutta, is allet paletti. Ick fahr jleich weiter."

*

Rudi steht ungeduldig am Tresen Polizeiwache Pankstraße. Drei Beamte beschäftigen sich mit dem Ausfüllen von Formularen, sehen gar nicht zu ihm herüber.

Der ältere Polizist, mit dem lichten Haarschopf, wendet sich endlich an den Hausbesorger. Er kennt Rudi schon über vierzig Jahre.

Sie sind beide aus dem Kiez im Berlin-Wedding nie weggekommen. Gemeinsame Schule, gemeinsame Freunde und viele gemeinsame Erlebnisse.

"Na Rudi, was hast du denn auf dem Herzen. Hat Liesken dich rausgeworfen? Willst jetzt bei uns pennen, wa?"

"Nix ist mit Liesken. Ihr müsst jetzt mitkommen."

Ein zweiter Beamter, noch sehr jung, mit unreiner Gesichtshaut, mischt sich amüsiert ein. Auch ihm ist das dominante Liesken ein Begriff. Er kennt die Kiezgeschichten über die beiden, wenn sie Rudi aus der Kneipe holt oder ihn mit einem Zettel zum Einkaufen schickt, während sie sich selbst im Lokal einen Likör bestellt.

"Nee Rudi, mit Liesken legen wir uns nicht an, die ist zu gefährlich."

Der dritte Mann, um die 40, schaut Rudi genauer an, zieht die Luft durch die Nase und schnuppert.

"Wat ist denn Rudi, haste einen zuviel genascht? Du stinkst ja wie ne ganze Brennerei. Setz dich erst einmal hin."

"Nee, ich bin nicht besoffen. Mord und Totschlag unter meinem Dach. Ihr müsst mitkommen. Das ist alles richtig schlimm."

Der ältere Beamte beugt sich vor, macht ein ernstes Gesicht. Der Gedanke seinen alten Freund wegen Mordes an dem Hausdrachen verhaften zu müssen bereitet ihm Unbehagen. Der gutmütige Rudi

171

war nie gewalttätig. Ein Charmeur, der sich im Ballhaus, im Café Keese und hier rund um den Nettelbeckplatz den Ruf eines Frauenhelden hart erarbeitet hat. Der ehemalige Gigolo hat sich immer von seinen Frauengeschichten ernährt, bis er auf Liselotte Mehrbrecht traf, die heute sein Liesken ist.

Die hat dann sein Lotterleben abgestellt und das Kommando übernommen. Diesen lieben Kerl jetzt in den Knast schicken zu müssen, dass würde ihm schwer fallen.

"Haste Liesken etwa was angetan? Rudi?"

Rudi haut mit der flachen Hand dermaßen resolut auf den Wachtresen, dass die drei erschrocken zusammenfahren.

"Nix is mit Liesken, ihr Blödmänner! Der Bursche von heute, der aus Kreuzberg, der ist bei mir auf dem Dachboden!"

Die drei Polizisten begreifen überhaupt nicht, wen er meint, nehmen ihn nicht ernst und das Pickelgesicht gibt sich besonders witzig.

"Nee Rudi, ist nicht wahr. Der ist bei dir auf dem Dachboden? Was macht der denn da? Hängt der Wäsche auf? Oder hat er was mit Lisken?"

Eine Handbewegung des älteren Kollegen bringt das Spottmaul zum Schweigen. Ihm ist die aktuelle Fahndungsmeldung eingefallen.

"Lasst Rudi zufrieden. Sag mal Rudi, nur einer? Das waren aber drei heute Mittag."

"Ich hab aber nur einen gesehen. Den hab ich heute Morgen und heute Mittag bei uns gesehen."

Jetzt haben sie es alle begriffen. Einer schreibt etwas auf.

"Und da war nur der eine?"

"Nee, heute Mittag war da noch einer bei, aber den habe ich nicht richtig gesehen, der war besoffen."

"Rudi, ist dir sonst noch etwas aufgefallen? Irgendetwas? Was machen die da auf dem Dachboden?"

Rudi zieht die Augenbrauen zusammen. Meine Güte ist die Polente schwer von Begriff. Kein Wunder das die Straßen immer unsicherer werden. Die haben ja überhaupt keine Ahnung davon, was in ihrem Kiez los ist.

"Der Boden wird doch ausgebaut. Da kommen jetzt Ateliers oder Büros rin. Der Lange gehört zu einer Baufirma."

Einer der Beamten ein Blatt Papier vom Schreibtisch.

"Der Lange? Sah der so aus?"

Er schiebt Rudi das Foto von Scholle über den Tresen.

"Genau das ist der. Der ist bei mir auf dem Boden." Der Polizist macht die Klappe am Tresen hoch.

"Rudi komm mal rein hier. Wir brauchen noch ein paar Angaben."

Rudi folgt der Aufforderung, setzt sich auf einen Stuhl neben dem Schreibtisch. Der Ältere drückt ihm kurz mit der Hand die Schulter, nickt seinem Kollegen zu,

„Bring Rudi mal nen Kaffee!", nimmt den Telefonhörer und wählt eine Nummer.

"Gehrke, Abschnitt 36. Kollege, gib mir mal nen Draht zur SoKo Mehringdamm. Wir haben da was.“

*

Bomber sieht aus dem Fenster, als der Zug im Bahnhof Bornholmer Straße einläuft. Der Druck im Magen verstärkt sich. Unsicher, nach allen Seiten Ausschau haltend, verlässt er das Abteil und steuert eine der Bänke an. Er hat keinen Blick für die brachiale Schönheit des Bahnhofs. Seine Beine sind schwach, im Gehirn kreisen Gedankenfetzen und Zweifel nagen an ihm. Er schüttelt den Kopf. Wieder fährt eine Bahn ein. Menschen hasten vorbei, Gesprächsfetzen erfüllen die Luft, werden zerrissen, der Zug fährt weiter, der Bahnhof bleibt mit Bomber still zurück.

*

Im Polizeipräsidium am Flughafen Tempelhof herrscht große
Aufregung.

Die Spur zur tschechischen Grenze hat sich als Irrtum erwiesen.
Die Einheiten, die sich darauf konzentriert haben, können
zurückgezogen werden. Mittlerweile häufen sich die Hinweise aus
der Bevölkerung, doch die wie gewöhnlich entpuppen sich die
meisten Anrufe als Blindgänger oder Wichtigtuerei.

Das Telefonat von den Kollegen der Weddinger Polizeidienststelle
ändert schlagartig die Situation. Einer der Gangster ist identifiziert.
Das Versteck der Bande ist bekannt. Staatssekretär Gruba zieht alle
Hinweise an sich und leitet Maßnahmen ein.

*

Eine S-Bahn fährt ein. Bomber steigt aus einem der Wagons und
bewegt sich unentschlossen auf den Bahnsteig. Soll er gleich wieder
weiterfahren? Sich in Sicherheit bringen? Er macht einen Schritt auf
den Wagon zu, dreht wiederum. Der Zug fährt ohne ihn ab. Bomber
stößt seinen Kopf gegen einen Pfeiler. Los, sag doch, was soll ich
machen? Hilf mir doch! Lieber den Schmerz, als diese Leere im
Kopf.

Leute um ihn herum sehen ihn befremdlich an, der Mann in den
dreckigen Arbeitssachen flößt ihnen Furcht ein. Einige tippen mit
dem Finger an die Stirn. Bomber fällt auf eine der Bänke auf dem
Bahnsteig.

17.00 Uhr

Durch die Jalousien fällt nur spärliches Licht in das Zimmer des Krankenhauses, in dem Hilde Sohl liegt. Das Summen und Ticken der Apparate, an die sie angeschlossen ist, mischen sich mit den schweren Atemzügen der Patientin. Die Krankenschwester ordnet die Zudecke, als die Tür langsam aufschoben wird. Werftel kommt, zeigt seinen Ausweis.

„Drei Minuten Schwester, ich hab mit dem Arzt gesprochen."

Die Krankenschwester zögert, verlässt aber dann das Zimmer. Der Hauptkommissar geht zum Krankenlager, betrachtet Hilde Sohl, setzt sich auf das Bett, berührt die Hand an dem Zugang für den Tropf steckt. Hilde öffnet die Augen, ihr Atem ist unter der Sauerstoffmaske gepresst. Werftels freundliche Stimme straft seiner harten Mimik Lügen.

„Hallo Frau Sohl. Ich bin Hauptkommissar Werftel von der Kriminalpolizei. Erkennen sie mich wieder?"

Hildes Nicken ist mehr zu erahnen, als zu erkennen, sie beobachtet Werftel aus angstvollen Augen. Er versucht seiner Stimme einen reumütigen Klang zu verleihen.

„Entschuldigen sie mein Verhalten von vorhin. Mir sind einfach die Nerven durchgegangen. Sie wissen schon, der Druck, die Kollegen und so, die ganze Aufregung!"

Die Pupillen der Kranken weiten sich ein wenig mehr.

„Frau Sohl, wir wissen, dass ihr Mann heute keinen Polizisten erschossen hat. Es gibt da eine Videoaufzeichnung. Bennos Unschuld ist erwiesen."

Werftels Stimme trieft vor Besorgnis und mit einer großen Portion Optimismus erkennt man in Hilde Sohl den Anflug eines Lächelns. Werftel legt nach.

„Hören Sie zu. Wir wissen auch, wo sich Ihr Mann versteckt hält. Die Kollegen werden das Versteck stürmen und die machen keinen Unterschied. Wenn ein Polizist erschossen wurde, gehen die ganz rigoros vor. Mitgefangen, mitgehangen, heißt es dann."

Werftels Miene drückt Widerwillen aus, seine Stimme drängt.

„Sie wissen doch, wie Benno ist, er stellt sich immer vor seine Kameraden und die nutzen ihn nur aus. Er glaubt, dass er für jeden verantwortlich ist. Doch diesmal wird das schief gehen. Denken sie auch an ihre Töchter."

Der Apparat an der Wand, gibt plötzlich schnellere Geräusche von sich.

„Ich muss mit ihm sprechen! Ihm sagen, dass er eine Chance hat, wenn er aufgibt. Dann kann ich ihn da unverletzt rausholen und er wird bald hier bei ihnen sein. Sie wissen doch bestimmt, wie sie ihn erreichen können. Sie haben sicherlich eine geheime Telefonnummer, die nur sie kennen."

Hildes Blickt zuckt zum Nachttisch. Werftel nimmt ihr die Sauerstoffmaske ab.

„Geben sie mir die Nummer Frau Sohl. Wo ist sie?"

Der Apparat an der Wand piept noch schneller. Hilde ist aufgeregt, atmet schwer, quält sich, bereit nachzugeben. Sie keucht. Werftel beugt sich über sie, ihre Stimme ist kaum zu verstehen.

„Scheren sie sich zum Teufel. Sie werden Benno nie kriegen. Eher holt er sich sie.

Werftel zuckt zurück, lässt die Sauerstoffmaske achtlos auf das Bett fallen und beginnt den Nachttisch zu durchsuchen. Hilde Sohl tastet nach der Notklingel, stößt sie dabei vom Bett, unerreichbar für sie baumelt die Klingel neben dem Bett. Hilde versucht verzweifelt sich aus dem Kissen hochzustemmen.

Jetzt hat Werftel das Handy, steckt es ein, Hilde fällt reglos in das Kissen zurück. Werftel dreht sich triumphierend zu ihr um, erkennt die Situation. Hastig setzt er ihr wieder die Sauerstoffmaske auf, versucht unbeholfen eine Wiederbelebung. Dann entdeckt er die Notklingel neben dem Bett, drückt sie hektisch. Der Apparat an der Wand beruhigt sich und endet in einem langen, durchgezogenen Ton, die Linie auf dem Monitor ist flach und gerade.

Ein Arzt, ein Assistenzarzt und eine Schwester stürzen in das Zimmer, ein Blick auf Hilde genügt

„Rea!"

Während die Schwester einen Defibrillator bereit macht, schubst der Assistenzarzt Werftel aus der Tür.

„Raus hier! Raus! Raus!

Die Tür fällt nicht ganz ins Schloss und der Hauptkommissar beobachtet, wie sich Hildes Körper unter den Stromstößen aufbäumt. Auf Werftels Stirn sind Schweißtropfen, seine Hände krampfen sich zusammen. Der Arzt stellt seine Bemühungen ein, Werftel wendet sich ab und hinkt zum Fahrstuhl.

*

Scholle schnarcht leise auf seiner Pritsche, die Brille ist verrutscht, seine Pranken hat er friedlich auf der Brust gefaltet. Smile stöhnt im Schlaf, als ein Knall ihn hochschreckt. Zaster kommt von der Bodentür zu ihm herüber. Smile reibt sich den Schlaf aus den Augen, seine Hand tastet zum Revolver.

"Was ist los, wo kommst du her?"

Zaster setzt sich neben Smile in die Hocke, seine Stimme ist unterdrückt.

"Ich habe den Dachboden untersucht. Der verbindet mindestens fünf Häuser miteinander und damit genauso viele Höfe. Es gibt

Durchgänge oder Übergänge, die nur mit Rigipswänden getrennt sind."

"Und was soll das?"

Zaster wiegt den Kopf hin und her. Er will mit falschen Prognosen keine unnötige Panik verursachen.

"Bomber ist immer noch nicht da. Der könnte uns mehr dazu sagen, wie es draußen aussieht."

Smile kratzt sich am Kopf. Er schaut auf seine Hüfte und betastet den blutgetränkten Verband. Vorsichtig tippt er mit den Fingerspitzen dagegen.

"Ich kann ja mal nachsehen?" Zaster

richtet sich auf.

„Du kommst ja kaum die Treppe runter!"

„Wenn der nicht in den kommenden halben Stunde auftaucht, geh ich runter!"

"Vielleicht haben sie ihn mit dem Wagen geschnappt." Der Blonde schwingt die Beine von der Liege, stöhnt.

"Dann wären sie schon hier. Der hält sein Maul nicht?"

„Wie kommst du da drauf?"

Smile steht mühsam auf und sieht zum Tisch hinüber.

"Denk an heute Mittag, als er mit dem Auto abgehauen ist."

"Na ja, aber er ist zurückgekommen, oder Smile?"

„Traust deinem alten Passmann aber auch nicht so richtig? He, wo ist der Schmuck und die Kohle?"

Smile wird sich nie ändern. Da könnte Jesus vor ihm über Wasser laufen, das wäre erst interessant, wenn das der Weg zur Beute oder zu einer Party wäre.

"Zaster, das liegt doch auf der Hand. Heute Mittag waren wir in Sichtweite. Aber wenn er jetzt bei der Schmiere hängt, dann denkt er an seine Familie und an den Knast. Da wird die Lusche weich werden. Da will er Pluspunkte machen. Raus mit der Sprache, wo ist der Schmuck und die Kohle?"

Zaster zeigt in die Ecke des Raumes, die im Dunkeln liegt. Nur schwer kann man zwischen den Eimern, Tüten und Holz die Rucksäcke erkennen.

"Da vorne in den Rucksäcken. Jeder mit seinem Bargeldanteil, in meinem noch der Schmuck, die Steine und Bombers. Die Klunker dauern vier Wochen."

Smile sieht Zaster verwundert an.

"Bomber seinen? Einen vollen Anteil?"

"Natürlich. Ich werde ihn nicht bescheißen. Der hat Familie!"

Smile geht mühsam zu den Rucksäcken. In seinem Kopf tanzen wieder Sterne, alles ist so heiß, er muss die Augen zusammenkneifen, um klarer sehen zu können. Sein Gehirn arbeitet und warnt ihn. Signalisiert Gefahr. Lass dich nicht täuschen alter Junge, nicht veralbern. Glaubt Zaster das wirklich selbst oder will dich reinlegen? Macht der sich Gedanken um die Zukunft der Familie von Bomber?

Und wie sieht das mit seiner eigen aus? Nicht so. Nicht mit mir! Fuck! Bombers Anteil, für was denn? Für die halbe Arbeit? Für die Kugel in deiner Hüfte? Dafür, das der Schlappschwanz jetzt da draußen ist? Vielleicht schon bei den Bullen singt? Fuck! Oder wollen die beiden dich bescheißen? Was läuft da für ein Plan? Zaster nimmt sich ein wenig zu wichtig. Denkt wohl, du steigst nicht dahinter, was hier gespielt wird. Hält dich wohl für bescheuert. Zieht dieses Weichei dir vor, diese miese Made. Vielleicht sollte man die Aufteilung ganz neu vornehmen.

Smiles Hand tastet nach der Waffe, ein scharfer Schmerz warnt ihn, dass seine momentanen Verfassung ihn den Kürzeren ziehen lassen könnte. Geduld, Ruhe und Wachsamkeit sind angesagt. Vielleicht ergibt sich eine bessere Gelegenheit. Smile öffnet seinen Rucksack, blättert kurz die Geldbündel durch. Aus den Augenwinkeln heraus sieht er, dass Zaster ihn beobachtet.

"Was ist eigentlich mit deiner Familie, wenn mal etwas schief geht? Wenn du in den Knast musst?"

"Hilde ist eine Glucke,. Sie wird sich neu orientieren müssen. Sie muss die Familie versorgen. C´est la vie. Aber wer wartet auf dich?" Was soll das denn jetzt? Smile sieht Zaster verständnislos an.

"Wer soll schon auf mich warten? Jede Menge Fotzen. Jung, fleißig und willig. Und die schnelle Kohle, die schnellen Jobs. Was ist das für eine Frage?"

"Ich habe nur überlegt, an was du hängst - ob du etwas vermissen kannst. So wie Scholle seinen Hamster und seinen Vogel."

Smiles Grinsen ist eher ein gequältes Zähnefletschen. Er streicht sich die Haare zurück.

"Alter, nu drück mir nicht auf diese Drüse. Da liegst du vollkommen verkehrt. Wenn mich was schmerzt, dann ist es die Nülle vom Vögeln, das Bein vom Gasgeben und im Moment die Scheißhüfte mit der Kugel. Ich muss um nichts heulen. Alles was ich liebe, trage ich bei mir – nämlich mich."

Smile schließt den Rucksack. In der Dunkelheit ist der Wechsel in Smiles provozierende Mimik nicht zu erkennen. Nicht der Moment der Nachdenklichkeit, den fast schon traurigen Ausdruck. Aber das ist vielleicht auch nur ein Spiel aus Licht und Schatten auf seinem Gesicht.

*

Neue Meldung im Polizeipräsidium.

"Die Hinweise aus dem Wedding haben sich bestätigt. Spezialeinheiten werden zusammengezogen. Das Gebiet um die Gewerbehöfe in der Gerichtstraße wird abgesperrt. Gebäudepläne sind von der verwaltenden Wohnungsbaugesellschaft angefordert worden. Der Senat behält die Weisungshoheit. Staatssekretär Gruba richtet eine Einsatzleitung vor Ort ein.

*

Bomber hat sich endlich entschlossen den Bahnhof Humboldthain zu verlassen. Vorsichtig, unbeholfen bewegt er sich langsam in Richtung Ausgang, immer wieder die schweißnassen Hände an der Jacke abwischend.

Vor dem Bahnhofsausgang, patrouillieren zwei Polizeiwagen, die im Schritttempo auf der Hochstraße quer zur Wiesen- und Gerichtstraße fahren. Bomber bleibt stehen, sieht sich um, geht ein Stück in Richtung Wiesenstraße, die parallel zu Gerichtstraße verläuft. Beide Straßen werden mit den Wohnhäusern und den Gewerbehöfen von der Gerichtstraße 12 / 13 verbunden, deren Dächer sich über eine Länge von 120 Metern erstrecken. Zwischen den einzelnen Höfen ist die Durchfahrt überbaut, so dass sie sich wie kleine Tunnel aneinanderreihen.

Die Polizeifahrzeuge wenden weiter unten auf Höhe der Gerichtstraße und kommen über die Hochstraße zurück. Bomber entdeckt auf der anderen Seite der Kreuzung einen weiteren Polizeiwagen. Erschrocken drückt er sich in den nächsten Hauseingang, Angst kriecht in seine Gehirnwindungen.

"Scheiße. Scheiße aba ooch."

Den Blick unauffällig auf die Polizeieinheiten gerichtet, drückt Bomber auf die Türklinke. Glück gehabt! Die Tür springt auf. Er betritt den Hauseingang von der Hochstraße her, rennt durch den Hausflur, noch eine Tür und er steht auf dem Hinterhof. Ein einsamer, verloren wirkender Baum kämpft hier um sein Überleben. Aus den Fenstern geworfene Windeln oder Abfalltüten schmücken sein Geäst, das sich anklagend zum Himmel streckt. Die Pflasterung der Gehwegplatten ist an vielen Stellen zerstört.

Rechts stehen Mülltonnen, links ein verrotteter Fahrradständer und den Treppenabgang zum Keller. Was jetzt? Wohin?

Auf der gegenüberliegenden Seite des Hofes eine Tür. Vielleicht ein Ausgang zu einer Nebenstraße? Das ist bei Eckhäusern oft der Fall. Schnell über den Hof, die Tür lässt sich öffnen, rein in den nächsten Gang. Auf der großen Tafel, dem stillen Portier, die Mieterübersicht und findet sich in dem weißen Extrafeld der Hinweis, dass das hier der Eingang zur zur Wiesenstraße ist. Im ersten Obergeschoss wird eine Tür geöffnet, Schritte, ein Quietschen, ein Schlüssel wird gedreht. Bomber geht zum Treppenfuß, schaut hoch, sieht die Frau mit dem Kleinkind. Auf dem Podest steht ein Kinderwagen. Der Ex-Boxer geht die Treppe hoch.

"Oojenblick. Darf ick ihnen helfen? "

Das Kind beginnt zu plärren, die fremde Stimme hat es erschreckt. Die junge Frau schaut nur kurz zu Bomber und ist dankbar für die Hilfe.

"Oh, das ist aber nett."

"Keen Problem."

Er trägt den Kinderwagen die Treppe hinunter, stellt ihn ab und öffnet die Haustür. Das Kind schreit noch immer. Die junge Frau geht hinaus und ist mit dem Kind beschäftigt.

Bomber hält mit einem Fuß die Tür auf, während er den Wagen hinausschiebt.

"So, sehn`se, allet keen Problem."

Er bleibt in der Tür stehen, hält den Kinderwagen fest, während er sich umsieht. Von der anderen Straßenseite sieht kurz ein Polizist herüber, wendet sich aber dann wieder ab, um die Straße in die andere Richtung zu kontrollieren. Die junge Frau packt ihr Kind in den Wagen.

"Das war sehr nett von Ihnen. Vielen Dank."

Bomber sieht sie nicht zu ihr hin, schaut nach rechts die Wiesenstraße hinunter.

"Klaro, vasteht sich doch."

Bomber erkennt mehrere Polizeifahrzeuge auf der Wiesenstraße. Ein Passant wird von einem Polizisten von der gegenüberliegenden Straßenseite auf die andere gewiesen wird. Bomber geht in den Hausflur zurück und schließt die Tür.

"Mist, wat nu? Jetz habense euch echt am Arsch. Wat mach ick denn nu?"

Zurück zum Ausgang Hochstraße. Gegenüber die S-Bahnstation und links und rechts die Grünen. Die beiden Funkwagen fahren gerade wieder ihre Runde. Eine weitere Bullenkutsche hat sich an der Ecke Wiesenstraße eingerichtet. Einige Leute auf dem Gehweg zeigen in Richtung Wiesenstraße und diskutieren. Bomber setzt sich über die Hochstraße in Richtung S-Bahnhof Gesundbrunnen ab, raus aus dem Krisengebiet.

Was soll er machen? Da ist kein Weg mehr zu den Kameraden? Er will auch nicht mehr. Hier ist Ende. Verdammt, am besten fährt er jetzt zu Ute, zieht sich die Decke über den Kopf und alles wird gut.

*

Smile und Zaster, stochern lustlos in kalten Eierravioli. Was Vernünftiges gibt es erst nachher, wenn sie hier raus sind oder wenn es dunkel ist und sie sich was holen. Smiles Augen glänzen, sind unruhig, er löffelt die kalte Speise in sich hinein. Ab und zu kleckert etwas auf den Tisch, auf sein Hemd oder ihm fällt die Gabel in die Blechdose. Zaster beobachtet ihn unauffällig. Im Gegensatz zu dem Geklapper und Gekratze von Smile, leert er seine Dose so gut wie lautlos.

Die Spuren sind so gut wie nur möglich beseitigt. Sie haben die Mülleimer und Schutthaufen benutzt, die die Arbeiter auf dem Dachboden hinterlassen haben. Eine fast perfekte Tarnung, da der

Baustellenmüll sich kaum von ihrem unterscheidet. In spätestens acht Tagen wird der mit der üblichen Baustellenreinigung routinemäßig entsorgt. Nur Bombers Klamotten hängen noch über dem Hocker, auf den er sie gelegt hat.

Scholle reckt sich auf der Liege, gähnt, schaut auf die beiden am Tisch.

"Mann, muss ich pissen."

Zaster sieht hoch. Der Lange ist wie ein Köter. Hauptsache sein Rudel ist da, dann ist er zufrieden. Aber wehe wenn man ihn angreift oder bedroht, dann schnappt er um sich wie ein tollwütiger Hund. Zaster nickt in Richtung Ecke.

"Nimm den Eimer dahinten."

"Wieso, da ist doch eine ..."

"Ich will nicht, dass die Spülung rauscht."

Scholle steht auf, sieht sich um.

"Bomber noch nicht da?"

"Nein, Bomber braucht noch."

Den Überfall, die Schießerei, die Polizei hat Scholle abgehakt. Das ist erledigt, was soll er sich damit aufhalten? Er betrachtet den Eimer, der halb mit Wasser gefüllt ist, während er die Hose öffnet und seinen Schwanz aus der Unterhose holt. "Meinst du ich soll ihn vielleicht suchen?" Zaster schüttelt den Kopf.

"Nein Scholle. Der wird sich schon melden."

Aus der Ecke plätschert es in den Eimer. Smile grinst, versucht tief Luft zu holen, zuckt zusammen und seine Hand presst sich auf das blutverschmierte Hemd.

"Mensch, der pisst wie ein Gaul. Gott sei Dank muss er nicht scheißen."

"Lass ihn zufrieden."

Das Handyklingeln schrillt in den Augenblick. Smile und Zaster wechseln einen Blick. Es klingelt wieder. Zaster zögert, auf dem Display keine Anrufkennung. Hilde würde auf dem anderen

Telefon anrufen. Das kann nur Bomber sein. Wer sonst? Aber wieso ruft er an? Wieso kommt er nicht hierher? Was ist los? Welche Nachrichten hat er? Will er etwa kneifen? Sollte Smile mit seiner Einschätzung Recht behalten? Smile winkt ungeduldig und zeigt auf das Handy, das erneut läutet. Zaster nimmt das Gespräch an, gibt sich kühlt, distanziert, gelassen.

"Tierheim Weißensee."

*

Bomber lehnt an einer Telefonsäule. Misstrauisch beäugt er die Umgebung. Er fühlt sich nicht wohl in seiner Haut. Aber nichts Auffälliges ist zu sehen. Diesen Anruf möchte er nicht machen. Er fürchtet sich vor der Stimme Zasters, die ihn doch nur wieder in dieses blöde Schuld- und Verpflichtungsgefühl hineinholt. Doch muss es tun, das kann ihm keiner abnehmen und diesmal wird er nicht wieder umfallen, diesmal nicht. Er hat seine Schuldigkeit getan. Diesmal nicht. Diesmal muss er sich für Ute, für die Kinder, entscheiden.

Das Rufzeichen geht raus, klingelt einmal, zweimal, dann wird am anderen Ende abgenommen und die kühle Stimmer Zasters kommt aus dem kleinen Lautsprecher.

"Tierheim Weißensee."

Bomber zieht automatisch den Kopf zwischen die Schultern, klingt heiser.

"Ick bin et."

"Mensch, wo bleibst du denn?"

"Die habn euch am Arsch."

Will Bomber ihn vorführen? Was ist das für eine Aussage? Überhaupt was soll diese Telefoniererei. Laut Abmachung, hat er gefälligst auf dem Dachboden zu sein. Zasters Frage kommt knapp und präzise.

"Wieso?"

"Man hat euch bei die Knallerei fotografiert. Irjend een Amateur. Eure Köppe sind seit Stunden inne Glotze."

"Dreck! Und du?"

Bomber zögert. Jetzt kommt es darauf an. Wie wird Zaster reagieren, wenn er sich lossagt?

".... na ja ... also ... von mir is da nischt zu sehen."

"Schwein gehabt. Wo bist du jetzt?"

"Ick bin noch im Wedding. Hab vasucht durchzukommen. Aba die janze Ecke ist schon abjeriegelt. Da is nischt mehr mit abducken und auspendeln. Allet voll mit die Bullerei."

Zaster lacht verächtlich. So sind die Bullen. Rücken an mit allem was sie haben. Jeder versteckt sich hinter dem anderen. Aber wenn es vorbei ist, dann geben sie sich als Solisten, jeder einzelne ein Held, waren alle Clint Eastwoods. Diese Krücken, die Kampf und Risiko nur lizenziert, mit Rentenanspruch, Genehmigung und auf Verantwortung anderer annehmen.

Diese Heuchler, die ihre Ehre, ihre Familie nicht verteidigen würden, weil sie die Konsequenzen eines Gesetzesbruches tragen müssten. Jetzt sind sie wieder da und trumpfen auf, die Büttel und Schergen. Und morgen erklären sie in den Medien, wie sie die bösen Gangster in kleine jammernde Häuflein verwandelt haben. Er hat in all den Jahren noch nicht einen Bullen gefunden, der die Eier in der Hose hatte, einen Kampf, alleine gegen ihn, auf einem Hinterhof einzugehen. Oft hat er es ihnen angeboten. Zaster spuckt aus.

"Also ziehen die Senatssöldner die ganz große Nummer ab. Was hast du jetzt vor?"

"Ick wees et nich. Eijentlich will ick nach meene Ute."

Bomber hält die Luft an. Jetzt ist es raus. Er hat es gesagt. Er hat sich entschieden.

"Bist du schon bei deiner Karre?"

"Jleich, in een paar Minuten."

Zaster ist vollkommen ruhig, ihm ist klar, dass es nur noch Sekt oder Selters geben kann. Da muss er den alten Kumpel nicht mit hineinziehen. Bomber ist keiner mehr von ihnen. Er ist nur ein Bürger mit krimineller Vergangenheit, dessen Angst Zaster bis hier auf den Dachboden riechen kann. Es wäre nur ein zusätzliches Risiko, wenn Bomber mit seiner Panik noch weiter in der Sache drinstecken würde. Er kann ihnen nicht mehr helfen. Bomber ist raus aus der Nummer. Als Komplize ist er tot. Da gibt nur noch Klaus Eigenstedt, den ängstlichen Bürgerarsch.

"Okay, tu mir einen Gefallen. Fahre noch eine Biege. Kuck dir alles genau an. Dann rufst mich wieder an. Kriegst du das hin?"

Jawoll, das ist es. Bomber pustet durch. Zaster hat ihn damit in allen Ehren aus der Verpflichtung entlassen. Klaus Eigenstedt darf seinen Stolz behalten. Sein Ruf als gerader Junge ist nicht angekratzt, doch er muss den letzten Galopp nicht mitmachen. Seine Stimme trägt die Erleichterung.

"Klaro. Klaro, mach ick. Äh, meene Klamotten ..."

"Ruf mich an!"

Es klickt in der Leitung. Bomber steht noch einen Augenblick mit dem Hörer in der Hand da, seine Hände zittern. Da sind sie wieder die Zweifel. So leicht hat er es sich nicht vorgestellt. Warum hat Zaster ihn so schnell freigegeben? Was stimmt da nicht? Ist das ein Trick? Verachtet der Gangführer ihn nun? Kann er ihm trauen? Oder denken die Jungs er hat sie verraten? Hat er jetzt wirklich seine Freiheit gewonnen?

Bomber schaut auf die Uhr. Er muss sich beeilen, Utes Ultimatum läuft ab.

*

Oberkommissar Willschuk fährt. Hauptkommissar Werftel und Kriminalkommissar Lektos sitzen hinten, blättern in den Akten der Triangel. Wieder und immer wieder haben sie den Kram in den letzten Jahren durchgesehen, immer in der Hoffnung doch noch ein entscheidendes Detail zu entdecken. Werftel ist aufgeregt, ständig bringt er die Blätter durcheinander.

"Also ich sag euch, Zaster bekommt für den Mord an der Kreuzung lebenslänglich und anschließende Sicherheitsverwahrung, dann fahre ich mit meiner Gerda erst einmal in Urlaub, das verspreche ich hiermit."

Der dicke Lektos lacht. Er schaut einen Augenblick zu seinem Vorgesetzten. Dass wievielte nicht eingelöste Urlaubsversprechen es wohl sein wird, das Werftel seiner Frau gegeben hat. Der ist doch in den letzten sieben Jahren mit ihr nicht einmal weggefahren. Freie Tage haben sie in ihrem Garten hinter dem Häuschen verbracht. Die Lachfalten an seinen Augen schieben sich zusammen.

"Da wird sich Gerda aber freuen. Wollen wir nur hoffen, dass Zaster dir da keinen Strich durch die Rechnung macht. Was hat Dr. Henschel denn zu der Videoaufnahme heute gesagt?"

"Der hat uns beglückwünscht, hat sich deinen Namen aufgeschrieben. Ich denke, der wird sich in den nächsten Tagen melden." Tonno schmunzelt zufrieden.

„Was war denn drauf?" Werftel
ist in Fahrt.

„Wie Zaster den Kollegen erschossen hat. Ganz eindeutig."

Tonno nickt, reibt sich die Hände. Eine Beweissicherung zählt da oben immer, besonders bei so einem spektakulären Fall wie diesem. Werftel legt nach.

„Alle wissen Bescheid, dafür habe ich gesorgt. Die sind jetzt alle heiß auf Zaster. Wenn sich die Bande in den nächsten zwei Stunden nicht rührt, dann ist das Gebiet komplett abgeriegelt. Das Karree

Wiesenstraße, Hochstraße, Gerichtstraße und Kolberger Straße ist schon so gut wie dicht. Da kommt keiner mehr durch."

"Und die Anwohner?"

"Wie immer. Die mit einem besonderen Anliegen müssen sich ausweisen und werden dann zu der Adresse geleitet. In eineinhalb bis zwei Stunden lassen wir keinen mehr auf die Straße." Tonno sieht aus dem Fenster.

"Hast du deine Waffe mit?"

"Klar."

Der Dicke bläst die Backen auf und lässt die Luft mit einem langen Zischlaut entweichen. Er weiß was für ein miserabler Schütze sein Chef ist. Schon oft haben die Kollegen geulkt, dass er mit der Dienstwaffe nach den Verbrechern schmeißen soll, da wären die Trefferchancen höher. Der bekommt seine Schießergebnisse gerade mal eben so hin. Manchmal auch mit einem zugekniffenen Auge des Prüfers. Es ist früher öfter passiert, dass Werftel bei einem Einsatz schon "Hände hoch" rief, während er noch nach der Waffe im Holster tastete.

"Bleib du nachher bloß ruhig. Die Kollegen machen das schon. Wir können ihn Ruhe abwarten, bis sie die drei sicher haben."

Hauptkommissar Werftel erstickt fast an der eigenen Stimme, als er versucht lässig zu wirken. Er weiß was Lektos denkt, aber der weiß auch, was in Werftel vorgeht, wenn sich das Geschehen um Benno Sohl, den Gangster da oben auf dem Dach dreht. Er, Werftel, wäre sogar bereit die beiden anderen laufen lassen, nur um Zaster zu erwischen.

"Ich muss es sein, der den Kerl erwischt. Ich! Ist das klar? Und wenn es sein muss, dann auch mit Kanone ..." Lektos Unterton wird ein wenig ernster.

"Denk an Gerda."

Lektos soll bloß aufhören mich mit Dienstvorschriften und Kompetenzen vollzunölen. Der ist noch schlimmer als Gerda. Hier gibt es keine Vorschriften und keine Regeln. Hier geht es um Benno Sohl. Dann kann Tonno so viel und so lange labern, wie er will. Was soll's, er wird die fette Sau sowieso auf der Treppe zum Dachboden abhängen.

"Okay, dann versprich mir, hinter mir zu bleiben, wenn es nach oben geht."

Kriminalkommissar Lektos hält Werftel die Hand hin und wartet bis der Hauptkommissar einschlägt.

"Gut, abgemacht."

Oberkommissar Willschuk kratzt sich am Kopf, während er einhändig den Wagen steuert. Sein Wissen über die Verbrecher stammt nur aus den Akten. Die hat er in der letzten Zeit gelesen, seitdem er vor einem halben Jahr zu dem Gespann Werftel und Willschuk gestoßen ist. Ein paar Einzelheiten hat er aus den Erzählungen in den vergangenen Stunden aufgeschnappt.

"Und wenn die jetzt gar nicht alle drei da oben sind? Sich vielleicht schon getrennt haben?"

Davon will der Hauptkommissar nichts wissen. Er ist sich sicher, dass sie das berüchtigte Trio zusammenstellen werden. Die Erfahrungen eines langen Dienstweges haben seinen Instinkt geschärft und die Deutung von Vorzeichen trainiert. Aber wie soll er das diesem Knochengerüst erklären?

"Pass auf, Frischling. Sachtleb, alias Scholle alleine wäre uns schon irgendwo über den Weg gelaufen, der würde nicht alleine auf dem Dachboden bleiben. Das hält der nicht aus. Und den verrückten Schmidtke hätten wir schon wieder in einer Bar oder einem Café getroffen. Der muss immer in Bewegung sein, der kann nicht stillstehen. Wenn die bis jetzt noch nicht aufgefallen sind, bedeutet das, das Benno Sohl noch die Fäden in der Hand hat." Lektos stimmt ihm zu.

"Genau. Für die drei wird es vollkommen überraschend sein, wenn die mitbekommen, dass wir schon vor der Tür stehen. Dann ist es aber zu spät und ihr Plan, egal wie der ist, ist im Arsch."

„Dann können wir sie überraschen und ohne großen Widerstand festnehmen."

„Ich hoffe, du hast recht damit, denn wenn die drei erst einmal Zeit haben zu improvisieren, sind sie doppelt so gefährlich."

Oberkommissar Willschuk starrt wieder auf die Fahrbahn.

"Was ist mit Schmidtke? Dem angeblichen Irren?"

"Der ist unberechenbar wie eine Klapperschlange. Bevor der nicht gefesselt und bewacht irgendwo liegt, glaube ich nicht, dass wir ihn haben", erwidert Tonno.

Hauptkommissar Werftel hat die Augen geschlossen, den Kopf zurückgelehnt, hört nicht mehr hin.

"Zaster wird alles versuchen, um zu entkommen, das ist sicher."

Lektos meldet Zweifel an.

"Wenn du dich nur nicht täuscht. Mit über 40 denkt auch ein Verbrecher anders. Er hat eine Frau und zwei Töchter, eine Familie. Emotionale Bindungen bringen jeden zum Nachdenken. Der Kerl ist zudem ein Rechner. Er wird das Risiko abwägen. Und sich ergeben, wenn es aussichtslos ist. Lebenslänglich ist nicht gleich ein Leben lang. Das wissen wir ja alle. Der plant für später lieber eine Berufung oder einen Ausbruch. Da sind sie doch alle gleich, ob Gangster oder Polizisten. Wenn sie erst einmal Verlustängste haben, dann werden sie berechenbar."

„Lebenslänglich und SV habe ich gesagt! Nein, er wird versuchen zu fliehen. Er muss versuchen zu fliehen!"

Willschuk dreht sich einen Augenblick um und sieht seinen Chef an.

"Warum soll er so etwas riskieren? Mit dem einen Toten auf der Liste, sitzt er doch höchsten 15 bis 20 Jahre! Und bei der Rechtsprechung von heute ..."

Was mischt sich der Jungspund überhaupt ein. Will er ihm etwa die Festnahme versauen? Der Hauptkommissar ist ärgerlich.

"Guck nach vorn und sieh zu, dass wir heile ankommen."

Kriminalkommissar Lektos legt seinem Chef eine Hand auf den Unterarm, weil er merkt, wie Werftels Puls sich wieder beschleunigt.

"Bleib geschmeidig, Chef, so Unrecht hat Knochen damit nicht." Vom Fahrersitz aus tönt es vom Oberkommissar.

"Warum sind Sie denn eigentlich so verrückt auf den Zaster? Das ist doch auch nur ein Verbrecher."

"Klappe halten."

Lektos sieht Willschuk im Spiegel warnend an. "Lass man Knochen. Dafür ist jetzt keine Zeit."

*

Auf dem Dachboden in der Gerichtstraße herrscht Anspannung. Zaster, Scholle und Smile sitzen an dem provisorischen Tisch. Die Handschuhe liegen auf dem Boden, Fingerabdrücke sind egal geworden. Die Waffen auf dem Tisch, daneben offene Munitionsschachteln. Während Scholle ein paar Patronen wie kleine Figuren hin und her schiebt, hat Smile die Augen geschlossen und tastet an dem Verband herum, der sich blutig, matschig und verdreht um die Hüfte windet.

Zaster braucht keinen mehr zu schonen. Die Alternativen sind klar. Kämpfen oder Kapitulation.

„Tja, Jungs, diesmal haben sie uns am Arsch.“

Smile stöhnt, versucht sein Grinsen zu zeigen, das misslingt, es wird nur eine Fratze. Demonstrativ sieht er sich auf dem Dachboden suchend um, versucht einen Witz, in dem er in die Ecken zeigt und den Erstaunten gibt.

"Uns am Arsch haben? Eigentlich noch nicht wirklich. Oder siehst du einen Bullen hier?"

"Sehr witzig Smile, sehr witzig. Hauptsache immer cool, was?"

Der Blonde reißt die Augenbrauen hoch. Die Haare hängen ihm wirr ins Gesicht, seine Kleidung ist zerknittert, das Hemd an der linken Seite blutdurchtränkt. Er sieht erbärmlich aus, aber er glaubt noch immer an seine Siegeraura. Die Augen glänzen fiebrig und funkeln Zaster herausfordernd an.

„Was ist denn? Ich bin noch nicht tot. Ich lebe noch und tanze noch. Hey, was ist los mit dir? Das Leben war bis hierher geil und wird auch morgen noch geil sein. Auch der letzte Tanz bleibt nur ein Tanz."

Scholle ist still geworden. Wenn Zaster keinen Plan hat, dann ist die Kacke am Dampfen. Dann stehen die Dinge schlimmer als sonst. Das ist neu. Probleme gab es bisher immer nur im Alltag, nicht zusammen mit der Gang. Ein Grund zur Besorgnis? Scholle schiebt den Gedanken wie gewohnt beiseite. Noch ist die Sache hier sicher. Was soll schon groß passieren? Zaster wird sie rausbringen, aber nach Hause kann er wohl nicht mehr. "Was wird aus Alf und Pieper?" Smile zuckt hoch.

"Die werden ..."

Zasters Handbewegung lässt ihn den Rest verschlucken.

"Scholle, mach dir keinen Kopf. Erstens ist noch nichts vorbei und zweitens kommen die beiden in ein Tierheim, wenn du nicht mehr nach Hause kommst."

Nicht mehr nach Hause. Das ist ein Messerstich in den Kopf des Hünen und endet mit diesem undefinierbaren Gefühl im Magen, bei dem sich das Innerste nach außen zu drehen scheint, um gleichzeitig, mit kleinen Krämpfen, den Inhalt auszuspucken. Die

Frage um seine Lieblinge ist geklärt! Aber er? Ins Gefängnis? Ohne Vorwarnung sammelt sich dieses süßsaure Wasser in seinem Mund. Alleine in einer Zelle? Immer auf neue Leute angewiesen zu sein, von denen er nie weiß, ob sie ihn ausnutzen oder bescheißen wollen? Immer diese vielen Fragen? Zaster muss ihn hier rausbringen. Egal wie.

"Ich geh nicht in den Knast."

Smile, der für ein Aufgeben sowieso nicht zu haben ist, klatscht schwach mit beiden Händen. Endlich haben der Lange und er mal dieselbe Basis.

"Genau, dass ist die richtige Einstellung. Soweit ist es ja auch noch nicht."

Smile versucht seinen Trommelrevolver um den Zeigefinger wirbeln zu lassen. Die Handfeuerwaffe dreht sich nicht ganz so rund wie sonst.

Der Lack ist ab. Die Vorstellung ist mickrig. Das Wirbeln des Metalls ist unrund und Smiles Grimasse ist eher gequält als hoffnungsvoll.

Zaster betrachtet die beiden Tatgenossen. So einig waren sich die beiden noch nie. Vom Erfolg verwöhnt hatte bisher jeder seine Rolle gespielt. Es gab keine Krisen, es gab keine Probleme. Sie haben sich ergänzt. Zasters Logik, Smiles Skrupellosigkeit und Scholles Kraft. Aber das hier, heute, das ist eine Premiere. Nun haben sie eine Krise, haben ein Problem. Heute werden die Masken fallen. Heute werden sie bekennen müssen, wer sie wirklich sind. Jeder für sich.

"Was machen wir mit der Beute?"

Smile zuckt wie eine Klapperschlange herum, der man auf den Schwanz getreten hat. Jetzt kommt es. Er hat es geahnt. Irgendein Ding, das ihn um seinen Anteil bringen soll. Seine Augen werden zu schmalen Schlitzen.

"Wieso ..."

Das Misstrauen in der Stimme überrascht Zaster, doch bevor er etwas erwidern kann, schrillt das Telefon. Er behält Smile im Auge, als er den Anruf annimmt. "Krematorium Wilmersdorf." Bomber ist dran.

"Icke bins wieda."

Zaster Augenlider schließen sich, er atmet tief durch. Er ahnt, was er gleich hören wird. Eigentlich ist dieses Telefonat überflüssig. Er will dennoch die Gewissheit haben. Er will Daten, Fakten, Informationen aus erster Hand. Will es schwarz auf weiß. Oder was ist los mit ihm? Klammert sich eine winzige Hoffnung in sein Gehirn? Das alles ganz anders ist? Dass die Bullen nicht vor der Tür stehen? Regt sich der Glauben an einen Ausweg? Gibt es das Unwahrscheinliche?

"Wie sieht es aus?"

Bomber schluckt, er will diese Nachricht nicht überbringen. Plötzlich kommt wieder dieses Gefühl hoch, die Scham, dass er die Gang im Stich gelassen hat. Es fühlt sich so sehr nach Verlust an, nicht mehr dazu zu gehören, zu dem Kreis der Harten, der wirklichen Männer. Ausgegrenzt, nicht mehr würdig zu sein. Versagt zu haben, als es darauf angekommen ist. Wie sehr er dieses Gefühl hasst. Wie sehr es ihn demütigt. Es ist wie früher, als er nicht zu den Klassenbesten gehörte. Die anderen sprachen zwar mit ihm über Banalitäten, blieben aber ansonsten unter sich.

Er fühlt sich klein, schmutzig und degradiert. Er ist nur noch der Bote, der Wasserträger. Er ist enttäuscht. Von sich. Nie wird man später im Milieu seinen Namen ehrfürchtig nennen, wenn über diesen Tag geredet wird. Er wird den Sprung in den Gangsterolymp, nicht schaffen. Er ist keiner von den Helden, die dort oben auf dem Dachboden sich ein letztes Mal die Hände geben, sich zunicken, und dann gemeinsam in den ungleichen Kampf gehen werden. Er ist kein Seelenverwandter mehr. Für einen winzigen Augenblick will er das alles in das Telefon schreien. Will versprechen, dass er versuchen wird, sie von außen zu befreien. Einen Scheinangriff zu starten, um ihre Flucht zu ermöglichen.

Für einen winzigen Augenblick denkt er daran. Ja, er könnte mit einem Lkw die Absperrung durchbrechen, er könnte ..., dann bricht die Panik durch, als ihm die Sinnlosigkeit des Gedankens bewusst wird. In ihm ist kein Heldenmut, sondern nur Angst. Angst davor, nicht erschossen, sondern nur verwundet zu werden. Angst vor einer Verhaftung. Angst vor den Quälereien durch die Polizei, Angst vor lebenslanger Haft. Angst vor dem Gedanken, Ute und die Kinder verraten zu müssen.

Es muss ihnen doch noch so viel sagen. Es würde ihn fertigmachen, dieses Grübeln, das sich selbst zerfleischen, wenn er an seine Familie denken müsste, jahrelang, eingesperrt. Wenn er die Zärtlichkeit Utes und die Bewunderung seiner Kinder vermissen wird. Wenn er in der Zelle sitzt und keine Antwort auf nur einen seiner Briefe bekommt. Angst davor, dass die Besuchsscheine zurückkommen.

Bomber sieht das Gesicht Utes vor sich, wie sie ihn voller Vertrauen ansieht. Sieht ihre verständnisvollen Augen, wenn er wieder einmal etwas verbockt hat. Sieht ihre Lippen, wie sie sich ihm sinnlich nähern. Er spürt ihre kleine Hand in seiner, wenn sie spazieren gehen. Und er denkt an die Ruhe und Geborgenheit seines Zuhauses. An die kleinen Freiheiten, die er hat. Und da gäbe es noch so viel zu sagen. Er muss Ute unbedingt sagen, wie sehr er sie liebt und wie sehr sie sein Leben verändert hat. Darüber zu sprechen hat er in den Jahren versäumt.

Er muss seiner Verantwortung nachkommen, den Kindern den Lebensweg zu ersparen, den er gegangen ist. Er will sehen, wie sie wachsen und ihre Erfahrungen mit ihm teilen. Ja, Ute, Sarah, Adrian und Kevin, seine Familie, haben ihm erst gezeigt, dass es außer Kumpels, Saufen, Prügeln und Vögeln noch andere Dinge im Leben gibt. Sie haben ihm beigebracht, was das Wort Liebe für eine

Bedeutung hat. Es gibt mehr Verantwortung, als nur für sich alleine zu sorgen. Seine Stimme flüstert.

"Man kommt nich mehr inne Straßen ringsum. Total abjesperrt. Allet!"

"Wo bist du?"

"Kurt-Schumacher-Platz."

Zasters Mund ist schmal. Oke, der ehemalige Partner hat sich abgesetzt. Er und der Ex-Boxer werden nie wieder zusammensitzen. Sie werden keine alten Geschichten mehr erzählen. Die letzte Erinnerung aneinander wird dieses Gespräch sein. Wird dieser Tag sein. Was soll es? Mund abwischen. Eine Episode, eine Begegnung. Kinn auf die Brust, die Fäuste hoch … da muss man durch! Die Würfel sind gefallen, die Karten gegeben. Noch läuft das Spiel. Jetzt ohne Bomber. Es sind noch nicht alle Messen gelesen. Sie sind noch nicht geschlagen.

"Nach Hause?"

"Jau."

"Wir bunkern das Zeug hier in ..."

Bomber will nichts davon hören. Keine Dankbarkeit. Keine Hoffnung.

"Sags mirs man nich, ick will nischt wissen..." Er
hat sich entschieden.

"Dein Anteil …"

Feuchtigkeit steigt in Bombers Augen. So eine Scheiße.

"Hör uff. Ick will nich mehr. Nur wejen meene Klamotten ...

"Kein Problem, regeln wir ..."

"Danke. Wenn ihr im Bau seid, da meld euch, dann schick ick euch die Kommoden zu die Festtage."

Sie wissen beide, dass es nicht so sein wird. Der Gefahr kann Bomber sich gar nicht aussetzen. Sie lügen beide, wissen es und es ist doch die einzige Möglichkeit sich zu verabschieden. Es gibt ihnen die Illusion von einem Morgen. Doch es gibt diesmal kein Happyend. Egal, wie dieser Tag ausgeht, ihr gemeinsamer Weg endet hier, mit dem Schluss dieses Telefonats ist es vorbei. "Aber klar, da wirst du aber lange zu schicken haben." Bomber seufzt.

"Et is so schwer ..."

Zaster wird von Scholle abgelenkt, der sich mit wedelnden Armbewegungen Aufmerksamkeit verschafft.

"Warte mal, der Lange will was von dir."

"Hi Alter, alles glatt bei dir?"

"Hallo Jrosser, jeht's dir jut?"

"Ja, alles in Ordnung. Zaster wird die Kiste schon noch drehen. Tust du mir einen Gefallen?"

Etwas schnürt Bomber die Brust ab. Er fürchtet sich davor, in etwas hineingezogen zu werden. Er will aber auch dem langen Kerl in diesen Momenten nichts abschlagen.

"Wat jibt et denn?"

"Wenn ich nicht mehr nach Hause kann, holst du dann meinen Alf und meinen Pieper?"

"Sicher nehm ick die beeden. Da freun sich doch meene Blagen."

Lügen, Lügen. Er muss sie anlügen, um aus dieser Nummer rauszukommen. Ist ihm völlig egal, ob dieser Scheißhamster und der blöde Vogel verrecken. Scholles Freude ist unverkennbar.

"Da bin ich aber beruhigt. Danke, bist ein feiner Kerl. Warte mal, der Irre will was."

Scholle gibt das Handy an Smile weiter.

"Hi alter Sack, whats goin on? "

"Quatsch deutsch, du Knaller. Immer jut druff, wat? " Um Smiles Zeigefinger wirbelt der Trommelrevolver.

"Na ja, manchmal auch gut drunter, ganz wie die Weiber es wollen."

"Sie ma zu, det ihr da noch den Arsch vons Eis zieht."

Smile zielt auf eine Stelle im Raum. Was für ein Scheiß reden sie eigentlich hier? Was hat er mit dieser Lusche eigentlich am Hut. Ist ihm doch egal, was der macht oder nicht macht, die Pfeife. Was soll er ihm schon sagen? Er hat keine Hilde, keinen Hamster, keinen Pieper, keine Kinder. Er hat kein Gesicht, nicht mal das eines der Saufkumpane, die sich auf seine Kosten zugeschüttet haben. Oder eines der blöden Tussen, die für ihn so bereitwillig die Beine spreizen.

Er labert nur mit diesem dämlichen Ex-Boxer am anderen Ende der Leitung, diesem Waschlappen. Ist der Sack alles, was ihm auf dieser Welt an Erinnerung und Zuneigung geblieben ist? Ist diese Piepe die einzige Verbindung, von der er sich verabschieden kann? Wie armselig ist das denn. Ist Bomber am Ende doch der starke Mann, der sich gegen alle Regeln für seine Familie entschieden hat? Ist es das, was Stärke ausmacht? Sich für jemanden anderen zu entscheiden und nicht immer für sich selbst? Wenn da nur nicht dieses Scheißgefühl wäre, dass es so wichtig ist, zu hören auch von jemand vermisst zu werden. Aber doch nicht von Bomber, diesem Weichei.

"Kein Ding. Übrigens ... war gut dich gekannt zu haben."

Bin ich hier Beichtvater? In Bombers Kopf drehen sich die Gedanken Purzelbäume. Ich hab doch mit meinem eigenen Leben genug zu tun. Was soll ich dem Irren denn sagen. Diesem Psychopathen. Noch vor Stunden hätte er ihm am Liebsten in die Fresse gehauen und nun tut der Irre, als ob sie zusammen wie Brüder aufgewachsen sind. Was will der von mir? Ich will diesen Mist nicht mehr hören. Ich sollte auflegen. Was ist so anders? Eine Spur Wärme oder vielleicht eine Bitte? Lass mich los. Auch egal. Auf eine Lüge mehr oder weniger kommt es nun nicht mehr an.

"Jau, du Irrer, wirst mir ooch fehlen"

"Nu ist gut Alter, bis später ..."

Zaster nimmt Smile das Telefon weg. "Das wars. Wir sehen uns in der Hölle."

Bomber schüttelt sich.

"Sach nich so wat, wat solln wir denn da?"

Zasters Lachen scheppert durch das Telefon, doch es klingt nicht ganz so sicher, wie sonst.

"Na, da haben wir doch die meisten Bekannten." Bomber Stimme bleibt leer.

"Jau, is schon klar ... cool wie immer, wa ... cool bis zum Schluss."

Das Klicken auf der anderen Seite beendet das Gespräch. Nachdenklich hängt Bomber den Hörer ein, setzt seinen Motorradhelm auf, geht zu seiner Maschine. Einerseits unerklärbar bedrückt und andererseits wie befreit. Er hat es getan! Er hat sich getrennt! Er hat abgeschlossen. Dieses Rauschen im Kopf ist nicht mehr da. Und doch, sind da wieder Kummer und Zweifel. Bevor er das Visier runterklappt, wischt er sich eine Träne aus den Augen.

*

Hauptkommissar Werftel hält an der Straßensperre seinen Ausweis aus dem Fenster. So, nun wird er Schwung in den Laden bringen. Er räuspert sich, bringt seine Stimme in Form und unterlegt sie mit einem dominanten Knarren.

"Hauptkommissar Werftel, SoKo Triangel. Wir werden in der Einsatzzentrale erwartet. Wo ist die eingerichtet?"

"Zirka zweihundert Meter weiter, Höhe Kolberger Straße, der große Bus."

"Danke."

Der BMW hält hinter dem Bus, der auf dem rechten Parkstreifen zur Grünanlage abgestellt ist. Links geht die Kolberger Straße ab und fünfzig Meter gerade aus befinden sich auf der linken Seite die Wohn- und Gewerbehöfe der Gerichtstraße 12 / 13. Nirgends sind

Zivilisten zu sehen, nur die Einsatzkräfte hasten hin und her oder sind in Bereitschaft. Die sonst so belebte Straße wirkt wie ausgestorben.

Gegenüber den alten Gewerbehäusern, aus deren Dachgeschoß sich eine Schuttrutsche wie ein Lindwurm nach unten auf den Container windet, reckt sich der Neubau eines mehrstöckigen Wohnhauses in den Himmel, mit einer kleinen Grünfläche und einem kniehohen Holzzaun davor. Ein Stück weiter, zur Hochstraße hin, leuchtet die Ampelanlage auf Dauerrot. Die SoKo "Triangel" steigt aus. Werftel, Lektos und Willschuk bewegen sich auf eine Gruppe Männer zu, die vor dem Bus stehen.

Hauptkommissar Werftel hebt lässig die Hand zum Gruß. Hinter ihm stellt sich Tonno bereit, der wiederum von Knochen überragt wird. Die werden hier froh sein, dass die SoKo Triangel, obwohl entgegen der Anweisung, sich im LKA bereit zu halten, hier vor Ort auftaucht. Niemand kennt das Verbrechertrio so gut wie sie. Ohne das Trio um Werftel werden die anderen Einheiten hier kaum gezielt zugreifen können.

"Hauptkommissar Werftel, SoKo Triangel. Das sind Kriminalkommissar Lektos und Oberkommissar Willschuk. Wieweit sind wir hier?"

Einer der Männer grüßt kurz durch das Winken mit einem Aktendeckel zurück, wechselt noch ein paar Worte mit Kollegen in der Gruppe und kommt auf sie zu.

"Schmidt. Einsatzkoordination."

„Soko Triangel! Wir sind die angeforderte Unterstützung! Wie weit sind wir hier?"

„Ich denke, wir brauchen noch eine Stunde, dann sind die Scharfschützen in Stellung, das Sondereinsatzkommando ist dann hier und das Technische Hilfswerk auch. Feuerwehren und Krankenwagen brauchen noch dreißig Minuten. Wir sind gerade an dem Routinekram dran: Scheinwerfer, Lautsprecher und so weiter, Anwohnerschutz. Die Höfe und die Straßen sind bereits gesichert."

Lektos kneift die Augen zusammen und sieht nach oben.

"Was ist mit den Dächern?"

"Schätzungsweise in fünfundvierzig Minuten gesichert." Werftels Puls beschleunigt sich.

"Warum dauert das so lange?"

Der Beamte zögert einen Moment, sieht sich um, wiegt unschlüssig den Kopf hin und her, nickt dann zaghaft in Richtung Bus. "Kompetenzen, Anforderungen, Bürgerrechte und diese ganze Hierarchie."

Hauptkommissar Werftel fährt sich durch die Haare, haut seine rechte in die linke Hand und bläst die Backen auf. Da wird er mal Wind machen, um den Staub aus den lahmen Knochen zu blasen.

"So ein Scheiß, was für ein Kacker ..."

Ein Mann löst sich aus der etwas abseits stehenden Gruppe und kommt auf die SoKo zu, die so ein bisschen wie die Bremer Stadtmusikanten aussehen, wie sie dort hintereinander aufgereiht stehen. Für einen Augenblick betrachtet der Mann das Bild, das sich ihm bietet, reibt mit dem Zeigefinger über seinen Nasenrücken.

"Gruba, Senat für Inneres. Was wollen sie hier?"

Werftel reißt die Schultern nach hinten und reckt das Kinn in die Luft, mustert den mittelgroßen Mann im schwarzen Anzug und dem teigigen Gesicht von oben bis unten, sein Blick bleibt an dessen Augen hängen. Gruba erwidert den Blick gelassen, eher gelangweilt, fast herablassend, was nicht dazu beiträgt, dass Werftels Puls sich beruhigen würde. Im Gegenteil, dieser Senatsbonze soll sich mal warm anziehen, dem wird er erst einmal den Marsch blasen, von wegen „Was wollen sie hier" und so.

"Hauptkommissar Werftel. SoKo Triangel. Haben Sie ..."

Der kleine Mund des Senatsmannes öffnet sich sofort und entblößt eine Reihe kleiner Zähne, die ihm etwas Haifischähnliches verleihen.

"Mäßigen sie Ihren Ton Hauptkommissar Werftel. Ich habe nicht gefragt wer sie sind. Ich weiß wer sie sind. Was sie hier wollen, habe ich gefragt. Sollten sie nicht in Bereitschaft im LKA sein?" Die Schärfe seiner Stimme passt zu seinem Äußeren.

Werftels Blutdruck steigt augenblicklich, sein Kopf wird puterrot und in den Halsschlagadern zuckt es. Sein Brustkorb pumpt. Spinnt dieser Lackaffe? Dem muss er erst mal die Luft ablassen, dieser Dillgurke. Hängt im dicken Dienstwagen und auf Partys rum und will jetzt einen als Kriminalist auf dicke Hose machen.

Kriminalkommissar Lektos ahnt was kommt und nimmt sich ein wenig aus der direkten Schusslinie, denn Werftel ist nicht zu stoppen.

"Nun erlauben sie mal Grubi ... "

Aber Staatssekretär Gruba lässt sich nicht das Wasser abgraben

"Ich erlaube nicht! Und außerdem, Herr Staatssekretär Gruba heißt das für Sie, Herr Hauptkommissar Werftel, Herr Staatssekretär Gruba! Merken Sie sich das bitte. Spielen Sie sich hier nicht auf, sondern seien Sie froh, wenn ich Sie hier dabei sein lasse, sonst sind sie ganz schnell wieder in ihrem Büro am Platz der Luftbrücke. Es ist an der Zeit, dass hier fähige Leute die Entscheidungen treffen. Also … ruhig sein … aufpassen … lernen!" Werftel

ringt sichtlich nach Atem.

"Herr Gruba ... wir von der SoKo ..."

Aber er kommt nicht durch. Gruba fährt ihm zum dritten Mal in die Parade.

"Noch einmal, Herr Hauptkommissar Werftel, es heißt Herr Staatssekretär Gruba. Und stellen sie bitte ihre Arbeit in der SoKo Triangel nicht so in den Vordergrund, das könnte peinlich sein. Die SoKo Triangel arbeitet jahrelang erfolglos an der Überführung oder Verhaftung der Bande. Hätten Sie in der Zeit Erfolg gehabt, dann wäre es heute Mittag nicht zu diesem Desaster auf dem

Mehringdamm gekommen und wir stünden jetzt nicht hier. Oder sehen sie das anders?"

Tonno versucht zu beschwichtigen, zögerlich, halblaut wagt er seinen Vorstoß.

"Herr Staatssekretär Gruba, dürfte ich vielleicht ..."

"Nein, Herr Kriminalkommissar Lektos, Sie dürfen auch nicht. Halten Sie sich mit jeder Bemerkung bitte zurück. Sehen Sie zu, dass Ihrem Chef keine Pannen unterlaufen. Die hatten wir in der Vergangenheit schon, wenn ich mich recht erinnere, oder? Oder war das damals vor der Bank etwa gar keine? Außerdem dulde ich keine Belehrungen von den unteren Chargen."

„Mein Sohn war keine Panne", Werftels Stimme ist verdächtig ruhig. Staatssekretär Gruba wendet sich ihm zu. In seinem Gesicht zuckt einmal kurz die rechte Augenbraue nach oben. Er mustert den kleinen Hauptkommissar, der mit hochrotem Kopf vor ihm steht. Grubas Gesicht wird nun freundlich.

"Tun Sie ihre Arbeit. Melden Sie sich bei den Kräften direkt am Einsatzort. Wenn wir Sie hier in der Einsatzleitung brauchen sollten, dann werden wir Sie rufen. Aber warten sie mal lieber nicht darauf."

Er wendet sich wieder dem Krisenstab in dunklen Anzügen zu und lässt die drei von der SoKo stehen.

Werftel, Lektos und Willschuk sind am Eingang der Höfe der Gerichtstraße 12 /13. Links von der Einfahrt zu den langgestreckten Gewerbehöfen sind arabische Schriftzeichen an die Hauswand geschmiert. Rechts neben dem Durchgang hat der Wind Papierreste an die Wand geweht und ein Hund hat seinen Haufen daneben auf den Gehweg gesetzt. Wortlos, jeder in seinen Gedanken versunken, bewegt sich die SoKo vorwärts.

Hauptkommissar Werftel grübelt darüber, dass der Staatssekretär sie ohne Zögern mit ihren Namen angesprochen hat. Der wusste genau, wen er vor sich hatte. Der Mann hat seine Hausaufgaben gemacht. Das bedeutet nichts Gutes. Die Akte SoKo lag also schon an höchster Stelle. Kann ihm das den Abgang aus dem Polizeidienst versauen? Nein, das gab es schon öfter, dass eine SoKo über Jahre in ihren Ermittlungen nicht weiter kam. Außerdem hat er eine gute Personalakte und gilt als erfahrener, zuverlässiger Beamter.

Aber dieser Gruba, dieser überhebliche Kerl. So von oben herab und das vor seinen Untergebenen. Dieser miese Lackaffe, dieser eingebildete Parteiclown, dieser... Werftel bewegt sich hastig, das steife Bein unmotorisch schwenkend, sein Blick gleitet über den Asphalt, sucht in den Hofecken und auf dem Boden an den Mauern. Es muss doch etwas zu schmeißen geben, zu zerstören, um diesen Zorn in sich loszuwerden.

"So ein Arschloch, ich werde ihn umlegen."

"Da mach ich mit. So ein Arsch."

Kriminalkommissar Lektos nickt, das Gefühl von Erniedrigung und Missachtung teilt er mit Werftel. Sie haben sich jahrelang den Arsch aufgerissen und sind immer wieder an der Gerissenheit Zasters gescheitert. Aber ebenso an den Vorschriften und dem Behördenwahnsinn innerhalb der Polizei. In Kriminalfilmen sieht es immer so leicht aus, eine Observierung, eine Durchsuchung oder eine Abhöranfrage genehmigt zu bekommen. Die Realität ist ernüchternd.

Ein Netz von Kompetenzstreitigkeiten, Verordnungen und Anträgen engt die Polizeiarbeit ein. Die Gauner tun jederzeit, was sie wollen. Die müssen auf keine Umstände und auf niemanden Rücksicht nehmen. Und jetzt auch noch das selbstgefällig Gehabe des Staatssekretärs. Grubas Ungerechtigkeit ihnen gegenüber war fast körperlich zu fühlen.

Sie wissen beide, dass sie Staatssekretär Gruba kein Haar krümmen werden, aber sie müssen so tun als ob, um ihrer Hilflosigkeit ein Ventil zu verschaffen. Nur Oberkommissar Willschuk, der unbelastet ist, versucht einen beruhigenden Einwand anzubringen.

"Aber Staatssekretär Gruba sitzt an der richtigen Stelle im Apparat. Vielleicht hat er Qualifikationen, die seine Kompetenzen rechtfertigen? Vielleicht weiß er Dinge, die wir nicht überblicken?" Hauptkommissars Werftel schielt zu ihm rüber.

"Laber nicht so schlaudumm."

Kriminalkommissar Lektos muss eingreifen, sonst kann die Sache eskalieren.

"Knochen hat gewissermaßen recht, Chef. Gruba lässt nur seine Amtsstellung raushängen, wer weiß, wen er beeindrucken muss, um mit seiner Karriere weiter zu kommen. Soll uns doch egal sein. Wir sind ja nun offiziell hier. Konzentrieren wir uns auf die Arbeit vor Ort, damit nichts schiefläuft. Du weißt schon – Theorie und Praxis."

Der Hauptkommissar nickt grimmig. Lektos hat Recht. Dieser Gruba macht nur eine große Welle, weil er seinen Posten retten muss. Soll er doch, mit dem kann er sich später noch befassen. Notfalls per Dienstaufsichtsbeschwerde.

Oberkommissar Willschuk ist etwas eingefallen.

"Was meinte Gruba mit „Pannen unterlaufen"?"

Werftel, bleibt stehen und fixiert den baumlangen Kerl. Was weiß der? Ist das heimlicher Spott? Sarkasmus? Warum kaut der auf dieser alte Sache herum, von der er keine Ahnung hat? Was wühlt der in seiner Seele herum? Der ahnt nichts von dem Schmerz in seiner Brust. Diesen Schmerz, für den er Zaster verantwortlich macht! Auch ohne schlüssigen Beweis! Ohne Indiz! Ohne das letzte Detail, dass ihm Klarheit gäbe. Was weiß das lange Knochengerüst von diesem verdammten Banküberfall, von dem er sein steifes Knie behalten hat und bei dem Robert, sein Sohn, bei dem Versuch, ihn zu retten, von dem Gangster kaltblütig überfahren wurde.

Der Retter wird von dem Van erfasst, weggeschleudert. Das Auto setzt zurück, überfährt den Körper am Boden und rast auf eine Seitenstraße zu.

Wieso bohrt Willschuk nach? Muss der ihn wieder daran erinnern? An die toten Bankräuber, die Zasters damaliger Bande zugeordnet wurden. An die ewige Frage: Wer war der Mörder im Van? Noch ein Wort, dann haut er Knochen eine rein. Am besten auf die Leber, das tut schön weh.

"Halt endlich die Schnauze. Das geht dich gar nichts an."

"Ist ja gut Herr Hauptkommissar, Entschuldigung!"

Hof eins. Acht Stockwerke, plus Dachgeschoss, so hoch erheben sich die gemischten Wohn- und Gewerbebauten in den Himmel. Alles um 1900 erbaut. Teilweise restauriert, teilweise repariert. Große Gitter vor den Tür - und Fensteröffnungen im Parterre. Zwischen den viereckig angelegten Höfen gibt es überbaute Durchfahrten unter den Etagen, mit einer Höhe von drei Metern und sechzig Zentimetern. Die Überbauungen beherbergen ebenfalls Ateliers oder Gewerberäume.

So entstehen fünf Innenhöfe, von den Durchfahrten unterbrochen. Der gesamte Gebäudekomplex verbindet die Gerichtstraße mit der Wiesenstraße. Für PKWs ist eine Durchfahrt ohne Probleme möglich. Lastkraftwagen über drei Meter fünfundfünfzig Höhe haben Durchfahrtsverbot. Ein unübersichtliches Areal, was es zu sichern gilt.

Einen Augenblick lang müssen die drei der SoKo sich an die Verhältnisse von Licht und Schatten zu gewöhnen, die zwischen den hohen Gebäuden herrschen. Kriminalkommissar Lektos macht den ersten Schritt.

"Schauen wir uns die Sache mal an."

Überall sind Polizisten postiert. Einige Techniker laufen herum, ziehen Kabel, richten Scheinwerfer ein. Die Durchfahrt steigt leicht an und bis zum anderen Ende, hinten an der Wiesenstraße, treffen die technischen Mitarbeiter auf jedem der Höfe dieselben Vorbereitungen.

Hauptkommissar Werftel geht zu einem der Beamten, der die Arbeit mit seinem Sprechfunkgerät koordiniert und hält seinen Dienstausweis hin.

"Was ist los? War schon einer oben am Dachgeschoß?"

"Nein."

"Warum nicht? Was soll das."

"Anweisung von ganz oben. Erst ist alles zu sichern, gemäß Vorgaben der Leitstelle."

Kriminalkommissar Lektos lacht, während er sich auf einen Stapel leerer Paletten setzt, den irgendein ansässiger Betrieb draußen stehen gelassen hat. So schnell wird das hier nichts.Er reckt seine Nase in die Luft und schnuppert.

"Die arbeiten hier nach dem Pfadfinderhandbuch. Sag mal, rieche ich richtig? Gibt's hier Kaffee?"

Sein Chef drängt zur Tür. Er will an dem Beamten der Schutzpolizei vorbei. Einer muss hier schließlich mal die Dinge in Bewegung setzen. Wenn nicht er, wer dann?

"Komm lass mich mal rein. Nur mal gucken"

Der Beamte verstellt ihm den Weg, drängt den Hauptkommissar ab. Nur mühsam kann er Werftel aufhalten. Er ist zwar körperlich überlegen, aber Werftel ist der Ranghöhere.

"Bitte! Ich darf keinen hineinlassen."

"Ich werde ..."

Lektos ist wieder hoch, zieht seinen Vorgesetzten am Arm zurück.

"Hör auf damit, Chef. Du bringst nur den Kollegen und dich in Schwierigkeiten."

"Ja, ja ... schon gut. Schon gut ...", unwillig schüttelt Werftel Lektos Hand von seinem Arm. Oberkommissar Willschuk meldet sich.

"Funkspruch, man hat Schmidtkes Wagen gefunden.

"Na bitte!", Werftel dreht sich um, „Und? Was noch? Wo denn? Sag schon. Muss man dir jedes Wort aus dem Arsch ziehen?"

„Im Wagen ist Blut. Einer von denen muss verwundet sein."

Werftel kramt in den Taschen seines Sackos, zerrt einen Zettel hervor, nimmt sein Handy.

„Schnauze voll hier. Jetzt bringen wir mal Bewegung in den Kram."

*

Pieper taumelt unsicher von der großen Linde in der Kolonnenstraße zu Boden. Sein Gefieder ist blutig, er sieht kaum noch etwas, nach den Schnabelhieben der beiden Krähen, die ihn eben angegriffen haben. Sie verfolgen ihn, bis er erschöpft auf das Pflaster fällt. Die Sonne wird Pieper nicht mehr wärmen und die Schatten seiner Verfolger senken sich über ihn.

Kleine, gelbe, grüne und blaue Federn fliegen hoch, als sich die beiden großen Vögel über den Pieper hermachen. Die Freiheit gewonnen, in Freiheit gestorben. Freiheit?

*

Zaster läuft im selbstgewählten Gefängnis auf und ab. Verdammt, wie konnte das passieren? Was hat er diesmal falsch gemacht? Alles kann er berechnen, alles abwägen. Er kann Fakten und Daten gegenüberstellen und sie auswerten. Darin ist er ein Meister. Aber das hier, das ist eine ganz andere Kiste geworden. Das da draußen, dass ist das große X, die große Unbekannte, die es immer galt auszuschalten, zu vermeiden. Und wenn sie mitspielt, dann immer mit großem Trara. BÄMM! Jetzt hat sie ihn eingeholt.

Nichts hat mehr Wert, alle Tricks und Schliche sind ohne Sinn. Zaster ist wieder bei null, dort wo alles einmal angefangen hat. Er muss aus dem Bauch heraus handeln. So wie damals, bei seinem ersten Überfall auf den Zigarettenladen. Da hat er noch nichts von

Vorbereitung, Einschätzung und Planung gewusst. Er ist einfach nur rein in den Laden, wo die alte Frau herumgehockt ist, die auch wie blöde anfing zu zetern. Er hat sie genauso niederschlagen müssen, wie den anderen Typen hinter der Theke. Und heute schließt sich dieser Kreis. Er muss wieder instinktiv handeln, reagieren auf die Überraschungen, die auf ihn zukommen.

"Je länger wir warten, umso dichter wird das Netz um uns herum gesponnen. Wir müssen was unternehmen."

Zaster bemerkt selbst die Schwäche in seinen Worten. Ihnen fehlt der übliche Nachdruck.

Smile versucht wieder, mit dem Revolver zu spielen, legt ihn aber erschöpft auf dem Oberschenkel ab. Seine Bewegungen sind noch matter geworden. Er reibt die Augen, die ihm brennen. Schmerz in der Hüfte, im Kopf, überall. Gedrückt entweicht die Luft aus seinem Mund.

"Sag mal, was hast du vorhin damit gemeint, dass wir die Sore bunkern?"

"Ist nur so eine Idee. Wenn wir jetzt damit abhauen und gefasst werden, dann lachen sich die Bullen ins Fäustchen, weil sie die Beute wieder beschafft haben. Vielleicht stecken sie sich auch noch ein bisschen was ein, wäre ja nicht das erste Mal. Uns nutzt das gar nichts. Wenn es aber einer von uns schafft und sich die Sore später holt, hat er den Jackpot."

Smile hat den Colt wieder aufgenommen und schielt über den Lauf auf Zaster.

"Und wenn wir drauf gehen?"

"Dann jedenfalls mit dem guten Gedanken, dass die Bullen nicht den vollen Erfolg haben."

"Zaster?"

"Ja, Scholle?"

"Kannst du Bomber anrufen?"

"Wieso?"

"Na, der hat doch gar keinen Schlüssel. Wie soll er Alf und Pieper holen?"

"Ach Scholle, mach dir darüber keine Gedanken, Bomber bekommt die Tür schon auf, da hat der schon so seine Möglichkeiten. Zur Not bricht er sie auf."

"Ja, das stimmt. Daran habe ich nicht gedacht."

Smile Revolver zeigt immer noch auf Zaster. Der Blonde sieht sich um.

"Wo willst du die Beute verstecken?" Zaster

zeigt auf eine Ecke.

"Hinten am Kamin, da ist ein kleineres Stück RiGips in die Schräge am Kamin eingepasst. Das schrauben wir ab, packen den Kram hinein. Dann wieder verschrauben, überspachteln. Weg ist die Beute."

"Und das merkt keiner?"

"Die Bullen haben erst einmal mit uns genug zu tun. Bis die hier suchen, ist der Gips längst trocken. Glaubst du, die reißen hier den gesamten Rigips wieder raus?"

Zaster setzt sich wieder hin. Er muss irgendetwas entscheiden, sonst drehen sie hier durch. Er muss wenigstens so tun, als ob er noch ein As im Ärmel hätte. Ganz ohne Raffinesse, ohne etwas Typisches für ihn, kann es das hier nicht gewesen sein. Egal was alle sagen. Er ist noch nicht schachmatt.

„Scholle."

"Ja?"

"Ist dein Messer scharf?"

Scholle löst stolz das Jagdmesser vom Gürtel.

"Klar! Hier."

Er hält Zaster das Buckknife hin.

"Du zerschneidest jetzt die Sachen von Bomber. So klein wie möglich. Auch den Rucksack. Alles klein, klein, klein. Auch die

Schuhe. Von Bombers Sachen darf hier nichts mehr heile bleiben. Das Zeug verteilen wir zwischen dem Gerümpel, dem Schutt, im Müll, in die

Kamine. "

"Geht klar."

Ablenken, beschäftigen. Noch wissen die Bullen nichts von Bomber. Das soll so bleiben. Noch wissen sie nicht, auf welchem der Böden hier oben er sich mit seinen drei Kumpels verbirgt, sonst wären sie längst da. Die haben erst einmal selbst mit ihrer inneren Hierarchie zu tun, mit ihrer bestimmten Vorgehensweise des Beamtenapparates. Das gibt hier oben Zeit. Zeit für eine Alternative. Bevor sich die Bullen nicht selbst ganz sicher sind, unternehmen sie nichts. Das ist ein Pluspunkt für die Flucht. Das muss einfach einer sein.

Oder soll er es sein lassen, überhaupt an Flucht zu denken? Aufgeben? Und die beiden hier? Scheiß drauf? Was gehen ihn die an? Nimmt er ihnen damit nicht jede Hoffnung? Egal? Nein! Wie kann er nur so denken. Er muss für alle drei entscheiden. Das ist seine Rolle. Er war immer der Perfekte. Niemand soll später sagen, dass Zaster eingeknickt ist. Was ist das für eine Hilflosigkeit. Ein Planer, der nichts zu planen hat.

Wie klein die Welt plötzlich ist, die er befehligt. Hat er nicht immer große Dinge bewegt? Hat er nicht die Welt in Atem gehalten? Er, der Stratege war, der die Polizei an der Nase herumführte. Der kleinbürgerliche Mief, war stets nur Tarnung, hat ihn belustigt, amüsiert. Seine Welt war riesengroß, hat er immer gedacht. Freiheit. Doch jetzt offenbart sie sich klein wie eine Tasse, winzig und überschaubar.

Visionen und Wünsche? Hat er nie gehabt. Immer nur Zahlen, Pläne A und Pläne B. Er war immer ein Rechner, nie ein Zocker. Oder ein Sicherheitsfanatiker? Vielleicht sogar ein Angsthase? Die

Perspektiven verschieben sich. Vorwärts jetzt, er will nicht länger darüber nachdenken.

"In zwanzig Minuten will ich hier raus sein."

Scholle fängt an und zerschneidet die Kleidung von Bomber, während Zaster in Richtung Kamin geht. Smile Blick verfolgt Zaster, seine Hand krallt sich um den Revolverkolben. „Das ist aber schon komisch!" Zaster dreht sich um.

„Was meinst du?"

„Pfiffiges Pärchen, du und dein Superkumpel!"

Zasters Augenbrauen schieben sich fragend nach oben.

„Denkst du, ich bin blöde?" Smiles Stimme klingt zynisch, „Wohl schon für den Notfall geplant, was? Die Kumpels hinhängen, und die Kohle im Bunker parken. Ist klar!"

„Hast du ein Rad ab", Zaster kann den Ausführungen nicht ganz folgen.

Smile hat seinen Verdacht.

„Dein Kumpel, die Luftpumpe, ist schön da draußen und wir hier in der Falle. Die Beute wird gebunkert, obwohl noch gar nicht klar ist, dass die uns kriegen. Da höre ich doch die Nachtigall trampeln ..."

„Alter, du hast Fieber. Was faselst du da zusammen?"

„Nee, nee! Da ist was nicht astrein.", hält Smile an seiner Theorie fest.

„Was ist nicht astrein?" wirft Scholle ein

*

Bomber verlässt den Extra-Markt am Wilhelmsruher Damm, den Motorradhelm unter den Arm geklemmt, in den Händen zwei volle Tüten. Frau Ilsner kommt ihm entgegen.

"Tach Herr Eigenstedt. Wieder in Arbeit?"

"Tagchen. Ick hab wat zu Hause jemacht. Aba nächste Woche jeht et wieda richtich los."

"Ach, sagen Sie mal, könnten Sie sich nicht mal meinen Balkon ansehen? Da blättert die Farbe ab."

"Heut nich mehr, tschuldigung, bin in Eile. Aba ick kieke mir Ihren Balkon an. Rufense mir am Wochenende mal an?"

"Mach ich Herr Eigenstedt, ganz bestimmt. Vielen Dank. Schönen Gruss."

"Jerne Frau Ilsner und ooch eenen Jruss an den Jatten. "

Bomber erreicht die Ecke des Einkaufsmarktes und lehnt sich an die Wand. Schweiß auf der Stirn. Er atmet tief durch. Würgt, gibt sich einen Ruck, überquert den Wilhelmsruher Damm, strebt der Haustür des Silos zu, in dessen achten Stockwerk er wohnt. Hier, zwischen den Hochhäusern des Märkischen Viertels kommt er sich sonderbar beschützt, behütet vor. Farbige Hochhäuser beherbergen in diesem Stadtteil fünfzigtausend Menschen und er ist nur einer von vielen. Niemand achtet auf ihn, niemand nimmt Notiz. Klaus Eigenstedt, wird zu einem minimalen Farbfleck in einem riesigen Gemälde.

Bomber hat den Fahrstuhl erreicht, dessen Tür sich gerade öffnet. Eine ältere Dame schlurft mit ihrem Hund heraus. Der alte, abgewetzte Mantel, die heruntergerollten Wollsocken die an ihren Knöcheln hängen, und die gebeugte Haltung täuschen. Zwischen den Falten in ihrem Gesicht funkeln die Augen streitlustig hinter der randlosen Brille. Sie sieht Bomber von oben bis unten an.

"Ach ja, der Herr Handwerker Radauammitag! Na, sind Sie jetzt fertig?"

"Frau Gerstner, sicher bin ick fertich. Wat isn passiert."

Die alte Dame reißt ihren Hund, der schwanzwedelnd auf Bomber zustrebt, an der Leine zurück.

"Was passiert ist? Sie haben wohl noch nichts von Mittagsruhe gehört, wie? Das Gebohre und das Gehämmer über Mittag ist passiert. Ich habe kein Auge zu gemacht."

Bomber atmet tief ein, heuchelt Bedauern, atmet innerlich durch. Es hat also geklappt. Eine Zeugin, sein Alibi für alle Fälle.

"Det tut mir aba richtich leid Frau Gerstner, janz ehrlich. Det is mir ja völlich durchgegangen."

"Genau, dass ist ja das Problem, niemand denkt an uns alte Leute. Wir brauchen unseren Schlaf. Das ist wichtig, wissen Sie."

Bomber drängt sich an ihr vorbei in den Fahrstuhl und riecht den aufdringlichen Lavendelduft, mit dem sie sich immer besprüht. Der Hund versucht, an ihm hochzuspringen, aber Frau Gerstner stoppt ihn mit einem festen Ruck, dass das Tier auf den Rücken fällt, sich aufrappelt, stehen bleibt und mit dem Schwanz wedelt, während seine feuchten Augen Bomber anstarren.

Bomber fühlt sich im Moment selbst ein wenig so, wie der kleine Hund. So steht er sicher vor dem lieben Gott und bettelt um ein wenig Zuneigung, um ein wenig Gnade. Heute Morgen noch mit aller Euphorie gestartet, dann fürchterlich auf dem Rücken gelandet und nun verängstigt um ein bisschen Vergebung und Anerkennung bittend.

"Sicha, vasteh ick doch. Kommt ooch nich wieda vor. Ick bin ooch fertich."

"Das hoffe ich doch sehr. Na ja, wenigstens fleißig sind Sie ja. Nicht so wie die ganzen anderen Strolche."

Klaus Eigenstedt drückt im Fahrstuhl die Taste für die achte Etage.

"Nochmals T'schuldigung Frau Gerstner. Un noch nen schönen Abend."

Frau Gerstner, die den Hund vom Mülleimer weg zieht, hat sich längst anderen Beobachtungen zugewandt.

"So, mein Kleiner, wollen mal sehen, wer wieder Müll in den Garten geworfen hat. Komm jetzt."

Der Fahrstuhl fährt los. Hält. Die Tür öffnet sich. Bomber stolpert im achten Stock aus der Kabine. Erschöpft drückt er auf den Klingelknopf zu seiner Wohnung.

*

Zaster zuckt mit den Schultern. Scholle sieht zu Smile, der den Mund verächtlich verzieht, seine Stimme trieft vor Hohn und Spott.

„Ooch nichts. Ich meine ja nur. Eine kleine Denksportaufgabe. Eins und eins."

„Na los Smile, spucks schon aus!" Zasters Stimmung vibriert.

„Weiß nicht genau. Vielleicht arbeitet dein Partner schon mit den Bullen zusammen? Kronzeuge und so. Vielleicht ihre beiden? Kleine Strafe? Bewährung? Im Austausch gegen Scholle, mich und die Beute. Weißt du schon mehr? Dass wir hier nicht rauskommen? Sind wir schon verkauft? Warum willst du die Beute hier wirklich bunkern? Oder holt Bomberarsch den Kram ab? Die Bullen wissen ja nichts von ihm. Wird man ja mal fragen dürfen. Wieso bist du denn so aufgeregt? Bin ich nah dran?"

Smiles Hand liegt auf seinem Revolver. Mitten in die Spannung ertönt ein neuer Klingelton. Zaster greift in sein Jackett. Smile fühlt sich bestätigt.

„Ach? Ein zweites Handy? Rote Leitung? Na los. Geh ran. Vielleicht dein Kumpel mit einem Angebot von der Staatanwaltschaft. Zwei Blödmänner und die Beute gegen Straffreiheit!"

Zaster sieht auf das Display, wo ihm „unbekannt" entgegenleuchtet.

„Blödsinn, das hat nur Hilde, für alle Fälle. Sonst hat keiner die Nummer!" Zaster nimmt das Gespräch an.

„Hilde?"

„Ich muss dich enttäuschen, hier spricht Hauptkommissar Karl-Heinz Werftel, Zaster. Ich soll dir etwas von deiner Frau bestellen."

Zasters Gesicht verliert für einen Moment die gewohnte Fassung.

„Wie kommst du an die Nummer Drecksbulle?"

Smile macht Zaster ein Zeichen, dass er mithören will. Werftels Stimme quäkt aus dem Handy.

„Na, von Hilde. Sie liegt im Sterben und will dich noch einmal sehen."

„Was soll das? Hör auf zu tricksen! Was willst du?"

Hauptkommissar Werftels triumphierende Stimme, überschlägt sich.

„Du bist doch sonst nicht so schwer von Begriff. Ich will dich in Handschellen. Also stell dich und ich bring dich zu ihr. Ihr könnt euch noch einmal sehen. Das ist der Deal. Das ist mehr, als du meinem Sohn und mir damals gelassen hast. Wir konnten uns nicht einmal mehr voneinander verabschieden".

Ein amüsiertes Glucksen kommt aus Zasters Kehle.

„Werftel! Mach hier nicht auf die Nette. Die Tonleiter kennst du doch gar nicht!"

„Nicht alle Menschen haben vor dem Leben und dem Tod so wenig Respekt wie du. Es gibt so etwas wie Achtung vor dem letzten Wunsch."

„Woher kommt deine plötzliche humanitäre Anwandlung? Wo ist der Haken? Wenn Hilde wirklich stirbt, dann ohne mich genauso wie mit mir. Fünf Minuten Händchenhalten für lebenslangen Knast ist kein Geschäft. Komm mir nicht mit so einem sentimentalen Scheiß."

Werftels Stimme bekommt einen beschwörenden Klang.

„Zaster, denk an deine Frau. Gib auf! Sag deinen Kumpels, sie sollen auch aufgeben ..."

„... Spar dir die Luft. Hilde ist noch nicht tot und du bist kein Arzt."

„Mensch, wie abgebrüht bist du wirklich, Zaster? Es geht nicht um dich, nicht um mich, es geht um Hilde und um ..."

Zaster drückt das Gespräch mittendrin weg. Auf dem Dachboden herrscht eisiges Schweigen.

*

Werftel dreht sich im Kreis. Dieser Saukerl lässt ihn kalt auflaufen. Er tritt in ein parkendes Auto und schmeißt sein Diensthandy an die Wand, wo es in einzelne Teile zerspringt. Er spuckt und schreit. Einige Beamte schauen befremdet zu ihm herüber. Der Hauptkommissar öffnet eine Mülltonne, steckt den Kopf hinein und schreit aus Leibeskräften. Kriminalkommissar Lektos dreht sich von Werftel weg und sein Kollege Willschuk beginnt vorsichtig damit, die Einzelteile des Handies wieder einzusammeln.

*

Ute Eigenstedt sitzt auf der Couch, starrt auf das Telefon. Das Klingeln an der Wohnungstür trifft sie wie ein Blitzschlag. Sie schreckt hoch. Lehnt sich gegen die Schrankwand und starrt Richtung Korridor, presst die Hände auf ihren Mund.

"Nein, bitte nicht. Bitte nicht die Polizei, das ertrage ich nicht. Bitte nicht."

Sie blickt zur offenen Balkontür und macht einen Schritt darauf zu. Es klingelt wieder, dann ein Klopfen, als ob jemand mit dem Schuh gegen das Türblatt tritt. Das kommt ihr vertraut vor. Sie geht zur Tür, schaut durch den Spion. Alles ist dunkel, jemand steht davor.

Vorsichtig öffnet sie die Tür. Bomber wankt herein. Ist er verletzt? Betrunken? Sind sie schon hinter ihm? Ute schließt die Tür, Bomber wird weich in den Knien, lehnt sich an die Tür und rutscht an ihr hinunter.

"Klaus, was ist? Bist du verwundet? Was ist denn?"

Sie kniet sich hin und streicht ihm mit zitternden Händen die Haare aus dem Gesicht, wischt seinen Schweiß ab.

"Sag was, sag doch was."

Bomber Flüstern ist kaum hörbar, die Kehle ausgetrocknet. Er riecht sein zu Hause, spürt es mit allen Poren seines Körpers. Den Duft der Wäsche in den Schränken, den Duft, der aus den Möbeln strömt, den Duft, den die Kindern in der Luft hinterlassen haben und er riecht den Duft, der von Ute ausströmt. Ihr Haar, ihren Atem und ihre Haut. Es ist die Vertrautheit der Umgebung, der Geruch der Menschen, die in diesem Räumen leben, hier, wo er zu Hause ist. Er hat es geschafft.

Er hört Utes Stimme, spürt ihre Hände und weiß, dass er wieder sicher ist. Oder fängt dieser Tag gerade erst an? Liegt er noch im Bett? Sind die so unfassbaren Dinge nie passiert. Sachen, die er nie hatte erleben wollen. Heute Morgen wollte er einfach nur seine Familie versorgen. Wollte ein kleines Stückchen Glück erzwingen. Glück, das ihm jahrelang, immer wieder, versagt geblieben war. Da ist er noch aufgebraust, hat sich stark gefühlt und hätte die Welt aus den Angeln gehoben. Und jetzt liegt er hier im Korridor, ängstlich und schwach in der Armen seiner Frau.

"Nischt wissense von mir. Ick hab nischt jetan. Ute, schick mir nich wech."

Ute lächelt. So ein Dummkopf, jetzt wo er doch bei ihr ist schickt sie ihn doch nicht weg. Was er nur denkt, nie würde sie diesen Kerl wegschicken.

"Niemals Klaus, niemals."

Bomber nimmt ihr Gesicht in beide Hände. Sein Blick zuckt unstet hin und her. Er fährt mit dem Finger über die Konturen ihrer Augen, ihrer Nase und ihrer Lippen.

"Ick bin fertich. Ick kann nich mehr. De Klamotten müssen vaschwinden. Für imma. Hat det üba Mittag mit det bohren und hämmern jeklappt, wa? Haste ooch die Kassette loofen lassen? Haste dir uffe Straßen sehen jelassen?"

Ute nickt, so hat sie diesen Kerl noch nie erlebt. Sie weiß, dass sie jetzt stark wie nie zuvor sein muss. Ihr Mann scheint gleich zu kollabieren. Das ist nicht mehr der Bomber, der heute am Morgen aus dem Haus gegangen ist, stolz, um das Glück zu zwingen. Jetzt ist er verletzbar, bedauernswert.

"Ich kümmere mich um deine Sachen. Ja, hat alles geklappt, wie du es geplant hast. Während die Kassette lief, war ich bei Frau Gerstner und hab mich für den Lärm entschuldigt. Klaus, steh jetzt auf. Komm ins Bad, ich mach dir eine heiße Wanne."

Bomber lächelt abwesend, flüchtet sich in die Rolle des Schutzbedürftigen. Seine Hände sinken kraftlos herab, er setzt auf Ute, die alles erledigen wird, was jetzt nötig ist. Bomber will nichts mehr entscheiden, für nichts mehr verantwortlich sein. Er muss raus aus diesem Alptraum, muss die Tür im Kreis finden.

"Mach ick. Aber die Rapeicken müssen janz schnelle wech, hörsse? Uff de Stelle. Ooch die Kassette muss aussem Rekorder!"

Ute zieht ihn hoch, stützt und schiebt ihn ins Badezimmer. Bomber, wie teilnahmslos, lässt sich auf das WC-Becken sinken. Ute zieht ihm die Schuhe aus.

"Ja, ich fahr mit dem Rad zu einem Baucontainer am Senftenberger Ring. Da steht einer vor der Schule und ich kann alles loswerden."

Bomber hört gar nicht richtig zu. Er lässt sich ausziehen, während das Wasser in die Wanne läuft. Sein Blick ist teilnahmslos, dann kommt ihm ein Gedanke, mit einer Hand fasst er ihr an die Schulter.

"Hasse noch dreckije Arbeitsklamotten von mir zuliejen?"

Ute zuckt zusammen, so hart ist sein Griff, aber sie lässt sich nichts anmerken. Sie fühlt die panische Angst, die in ihm steckt. Scheinbar unbeeindruckt zieht sie ihm die Hose herunter.

"Ja, in der Kammer. Wieso?"

Bomber nestelt an den Knöpfen seines Hemdes herum. Was würde Zaster jetzt an seiner Stelle machen? Er muss nachdenken.

"Pack allet inne Nische vom Flur, ooch die ollen Turnschuhe. Mach een bisken vom Bohrstaub druff. Für alle Fälle." "Mach ich. Glaubst du denn, dass die kommen?" Bomber ist nackt.

"Ick wees et nich."

Er steigt in die Wanne, die Wärme des Wassers nimm ihn auf, gibt ihm Deckung. Nichts hören, nichts sehen, nicht sagen, nichts mehr denken. Soll doch Ute einfach machen. Was weiß denn er? Nur keine Schuld mehr haben an irgendetwas.

Seine Frau rafft die Kleider vom Boden auf, steht im Türrahmen. Sie schaut auf den Mann, der ausgestreckt in der Wann liegt, beide Arme auf den Rändern und den Kopf mit geschlossenen Augen nach hinten gelegt.

"Was ist denn mit den anderen?"

Bomber öffnet die Augen, als er den weichen Unterton in ihrer Stimme fühlt, als ob sie von der Familie redet. Jetzt muss er es wohl aussprechen, wovor er sich bisher gedrückt hat. Ja, sogar vermieden hat, es zu denken, dass die drei drauf gehen können. Vielleicht liegen sie schon im Dreck, die Münder halb offen, blutend und starren mit glasigen Augen in den Himmel, ohne etwas zu sehen. Jetzt kommt er nicht mehr darum herum. Am Handy, bei den Jungs, ist es ihm nicht über die Lippen gekommen. Das war Tabu. Das dürfen nur Insider die damit zu tun haben. Aber jetzt, hier, gibt es keine Ausflüchte mehr. Er schaut Ute in die Augen, senkt den Blick wieder, um wie schuldbewusst, auf das Wasser in der Wanne zu starren.

"Die werden wohl de Hocke machen. Ick denke, die wolln det ooch."

Sie hat damit gerechnet, trotzdem trifft es sie wie ein Schlag. Jetzt wo die brutale Gewissheit ausgesprochen ist, geht es ihr durch und durch. Ihr Klaus war so dicht daran gewesen, so dicht dabei, dass sie fast glaubt, ihn immer noch verlieren zu können. Aber er liegt hier vor ihr, liegt zu Hause in der Wanne. Wie schmal doch der Grat sein kann, auf dem sich das Leben abspielt. Die anderen sind ihr egal, aber noch vor Stunden haben sie über ihr Schicksal, das der Kinder und das von Klaus mitbestimmt. Ute erschrickt vor sich selbst, als sie sich des Wohlgefühls bei dem Gedanken bewusst wird, dass es gut ist, wenn die anderen tot sind. Keiner von ihnen wird dann mehr ihren Klaus verraten können. Doch das darf sie nicht sagen. Sie muss lügen, muss heucheln.

"Das ist schlimm."

Bomber rutscht tiefer in die Wanne. Nur noch ein Arm hängt über den Rand. Hinter geschlossenen Lidern, als wollte er die Realität draußen lassen, kommt ihm alles wieder hoch, der Kampf zwischen dem Wunsch, den Jungens anzugehören und der Angst, seine Familie zu verlieren und der Furcht, für den Rest seines Lebens eingesperrt zu sein. Wieder bedrängt ihn die Erinnerung an das Trio. Jetzt, wo es ausgesprochen ist, dass sie kämpfen werden oder den

Tod vorsätzlich suchen könnten, steigt die Frage in ihm auf, ob er es hätte verhindern können. Hätte es versuchen müssen. Wie denken sie jetzt über ihn? Wie reden sie über ihn? In der Küche raschelt Ute mit Plastiktüten, sieht wieder in das Bad.

"Klaus? Ich fahr mal eben rüber zum Container."

"Komm schnelle wieda. Ick brauche dir."

"Bin gleich wieder da ... ich liebe dich."

Bomber zuckt erschrocken zusammen, als die Wohnungstür ins Schloss fällt.

*

Smile betrachtet Zaster ungläubig. Hat er das richtig mitbekommen? Ist dieser Arsch wirklich so abgebrüht? Eigentlich hat er, Rüdiger Schmidtke, das Prädikat ohne Gewissen und Skrupel zu sein. Aber Zaster scheint ihn gerade zu überholen. So ein abgewichster, verdammter Penner. Alles hat seine Grenzen. Muss er diesem Kotzbrocken erst mal die Augen öffnen? Ausgerechnet er? Aber es ist Scholle, der zuerst etwas sagt.

„So etwas Mieses, so etwas Linkes, so etwas Dreckiges hab ich nie gehört."

„Was?"

„Deine Frau stirbt und du hast nicht den Arsch in der Hose, zu ihr zu gehen? Du fragst nicht einmal, an was sie stirbt? Du erkundigst dich noch nicht einmal, ob sie leidet? Wie scheiße bist du eigentlich?"

Smile beobachtet die beiden, sein Grinsen ist zynisch. Ja, so muss das sein. Darauf hat er gewartet. Das Blut pulst in der Wunde, der Schmerz sticht in den Eingeweiden, aber der Streit lenkt davon ab.

„Halt dein Maul, Langer. Das ist doch nur Polizeitaktik. Da blickst du nicht durch. Hilde geht es mit Sicherheit gut."

Was soll das werden? Revolution? Das fehlt noch, jetzt mit Moralpredigten kommen. Noch während Zaster Scholle zurechtweist, tippt er eine Nummer ein. Er wird es ihnen beweisen. Auf dem Display ist Hildes strahlendes Gesicht zu sehen. Es läutet. Smiles Kichern nervt.

„Uuuiii, jetzt lässt aber einer den Schlauen raushängen."

Zaster starrt auf das Display. Das Telefon läutet weiter. Dann wird der Anruf von der Gegenseite weggedrückt. Zasters Hand krampft sich um das Telefon.

„Haltet beide die Schnauze!"

Scholle öffnet gerade den Mund, als das Handy erneut klingelt. Auf dem Display ist wieder Hilde zu sehen.

„Na bitte, ich hab es doch gewusst. Es war nur ein Bluff von dem Kriponelli. Irgendwo hat er die Nummer herbekommen. Aber das ist jetzt Hildes Telefon."

Er schaltet auf mithören.

„Gott sei Dank, mein Engel, geht es dir gut" „Mir geht es gut", schnarrt Werftels Stimme.

Zaster zuckt zusammen.

„Werftel?"

„Na klar. Ich hab die Schnauze voll. Das Angebot ist abgelaufen. Sperr mal die Lauschlappen auf. Deine Alte ist schon längst krepiert, hörst du? Deine Alte ist schon seit Stunden über den Jordan. Sie ist schon kalt und ich war bei ihr. Ich hab's ihr gegeben! Und dich hol ich jetzt da oben raus!"

Zaster ist sichtlich angeschlagen, ringt sekundenlang um seine Fassung, dann wird seine Stimme frostig.

„Interessant! Du bist also schon hier? Warum versteckst du dich noch hinter Hilde? Genauso, wie du dich damals hinter deinem dummen Sohn versteckt hast? Hast du selbst keinen Mumm?", Zasters ändert seine Tonlage zum Plauderton.

„Werftel, sei nur einmal in deinem Leben ein Mann. Nur einmal. Du hast keinen Sohn mehr, der sein armseliges Leben für dich verschwendet. Wenn du wissen willst, wer es damals wirklich war, dann musst du mich holen. Ich sag dir alles, was du willst. Die Wahrheit erfährst du, wenn wir uns sehen! Wir beide! Ganz alleine! Nur du und ich." Zaster legt auf.

„Drecksack!" Smiles Stimme unterbricht die Stille.

Zaster reagiert zuerst mit einem Grinsen. Na bitte, hat es Smile also doch begriffen, dass die Bullen nur eine Falle bauen wollen.

„Genau, richtig, Drecksack!"

Dann erkennt er in Smiles Augen seinen Irrtum, erkennt, dass der nicht den Bullen, sondern ihn, Zaster, mit dem Drecksack gemeint hat. Smile ist trotz der Schmerzen halb aufgestanden ist, und Zaster fühlt die Bedrohung die von Smile ausgeht, fast körperlich.

"Was regst du dich denn auf?

Smile kann sein Zittern nicht unterdrücken. Die Wunde. Das Gift lässt langsam nach. Aber die Wut hilft ihm. Zaster hat seine versteckten Träume verraten. Die ferne, heile Welt nach der er, Smile, sich immer gesehnt hat, für die er sich nie wertvoll genug gehalten hat. Vor der er auch immer Angst gehabt hat. Er hat sich immer gewünscht, zu jemand zu gehören. Er hätte es vielleicht nur früh genug zugeben müssen. Aber dann war er fertig gewesen, war der Irre gewesen. Da war es zu spät.

Hätte er es nur früher begriffen. Aber da war immer die Angst, der Sache nicht gerecht werden zu können. Angst davor, verraten, betrogen, hintergangen zu werden. Seinen Traum hat er mit Koks und willigen Weibern betäubt. Hat gesoffen und sich hinter der Fassade aus Brutalität versteckt. Und jeden Morgen ist er mit der Einsamkeit wach geworden. Mit der Panik, dass ihn keiner mag. Dann eben nicht, hatte er sich gesagt, wenn sie ihn nicht wollten, dann sollten sie ihn fürchten.

Und dieser eiskalte Brocken von Zaster, hat seinen Traum gelebt. Dafür hat er ihn immer bewundert. Dieser Scheißkerl tritt das jetzt mit Füßen. Schmeißt das alles weg, auf den Müll. Trampelt auf seiner Frau herum, wie auf einem Abtreter. Trampelt auf ihm, Smile, herum. Treue und Gemeinschaft sind bedeutungslos. Wenn Zaster schon so über Ehe und Familie denkt, wie denkt er dann erst über ihn, Smile.

Der Hass in seinem Kopf, erfasst die Gehirnwindungen und brennt jeden klaren Gedanken weg. Er hätte sich für Zaster in Stücke schießen lassen, aber diese miese Ratte wird ihn genauso fallenlassen, wie er es mit der Frau gemacht hat. Nichts ist er Zaster mehr wert gewesen, als nur ein Werkzeug, ein Erfüllungsgehilfe. Ausgelacht hat er ihn, den Irren, der zu nichts taugt außer zu Verrücktheiten.

Smile die Witzfigur.

"Umlegen sollte man dich. Drecksack von Kerl. Seine Alte zu verraten, dass beweist alles. Du bist das Allerletzte. Wann lieferst du uns ans Messer, um deine Haut zu retten?"

Das kann es ja wohl nicht wahr sein. Will ihm dieser seelenlose Zeitgenosse, dieser Brutalo auf die Moralische kommen. Zaster starrt Smile an.

„Komm mir jetzt nicht auf die moralische Tour. Nicht ausgerechnet du."

Smiles Hand tastet nach dem Revolver.

„Passt alles zusammen. Auf die Familie scheißen, die Kumpels an die Schmiere verraten, den eigenen Arsch vom Eis zu ziehen. Aber da mach ich nicht mit. Da bleiben eher wir beide hier liegen, das verspreche ich dir."

Zaster zieht die Augenbrauen hoch und schaut nach seiner Makarov. Ein unverletzter Smile hätte eine Gefahr für ihn sein können, aber jetzt kann er den vom Fieber geschüttelten und verwundeten Junkie erwischen. Doch für was eigentlich? Worum geht es denn? Was zieht der Irre hier für eine Show ab?

Zasters Hand schiebt sich auf die Tischplatte. Smile steht ungefähr drei Meter von ihm entfernt, da kann er kaum vorbeischießen. Die Makarov liegt drei Handbreit weg.

"Komm zu dir, du Spinner. Du bist der mit den miesen Nummern bei den Weibern. Also halt besser die Fresse."

Smile achtet nur auf ein verräterisches Zucken in Zasters regungslosem Gesicht.

"Was ist? Begreifst du's nicht? Ich hab an dein Theater geglaubt. An deine Loyalität. An unseren Teamgeist. Diese Gang hat mir was bedeutet, nicht die Scheißtölen, die sowieso nur Kohle und Koks wollen. Und jetzt spuckst du mir hier in die Fresse, mit dem Verrat an deiner eigenen Alten. Wahrscheinlich bin ich dir nicht mal soviel Wert, wie der Dreck an Deinen Schuhen. Kapierst du's? Du hast dich verraten, Zaster, hast dich bloßgestellt. Du hast keine Ehre, du bist es, der sich hinter Hilde verkriecht, nicht der Bulle."

Zaster hat sich runtergefahren. Die Fantastereien kann er nicht für voll nehmen. Der Blonde redet im Fieberwahn, ist unkontrolliert, die Erregung macht ihn taub für vernünftige Argumente.

Die Fingerspitzen Zasters berühren jetzt die kalte Griffschale der Pistole.

"Mann, was heulst du mir denn hier vor? Hättest du was gesagt, dann hättest du bei mir einziehen können. Mama Hilde hätte den Jungen mit den gefärbten Haaren auch noch an ihre Brust genommen. Wovon träumst du denn? Von Familie? Lächerlich! Wer will dich denn haben? Wer lässt sich denn mit so einem Bekloppten ein?"

Smile muss es wissen. Es ist besser, nicht von den Bullen erschossen zu werden, sondern hier diese letzte Angelegenheit zu regeln. Klarheit schaffen. Ein letzter Triumph. Er wollte schon immer wissen, was dran ist an Zaster.

"Okay – Kotzbrocken. Lass die Familie aus dem Spiel. Gut, dass die nicht wissen, was du für ein Abschaum bist. Für dich sind Menschen nur Figuren in deinem Spiel. Aber nicht mit mir. Ich lass mich von dir nicht anpissen."

Zasters Hand liegt jetzt auf der Makarov, er kann sie blitzschnell in Schussposition bringen. Vielleicht kann er Smile noch wütender machen, damit dessen Konzentration nachlässt. Je weniger Chancen er Smile auf diesen drei Metern gibt, umso besser für ihn selbst.

"Fresse jetzt, du Schmalspurpsychopath. Du gehst mir auf die Nerven. Dann los, lass uns die Sache ..."

Smile sieht es klar vor sich. Das ist seine Schiene, der Kampf, das Duell. Entweder Hop oder Top. Er sieht die nervige Hand Zasters auf der Makarov und legt seine eigene auf den Knauf des Revolvers in seinem Gürtel.

"Deine Chefmacke nervt mich schon lange. Mal sehen wie gut du wirklich bist. Wir erledigen das jetzt und hier."

Beide starren sich an, warten auf ein Zucken des anderen. Zasters Daumen liegt auf dem Abzugshahn, Smiles legt seinen Handballen auf den Knauf, lockert ein wenig den Revolver im Hosenbund.

19.00 Uhr

Hauptkommissar Werftel hat sich beruhigt, er, Lektos und Willschuk stehen im Hof. Sie schauen wieder hoch zum Dach, entlang an der glatten, gefliesten Fassade des Gebäudes mit den schmutzigen Fenstern, aus denen das Licht der Neonröhren schimmert, bis zu den Regenrinnen, die sich an der Dachkante entlang ziehen. Der Hauptkommissar atmet heftig aus, er braucht ein Ventil.

"Knochen, was sagen denn die Herren, wie lange es noch dauern wird? Ich muss diesen Scheißverbrecher endlich in die Finger bekommen, ehe der sich etwas ausdenken kann. Was glaubt der Sack denn, was er jetzt noch reißen kann? Ich sitze ihm schon fast auf dem Schoß und der riskiert noch eine Lippe! Also Knochen, spuck aus, wann können wir stürmen?"

Oberkommissar Willschuk sieht auf seinen Notizblock, auf dem die letzten Daten der Funkzentrale notiert sind.

"Es hat eine Panne bei der Fahrbereitschaft gegeben. Kleine Verzögerung. Zirka zwanzig Minuten. Also insgesamt können wir in dreißig Minuten stürmen."

Die Empörung Werftels bekommt wieder neue Nahrung. Laufend macht die Einsatzleitung Fehler, aber ihn zusammenscheißen, das hat er gerne, das gibt ihm Gelegenheit sich aufzuplustern.

"Ich fass es ja nicht. Eine Panne! Eine Panne also! So eine Schlamperei! Wo sind denn die Herren Strategen jetzt? Hier jedenfalls nicht!"

Werftel sieht sich provokativ um. Willschuk fühlt sich in die Enge gedrängt. Außerdem ist da noch etwas, was er lieber verschweigen würde.

"Nein, die sind im Bus der Einsatzplanung. Und ... Herr Staatssekretär Gruba lässt ihnen noch etwas ausrichten."

Hauptkommissar Werftel stellt sich vor Willschuk in Positur. Den Kopf im Nacken, die Arme in die Seiten gestemmt und das Kinn kampflustig nach vorne gestreckt, fixiert er den langen Oberkommissar.

"Ach nee! Und was lässt der gnädige Herr mir ausrichten? Braucht mich wohl. Hätte gerne meinen Rat. Wohl zu stolz um selbst zu fragen, der Her Staatssekretär. Na raus damit, wo brennt es denn?"

Willschuk sieht sich hilfesuchend nach Lektos um, der lediglich mit den Schultern zuckt, nur die mahlenden Kieferknochen verraten seine Anspannung.

"Jaa ... also ... das kommt aber nicht von mir."

Hauptkommissar Werftel verdreht die Augen, die Adern an seinem dürren Hals treten hervor und seine Stimme kollert los.

"Was kommt nicht von Ihnen? Eiern sie nicht rum! Was hat er gesagt?"

Kriminalkommissar Lektos ahnt was kommt, tritt lieber fürsorglich neben Willschuk, der schon beide Hände abwehrend hochhebt.

"Nun ja ... er meinte, Sie sollten sich nicht so aufspielen, sondern ..."

Die Stimme des Hauptkommissars überschlägt sich, versagt bei manchen Silben ganz.

"Ich mich aufspielen? Was bildet der Blödmann sich ein? Was? Was ... sondern...? Was? Was hat er gesagt!"

Der Oberkommissar vergrößert den Sicherheitsabstand, was bei der Länge seiner Beine schon nach nur einem Schritt eine erhebliche Distanz ausmacht.

"Er hat gemeint ... Sie sollten zusehen, dass sie mit Ihrem Busenfreund Sohl einen vernünftigen Deal hinbekommen, ohne das Beamte ihr Leben lassen müssen."

Die Gesichtsfarbe Werftels wechselt ins Extremrot. Der kleine Beamte fliegt mit wedelnden Armen auf Willschuk zu.

"Diese Drecksau, dieses hochnäsige Schwein, ich mach ihn fertig ..."

Zum Glück ist Kriminalkommissar Lektos zur Stelle. Sie sind noch immer auf dem Hof und einige der Polizisten sehen bereits herüber. Ehe es zu einem Eklat kommt oder sie eine unwürdige Vorstellung abgeben, fängt er Werftel mit einem Arm ab, hebt ihn kurz vom Erdboden hoch und hält ihm mit der anderen Hand den Mund zu, während sein massiger Körper das Geschehen vor den neugierigen Blicken schützt.

"Ruhig Karl-Heinz, ganz ruhig. Knochen kann nichts dafür. Und den Gruba schnappen wir uns später. Ganz ruhig."

Der Hauptkommissar nickt. Wieder auf der Erde wischt er den Arm Lektos weg.

"Du hast Recht. Gruba soll mich am Arsch lecken. Ich mach jetzt Nägel mit Köpfen. Ich! Und dann werde ich ihn Gruba präsentieren. Ich hol mir jetzt Zaster."

"So ist das richtig. Pass auf, Knochen holt vorher noch drei Kaffee. Wir warten auf die Spezialisten. Und wenn es offiziell losgeht, dann tun wir hier unseren Job. Schließlich sind wir dafür hier eingesetzt. Okay?"

"Ja, ja, ist schon klar. Wir geben hier darauf Acht, dass nichts schief geht. Ich ruf mal Gerda an, damit sie weiß, das alles in Ordnung ist."

Lektos dreht sich zu Oberkommissar Willschuk um, kneift ein Auge zu.

"Bist du so gut und holst uns noch drei Kaffee?"

"Klar, mach ich. Bin schon unterwegs."

Die hagere Gestalt verschwindet im Durchgang zum nächsten Hof, wo der Versorgungswagen aufgebaut ist.

Hauptkommissar Werftel grinst grimmig. Er sieht zu Lektos, zieht die Mundwinkel herunter, senkt die Augenbrauen und bläht die Nasenflügel auf. Er weiß, dass er sich wieder einmal hat gehen lassen.

"Mann, hat der Kleine aber Schiss bekommen, was?"

"Nicht nur der Kleine, Chef. Du solltest dich selber sehen! Vielleicht gehst du mal zum Psychologen, wenn das hier vorbei ist."

Während Werftel sich auf eine der herumstehenden Kisten setzt, ballt er die Faust, spannt seinen dünnen Oberarm an und versucht mit einem schwachen Witz die Spannung zu lösen, die sein cholerischer Anfall ausgelöst hat.

"Ich bin eben ein Tier."

Tonno betrachtet ihn ernst.

„Das bist du. Und wenn Gruba deine Sterbenummer mit Sohls Frau spitzbekommt, dann sind wir endgültig fällig. Alle drei!"

„Dann lass uns die Sache mal so schnell wie möglich zum Ende bringen, bevor was rauskommt!"

*

Scholle hat den Streit zwischen Smile und Zaster bisher schweigend verfolgt, jetzt reißt er mit einer fließenden Bewegung seine beiden Automatiks hoch und zielt mit jeweils einer auf einen der beiden Streithähne. Er will diesen plötzlichen Hassausbruch, diese unverhohlene Feindschaft nicht wahrhaben.

"Habt ihr ne Macke? Was soll denn das? So redet man nicht unter Freunden."

Smile fixiert weiterhin Zaster. Sein Blick schwenkt von dessen Finger am Abzug der Makarov zu dessen Augen. Er sieht nicht zu Scholle hin.

"Langer, nimm die Puste runter, dass ist hier kein Spiel!"

Scholle regiert nicht. Er wird es nicht zulassen, dass sich seine Familie gegenseitig umbringt.

"Ich will nicht, dass es Streit gibt. Smile, überlege dir genau, was du machst, ich erwische dich garantiert, bevor du auch nur auf mich zielen kannst."

Smile atmet aus. Wieder muss er sich mit der Psyche des Langen auseinandersetzen. Der Kerl meint, was er sagt. Bestimmt schießt der zuerst auf ihn. Soll er trotzdem versuchen, Zaster zu erwischen? Bevor Scholle ihn trifft? Schafft er es, Zaster noch umzulegen, bevor die Automatik von Scholle ihn streckt? Das würde bedeuten, dass der Lange als einziger überlebt. Bescheuerte Aussicht. Vielleicht doch erst einmal ein wenig Ruhe hineinbringen? Wenn Scholle die Kanonen runternimmt, hat er eventuell eine echte Chance beide zu erwischen.

"Wir sind keine Freunde, Scholle – wir sind nur seine Dödels", er nickt mit dem Kopf zu Zaster, „maximal sind wir Arbeitskollegen – mehr nicht. Oder hast du das eben mit deiner blöden Birne nicht mitbekommen?"

Wie? Wir sind keine Freunde? Ja was denn sonst? Verzweifelt sieht er zu Zaster.

"Das stimmt nicht – oder? Zaster! Sag, dass der Irre lügt."

Zasters Gesicht ist versteinert. Smile, dieser verkokste Arsch, muss in seiner Fieberbirne alles in den Dreck ziehen, alles sezieren und seinen eigenen Seelenschmerz auf andere verteilen, abladen. Aber vielleicht ist es auch gut so, dass sie ohne Lügen auseinandergehen oder vielleicht sogar sterben werden.

"Nein, er lügt nicht, wir sind nur Arbeitskollegen."

Scholle spannt die beiden Hämmer der Automatiks mit seinen großen Daumen, ohne dass die beiden Waffen aus der Orientierung kommen. Sind die beiden verrückt? Sie sind nicht seine Freunde?

Alles nur gespielt und gelogen? Dafür wird er sie beide umpusten. "Das kann nicht sein, all die Jahre. Wir haben doch immer ..."

Zaster nimmt die Hand von der Makarov. Okay, wenn es dann sein musste, dann raus mit der Wahrheit. Klarheit schaffen. Reinen Tisch machen.

"Du warst eine berechenbare Größe, weil du stets alles gemacht hast was ich wollte. Sonst nichts, Scholle, sonst nichts. Ein großer lieber Kerl, der immer da war, wenn ich ihn gerufen habe. Der mir vertraut hat, auf den ich mich verlassen konnte. Das ist alles"

Zaster lässt die Makarov los und dreht sich um. Es ist jetzt egal. Soll nun schießen wer will. Smiles Hand löst sich vom Knauf und lässt den Trommelrevolver hinter dem Gürtel stecken. Die ausgesprochene Wahrheit klingt so banal, als sei sie gar nicht wichtig. Hat er sie nicht immer geahnt? Haben sie sich nicht immer damit gebrüstet, wie hart sie sind? Haben sie sich nicht immer schon als einsame Wölfe aufgeführt?

Worüber regen sie sich jetzt auf? Sie sind nur eine Zweckgemeinschaft. Er hat also Recht, dieser ganze sentimentale Scheiß von Loyalität und Treue existierte überhaupt nicht. Für einen Moment war er schwach, hat geglaubt, um etwas betrogen worden zu sein. Aber jetzt, mit der ausgesprochenen nackten Wahrheit kann er leben. In seinem Kopf ist eine unbekannte Leichtigkeit. Da ist kein Hass, keine Wut mehr. Hat er noch eine Nase Koks dabei? Fuck. Nein! Da wird er sich wohl bald auf den Weg machen müssen, um Stoff zu besorgen. Die paar Bullen werden ihn nicht aufhalten.

"Scheiß die Wand an. Wollen wir es der Bullerei so einfach machen, dass sie uns hier nur noch einsammeln brauchen, weil wir uns gegenseitig umlegt haben? "

Scholle entspannt die Automatik, lächelt. In seinem Kopf summt eine leise Melodie. Alles ist wieder gut. Es gibt andere Probleme. Ob Bomber schon Pieper und Alf geholt hat? Wann werden sie hier abhauen? Nächsten Monat hat er Geburtstag. Ha, er wird sie einfach einladen und dann lachen sie über die Sache hier.

"Gut, Schwamm drüber. Ist bloß die Aufregung."

Die drei Verbrecher legen ihre Waffen auf den Tisch und plötzlich ist da wieder ihre Nähe.

"Hat keinen Zweck mehr zu warten", Zaster trifft die Entscheidung, "das Beste ist, jeder sucht sich seinen eigenen Weg. Zusammen sieht es schlecht aus. Damit machen wir es den Bullen zu leicht. Wenn wir es an verschiedenen Stellen gleichzeitig versuchen, schaffen wir Verwirrung und jeder hat seine Chance. Alles klar?", er sieht zu Smile, „und jeder nimmt seinen Anteil mit!"

Der Blonde grinst gequält, der Siegerdaumen kommt nur mühsam hoch. Er sitzt mit nach vorn gebeugten Schultern auf dem Stuhl. Seine Seite blutet und in seiner dreckigen, verschwitzten Kleidung sieht er wie ein runtergekommener Stadtstreicher aus.

"Alles klar!"

Zaster lächelt.

„Also los, versuchen wir unser Glück!" Scholle

zögert.

„Können wir nicht zusammen gehen?" Zaster

schüttelt den Kopf.

„Nein, ihr habt es doch gehört. Ich habe hier noch eine Verabredung. Ein Mann, ein Wort. Ich gehe aufs Dach, vielleicht lenkt sie das ein paar Minuten ab und gibt euch den entscheidenden Vorsprung."

Zaster steht auf und geht zur Bodentür, hält sie auf.

„Ab jetzt. Schnappt euch die Rucksäcke und dann raus hier. Die Zeit läuft."

Smile greift sich einen der Rucksäcke, kann ihn kaum heben, stöhnt, krümmt sich, Scholle hilft ihm. An der Tür sehen er und

Zaster sich an. Smile klopft auf seinen Revolver und hält Zaster Five hin.

„Nimm deine Kanone mit aufs Dach ... Boss!"

Zaster nickt, schlägt die Five ab.

„Na klar. Sieh zu, dass du zum Doc kommst."

Smile nickt gequält und drückt sich durch die Tür. Scholle zögert einen Moment, umarmt Zaster spontan.

„Ich war doch nur wütend. So enttäuscht. Ich wollte nicht auf dich schießen.

Du bist doch mein Freund, nicht wahr Zaster?"

Zaster ist überrumpelt, klopft Scholle auf die Schulter, löst sich.

„Ich habe gelogen Franz. Du bist nicht nur ein Arbeitskollege, du bist mein Freund."

„Du hast noch nie Franz zu mir gesagt." Zaster windet sich peinlich berührt.

„Vergiss es, kommt nicht wieder vor!"

Er schiebt Scholle endgültig raus, schließt die Tür und dreht den Schlüssel herum.

Draußen verharren Scholle und Smile unentschlossen auf dem Treppenpodest, starren den Treppenschacht hinunter. Wohin sollen sie? Wie viel Zeit bleibt ihnen noch? Smile schielt zu der großen Gestalt, die sich über das Geländer beugt, ist für Sekundenbruchteile versucht Scholle hinüber zu kippen. Einfach so. Das ist wieder das Verrückte in seinem Schädel, das er sich selbst nicht erklären kann. Es könnte es einfach so tun. Es täte ihm nicht leid. Dem Langen zeigen, dass man ihm, Smile, nicht einfach so sorglos den Rücken zudrehen darf. Das er gefährlich ist. Der Blonde hasst sich für diese Momente selbst.

„Was solls Langer, Game over!"

*

Werftel, Lektos und Willschuk von der SoKo „Triangel" stehen mit einigen Beamten noch immer in Hof eins. Der Hauptkommissar stellt wie so oft in den letzten dreißig Minuten dieselbe Frage.

"Gibt's was Neues aus der Einsatzleitung?"

Er bekommt die gleiche eintönige Antwort.

„Die Spezialkräfte sind wohl gleich da. Sie müssen noch eingewiesen werden!"

Er wendet sich an Lektos.

"Haben wir Licht genug?"

"Das Tageslicht wird noch reichen, wir brauchen nur Zusatzbeleuchtung, wenn sich das hier noch mehr in die Länge zieht. Ist aber alles vorbereitet."

Knochen sieht rüber zum Hauptkommissar, er kann seine Nervosität nur schlecht verbergen.

"Rechnen sie mit Widerstand?"

Werftel ist ganz ruhig, er schaut nach oben und dann auf Oberkommissar Willschuk.

"Diese Drei kann man nicht ausrechnen. Die sind sowohl ein Team, als auch abgedrehte Individualisten." Von der Seite meldet sich Lektos.

"Entweder kommen die hier raus und feuern, was die Rohre hergeben oder sie tauchen an drei verschiedenen Stellen auf und machen einzeln Rabatz. Aber, ich kann mir ebenso vorstellen, dass sie aufgeben."

Willschuk ist noch nicht zufrieden. Er überlegt angestrengt, reibt sich das Kinn. Diese Situation, die Anspannung, ist neu für ihn.

"Und wenn sie nicht kommen? Dann müssen wir stürmen."

Hauptkommissar Werftel unterdrückt sein kleines Lächeln, zu genau erinnert er sich an seinen ersten "heißen" Einsatz.

"Sobald hier endlich alle in Stellung sind und nichts bis dahin passiert ist, rücken wir vor. Sofern die Einsatzleitung endlich grünes Licht gibt."

Tonnos Handy klingelt.

„Ja? Dr. Henschel? ... Was für ein Video auf Youtube ... Nein, davon weiß ich nichts, " Tonnos Blick sucht Werftel, „ ... nicht Zaster ...

sicher ... der Vectrafahrer .... die Auswertung hat was ..." Werftel bewegt sich von Tonno weg.

„Sie wissen doch … ich habe aber ... sie haben den Chip nicht bekommen ... nein ... noch nicht?"

Ein Beamter kommt auf den Hof angerannt, sieht in die Runde, schnauft, braucht ein paar Augenblicke, bevor er sich verständlich machen kann.

„Es geht los. Wir haben Bewegung in Aufgang vier!"

Als sich alles nach Hof Vier bewegt, ist Hauptkommissar Werftel an der Tür zu Aufgang eins. Er hört die wütende Stimme Kriminalkommissar Lektos.

„Chef, halt. Sohl ist nicht der Polizistenmörder. Henschel weiß alles! Das Video läuft bei Youtube. Henschel weiß überhaupt nichts von meinem Chip!"

Der Hass treibt Werftel voran, er vergisst das schmerzende Knie, drückt die Tür zum Treppenhaus auf, stolpert, fällt, stößt sich das gesunde Knie blutig, rappelt sich wieder auf, hetzt weiter. Vorwärts. Scheiß auf Henschel. Scheiß auf Tonno. Scheiß auf Youtube. Scheiß auf Chip. Die Abrechnung. Die Abrechnung mit Zaster. Endlich Genugtuung für Robert. Die Wahrheit. Er muss Zaster in die Augen sehen, er muss ihm die Handschellen anlegen, er muss ihn festnehmen. Oder er wird ihn erschießen. Nur acht Stockwerke sind zwischen ihnen.

19.45 Uhr

Scholle und Smile haben die ersten Stufen des Treppenniederganges hinter sich gebracht, als im Parterre die Tür auffliegt und Werftel hereinhinkt. Die beiden sehen in den Treppenschacht hinunter und erkennen wie sich der Polizist heraufquält. Hinter ihm pustet der dicke Tonno in den Hausflur, gestikuliert und schreit irgendetwas Unverständliches.

Scholle schiebt Smile, der aufstöhnt, zurück zum Podest. Smile stolpert, fängt sich, versucht die zweite Bodentür. Sie ist offen. Er blickt zu Scholle, zuckt auffordernd mit dem Kopf. Als Scholle nicht regiert verschwindet er alleine auf den zweiten Dachboden. Scholle folgt ihm bis an die Tür, bleibt stehen, zögert. Er sieht zur anderen Tür, hinter der er Zaster weiß.

*

Werftel lehnt an der Wand, massiert sich wieder sein Bein. Tonno, eine Treppe tiefer, hat beide Hände auf die Knie gestützt und schnappt nach Luft. Werftel stolpert weiter.

*

Smile drückt sich durch die Lücke zwischen den Brettern, die den Dachboden drei vom Dachboden vier trennen. Er muss fast am Ausgang in Höhe Wiesenstraße angekommen sein. Schwer atmend bleibt er einen Augenblick stehen. Er presst die Hand auf die linke

239

Seite. Als er sie zurückzieht, fühlt er den leichten Blutfilm zwischen seinen Fingern, hebt die Hand zum Mund und leckt darüber, grinst, hustet, krümmt sich. Geiles Zeugs. Der Stoff aus dem das Leben ist.

Weiter, nicht stehenbleiben, nicht träumen, er schiebt sich langsam zur Bodentür, drückt die Klinke herunter. Mit einem Quietschen öffnet sich die Tür. Smile tastet sich vorsichtig auf das Podest des Treppenabgangs, sichert mit dem Revolver zur Treppe hin, schaut vorsichtig über das Geländer hinunter in den Aufgang. Nichts, das Treppenhaus ist leer. Stille. Vielleicht doch ein Weg? Heute Abend ein bisschen Koks, ein Mädel und zum Doktor. Oder erst zum Doc?

"Okay, dein Auftritt Smile. Girls, ich komme."

Ganz langsam beginnt er mit dem Abstieg, quält sich die Treppe Stufe für Stufe hinab, rutscht mit dem Jackett an der Wand entlang. Jeder Schritt und jede Stufe sticht ihm in die Wunde, zwingt ihn immer wieder zum Stehenbleiben. Vor seinen Augen tanzt das Treppenhaus. Der Schmerz in der Hüfte kommt ihm plötzlich so süß vor. Das Fieber macht seine Gedanken leicht. Immer wieder führt er die blutige Hand an seinen Mund. Geil denkt er, einfach geil, von dem Zeug muss ich mir mehr holen.

*

Scholle sieht wieder über das Geländer zu den beiden Polizisten, die immer weiter nach oben kommen. In seinem Kopf ist eine Leere, nur ein Rauschen. Noch einmal versucht er die Tür zum Dachboden. Vergebens. Das Keuchen auf der Treppe wird lauter, sie kommen näher. Ok, er weiß was zu tun ist.

*

Werftels Vorsprung beträgt anderthalb Treppen vor Tonno, der wieder eine Pause machen muss.

„Chef ... warte ... mach keinen Alleingang ...!"
Aber Werftel hastet weiter.

*

Zaster sitzt am Tisch, sortiert die Utensilien in den Diplomatenkoffer ein. Er streift seinen Ehering ab und nimmt Hildes Bild aus dem Portemonnaie, legt beides auf den Tisch. schiebt den Stuhl zurück, steht auf und lässt den Blick durch den Raum schweifen.

"Ja Hilde, nun werden wir wohl nicht mehr für ein paar Tage wegfahren. Und meine beiden Mädchen werden auch die Wahrheit erfahren. Ob sie mich deshalb hassen werden? Oder wird es sie stärker machen? Dabei passiert weiter nichts, als dass Feierabend ist für mich.

Zaster stellt den Stuhl ordentlich an den provisorischen Tisch, steigt auf die Leiter und öffnet die Dachluke. Vorsichtig schiebt er den Kopf heraus und beobachtet die umliegenden Dächer. In der Abenddämmerung werfen die Kamine lange Schatten über die Ziegeldächer. Zaster wartet einen Moment, bis er sich an die Lichtverhältnisse gewöhnt hat. Er kann auf den umliegenden Dächern nichts erkennen. Auch nicht auf den Flachdächern.

Hinter den geschlossenen Scheiben der umliegenden Gebäude flimmert hier und da ein Fernseher und aus dem einen oder anderen offenen Fenster tönt leise Musik herüber. Zaster zieht sich auf das Dach und bleibt flach, auf die Ziegel des Schrägdaches gepresst, liegen. Er kriecht bis zum First hoch, beobachtet noch einmal das Umfeld, um dann langsam in Richtung Wiesenstraße zu kriechen. Ganz langsam. Die Hose, das Hemd, das Sakko verdrecken, bekommen kleine Risse. Immer wieder blickt er sich um. Noch ist kein Bulle zu sehen, vielleicht hat Bomber übertrieben. Langsam rückt er weiter vor.

*

Bomber liegt auf dem Bett, seinen Kopf in Utes Schoß. Er zittert am ganzen Körper. Zigarettenasche ist auf seinem Hemd und auf dem Fußboden verstreut, auf Bombers Stirn steht der Schweiß. Jedesmal wenn es ein lautes Geräusch gibt, zuckt er.

"Scheiße, wat war det. Is et de Polente?"

Ute streicht ihm durch das Haar und wischt mit der Hand den Schweiß ab. Was ist mit ihm los? Was kommt da auf sie zu? Wird er diese Angst jemals wieder verlieren? Verzweifelt sieht sie auf die Bilder der Kinder.

"Da ist nichts. Da ist keiner. Soll ich dir einen Weinbrand holen?"

Zu ihrer Überraschung schüttelt ihr Mann den Kopf. Klaus hat große Entscheidungen getroffen. Er hat einen Deal mit dem lieben Gott abgeschlossen. Das kann sie nicht wissen. Er räuspert sich und holt Luft.

"Nee Kleene, det mit dem Suff is vorbei. Für imma."

Ute küsst ihn auf die Stirn. Bomber schließt die Augen.

"Durch den Suff habe ick imma die Maloche valorn. Durch den Suff hab ick zu ville Scheisse jebaut. Durch den Suff bin ick imma ins Unjlück geschliddert und ihr mittenmang. Nu is een Ende damit. Ick will nich mehr."

Ute streichelt seine Wange, erwidert seinen Blick.

"Weeste wat?"

Ute muss trotz des Ernstes der Stunde beinahe lachen. Immer wenn er mit „weeste wat" anfängt, will er ihr etwas beichten. Entweder kleine Sünden, Peinlichkeiten oder Besorgungen die er zu erledigen vergessen hat. Jetzt ist er wieder genau der olle Tolpatsch, dem sie einfach nie böse sein kann.

"Nein, was denn?"

Bombers Gesicht rötet sich vor Scham, er druckst herum, kratzt sich am Bauch und tastet nach ihrer Hand.

"Ick hab vorhin jebetet."

Seine Frau nickt. Sie weiß genau, wie schwer es ihm fällt so etwas zu sagen. Immer hat er die Kirche und Gott geleugnet, hat sich darüber sogar lustig gemacht. Hat gedacht, dass passt nicht zu einem harten Mann. Überheblich hat er sich über die "Glaubenspisse" amüsiert, sie wegen ihrer Gläubigkeit verlacht, aber jetzt ist er ganz nah bei ihr und ihre Stimme flüstert.

"Ich auch Klaus, ich auch. Fast jeden Tag in all den Jahren. Es hat uns geholfen."

Der Kerl in ihren Armen schüttelt den Kopf. Er meint doch nicht diese Gebete, die mit den gefalteten Händen, wobei man Texte auswendig lernen muss oder sie vorliest. Er hat tatsächlich gebetet, aus einem Innersten heraus, hat mit dem lieben Gott gesprochen.

"Mir ooch, aba anners wie ick dachte"

Ute Stirn schiebt sich in Falten. Wird er jetzt wieder abfällig? Er klang doch gerade noch ergriffen und aufrichtig.

"Wie denn?"

Klaus richtet sich auf, dreht sich zu ihr seine Hände umfassen ihr Gesicht. Seine Augen brennen und fast beschwört er sie.

"Ick hatte wieda Manschetten. Vastehste det Kleene? Richtig kodderig wa mir. Schiß hatte ick. Da war eene Angst, wie ick se noch nie hatte. Und da hab ick dann zum lieben Jott jesprochen."

Ute schließt die Augen, küsst ihn erneut. Der Dussel begreift nur noch nicht, dass ein Gebet, egal wie gesprochen, immer dasselbe bleibt, solange es ehrlich ist.

*

An dem Tisch im Café Breslau sitzen die Asiatin und Blondi. Sie nippen an ihren Cocktails und sehen zum wiederholten Mal das Fahndungsersuchen der Polizei über den Bildschirm flimmern.

Blondie streift den Ärmel ihrer Bluse zurück, betrachtet für einen Augenblick den goldenen Armreifen auf ihrer gebräunten Haut, dann schaut sie wieder auf den Steckbrief von Smile im TV. Der Sex mit dem Kerl ist noch keine 24 Stunden her. Noch kein ganzer Tag ist vorbei, als sie noch mit dem Kopf zwischen seinen Schenkeln gesteckt hat. Und nun ist er als Gewaltverbrecher in der Glotze. Sie fühlt die Hitze aufsteigen, wie sie feucht wird und erinnert sich an seine Augen von heute früh, als sie nicht schnell genug gehen wollte. Ein Schauer läuft ihr über die Haut. "Kuck mal, ich habe eine richtige Gänsehaut." Die zierliche Asiatin lächelt.

"Ist schon ein bisken gruselig, nicht?"

Blondie hat sich gefangen, aber die Erregung bleibt. Sie streicht ihrer Nachbarin zärtlich über den Oberarm, ihren Hals und schaut ihr in die Augen.

"Letzte Nacht war er noch tief drin in mir, unglaublich."

Die Frau mit den Mandelaugen legt für einen Augenblick ihre Wange in die Hand der Blonden und betont nachdrücklich:

"In uns! In uns beiden!"

"Mann, dass dieser geile Ficker ein Killer ist, hätte ich nie geglaubt."

Die Asiatin legt ihren Arm um sie und drückt sie kaum merklich an sich. Blondie rückt näher. Die Dunkelhaarige zeichnet mit dem Zeigefinger die Wangenkonturen der Blonden nach, entlang der Nase, vorbei an den aufgeworfenen sinnlichen Lippen und den Hals hinunter.

"Haben wir ihm heute nicht genau so einen Scheiß an den Hals gewünscht?"

Blondie erschauert unter der streichelnden Berührung und lehnt sich jetzt ein wenig zurück, die Augenlider senken sich. Herrlich dieser zarte Finger, der ihre Haut berührt und der das wohlige warme Gefühl in ihrem Schritt verstärkt.

"Ja, wir haben es ihm gewünscht, dem Drecksack."

Blondie beugt sich vor, stützt die Ellenbogen auf den Tisch und ihr Engelsgesicht in ihre Hände, während sie den Kontakt zu dem streichelnden Finger hält. Ihre Brüste drücken gegen ihr Shirt. Die Schwarzhaarige sitzt neben ihr, hat einen Arm auf die Stuhllehne gelegt und führt nun den anderen unter der Achsel der Blonden durch, ihr Mund ist nah an deren Ohr. So berührt sie, unbemerkt von den übrigen Gästen, zärtlich die Brust der Blonden. Sie wirken wie zwei gute Freundinnen, die ein vertrauliches Gespräch führen.

Jetzt sind Zeige- und Mittelfinger der Asiatin auf dem T-Shirt und streicheln die Brüste. Vorsichtig ertastet sie eine der Brustwarzen, die sich unter dem T-Shirt aufgerichtet haben.

"Wir sind zwei richtige Hexen"

Blondie öffnet die Augen, dreht den Kopf und sieht in die dunklen Pupillen der Frau, auf die perfekte Zahnreihe und die helle, rosafarbene Zunge dazwischen. Sie genießt das Spiel der Finger, die jetzt ihre Brustwarze zärtlich zwischen den Fingerspitzen rollen.

"Das sind wir. Aber kribbeln tut es doch, wenn man dran denkt, was für eine brutale Sau der Kerl ist."

Die Asiatin lächelt, ihre Zunge feuchtet ihre Lippen an. Sie ahnt die Erregung ihrer Partnerin, spürt, wie es bei ihr selbst ein kleines bisschen feucht zwischen ihren Beinen wird.

"Bleib heute bei mir. Der Kerl kommt bestimmt nicht mehr wieder."

Den Kuss der Asiatin erwidert Blondie voller Bereitschaft. Niemand beobachtet die beiden Frauen an dem Tisch in der Ecke. Hier kümmert sich jeder um sich selbst.

Nur der Barkeeper Patrick schmeißt enttäuscht sein Trockentuch in die Ecke, als er das Zungenspiel der beiden sieht. Er schnappt sich den Playboy.

"Scheißlesben."

*

Gerda Werftel bügelt vor dem Fernseher. Sorgfältig presst sie die Falte in ein Hosenbein, legt die Hose ordentlich über einen Stuhl und nimmt sich ein Hemd vor.

Im TV läuft der Musikantenstadel. Gerda Werftel summt die Melodie mit. Das Telefon klingelt. Sie nimmt ab, sie setzt sich auf die Couchlehne

"Werftel."

Aus dem Hörer schrillt ihr die Stimme ihres Enkels ins Ohr. Obwohl sie den Hörer für einen Augenblick erschrocken ein Stück weghalten muss, weil die Stimme darin so laut tönt, ist sie glücklich.

"Hallo Oma, hier ist Stefan."

Der Kleine ist ihr eine besondere Freude, aber da geht es ihr wie fast allen Großmüttern.

"Hallo Stefan, wie geht es dir?"

Der Kleine ist total aufgeregt. Mehrmals muss er ansetzen, bevor er sich seiner Oma verständlich machen kann.

"Ich bin heute ohne Stützräder gefahren. Ganz weit." Gerda macht das Spiel mit und tut erstaunt.

"Oh, das ist aber ein Ding. Wirklich?"

Stefan ist glücklich, dass Oma so etwas vorher noch nie gehört hat. Natürlich muss das auch Opa erfahren.

"Ist der Opa da?"

"Nein, der Opa ist arbeiten, aber ich sage ihm ..."

Eine resolute Stimme unterbricht sie.

"Mutter? Hier ist Roswitha."

"Du sollst doch den Kleinen nicht immer abwürgen."

Ihre Tochter lacht nur darüber. Sie ignoriert den Flunsch Stefans, der durch die Tür abschiebt. Sie kennt ihre Mutter gut genug, um zu ahnen, dass auch die jetzt genau dieselbe Schnute zieht.

"Ich hatte ihm verboten zu telefonieren, weil er allein so weit mit dem Fahrrad gefahren ist."

Großmutter Werftel hat sich wieder gefangen und stellt sich vor, wie der Kleine listig zum Telefon geschlichen ist, nur um seiner Oma eine wichtige Sache mitzuteilen.

"Lass ihn doch."

Roswitha gelingt es nur sehr unbeholfen ihr Lachen zu unterdrücken.

"Nein Strafe muss sein. Ist Papa da? "

"Nein, er muss arbeiten."

"Hat er etwas mit der Sache heute in Kreuzberg zu tun?"

"Ja"

"Es ist sicherlich nicht gefährlich. Ich meine nicht wirklich, oder?"

"Ach Kind, ich denke nicht. Er hat mir für morgen sogar ein schickes Abendessen versprochen."

"Da ist ja schön. Ihr wart ja schon lange nicht mehr aus."

"Ja, ich bin auch ganz aufgeregt. Kommt doch auch hin. Das wäre schön, so ein richtiger Familientreff."

"Wo denn?"

Gerda Werftel zögert kurz.

"Das kann ich mir aussuchen"

"Ruf mich an, wenn du weißt wohin und wann. Ich komm dann mit Stefan und Ulli überraschend dazu. Ist das gut?"

"Das ist eine tolle Idee. Da wird Papa aber gucken. Das machen wir. Tschüss meine Kleine, ich ruf dich dann an."

"So machen wir das. Ich sag Ulli Bescheid. Dicken Kuss Mama und auch einen für Papa. Tschüss bis morgen."

Gerda Werftel nimmt das Hemd, bügelt weiter. Sie summt die Melodie aus dem Fernseher mit. Wo könnten sie so richtig schön essen gehen? Vielleicht bei Franz vom „Deutschen Eck"? Nein, da streiten sich die Männer nur wieder über die Politik. Karl-Heinz mag ja kein Indisch oder Chinesisch. Der Fraß macht nicht satt, sagt er immer. Ach ... bis morgen wird sie auf jeden Fall noch etwas finden.

*

Smile lehnt an der Wand auf dem Treppenabsatz zwischen dem ersten Obergeschoss und dem Parterre. Er ist schweißgebadet, seine Knie zittern, aus der Wunde tropft Blut. Der Blonde hat das Plastiktütchen aufgerissen und leckt wie ein Ertrinkender die Innenseiten ab. Langsam rutscht er an der Wand herunter. Die teuren Halbschuhe sind zerschrammt und abgestoßen. Die rechte Hand mit der Waffe liegt kraftlos auf seinem Oberschenkel. Smile grinst und streicht sich mit der Linken die schweißigen Haare aus dem Gesicht.

"Stay cool, Smile, but don`t freeze"

Er lässt ein paar Minuten vergehen, richtet sich wieder mühsam auf. Das Plastik flattert zu Boden. Schwer schleppt er sich die Stufen bis zum Parterre hinunter. Mit dem Rücken gegen die Wand gelehnt stiert er auf die Ausgangstür. Sein Atem rasselt, pfeift, geht schwer, der Schweiß hat den Hemdkragen dunkel gefärbt. Schwerfällig tappt er nach vorne, legt die Hand auf die Türklinke.

*

Auf dem Dach, schiebt sich Zaster langsam nach vorne. Die Strecke der rotbraunen Ziegel, die er noch bis zum Dach an der Wiesenstraße zurückzulegen hat, erscheint noch elendig weit. Für einen Moment hält er inne, betrachtet sich. Die ehemals elegante Kleidung ist mistig und kaputt. Seine Hände sind zerschrammt, er fühlt die Erschöpfung. Endlos scheint die Entfernung bis zum rettenden Dach zu sein. Der Körper brennt vor Anstrengung, aber seine Augen sind klar. Immer wieder sucht er die Dächer der Umgebung ab. Ist da ein Schatten? Nein, nur ein Schattenspiel. Nichts, keine Scharfschützen, nichts zu sehen. Doch eine Chance? Und Werftel? Scheiß drauf! Wer hält schon eine Verabredung mit einem Bullen ein. Zaster zieht sich weiter.

20.10 Uhr

Die Tür zum Hof öffnet sich schwer. Ihr Gewicht zerrt an seinem Arm, den die Kraft verlassen hat. Smile drückt sich durch den engen Spalt zwischen Tür und Rahmen auf den Hof, muss verschnaufen, die Tür prallt ihm in den Rücken und lässt ihn schwerfällig ein paar Schritte nach vorne taumeln, mitten hinein in das Aufleuchten der Scheinwerfer. Instinktiv reißt er die Linke hoch, um sich gegen das Licht zu schützen, in dem er abgerissen und schmutzig steht. Die Rechte mit der Waffe baumelt schlaff herunter. Eine Jackettasche ist eingerissen und das Hemd hängt an der linken Seite aus der Hose, schon braun gefärbt vom geronnenen Blut. Kurz und trocken hustet der Gangster. Die Batterie von Scheinwerfern blenden. Eine Megaphonstimme dröhnt über den Hof.

"Die Waffe weg! Sofort die Waffe weg! Sie haben keine Chance! Die Waffe weg habe ich gesagt!"

Smile kneift die Augen zusammen. Sein Arm hebt sich wie in Zeitlupe. Die Waffe glänzt im Scheinwerferlicht, baumelt am Zeigefinger nach unten. Smile senkt geblendet den Kopf. Der Schweiß der in kleinen Bahnen über sein Gesicht rinnt, schmeckt salzig, als er ihn von den Lippen leckt.

*

Scholle versucht noch einmal die Klinke zum Boden wo Zaster ist. Aber die Tür ist verschlossen. Die Schritte der beiden Polizisten auf der Treppe sind jetzt ganz nah. Resigniert setzt er sich mit dem Rücken an die Wand, zieht die beiden Automatics.

Smile im Scheinwerferlicht, ein Schweißtropfen rollt über seinen Nasenrücken und hängt für einen Augenblick an der Nasenspitze, glitzert wie ein Diamant. Unendlich zäh verrinnen die Sekunden. Wieder dröhnt die Megaphonstimme, überschlägt sich.

"Die Waffe weg! Sie haben keine Chance! Sofort die Waffe weg!"

Smiles Kopf ist leicht zu rechten Schulter geneigt Die Waffe pendelt an seinem Finger. Sechs Schuss sind in der Trommel. Sechs Schuss, ihr Wichser, ihr armseligen Wichser. Drei für euch, drei für das Licht, eine Rolle nach links zur Durchfahrt. Nachladen! Was ist los mit euch? Wieso versteckt ihr euch hinter Scheinwerfern? Weshalb versteckt ihr euch überhaupt? Kommt raus! Euer ganzes Leben habt ihr nichts weiter getan als euch zu verstecken. Hinter Anordnungen, Gesetzen, Vorgesetzten und Dienstanweisungen.

Warum kommt nicht einer heraus aus der Deckung? Wir schießen das aus. Mann gegen Mann. Ein Duell. Wichser seid ihr, armselige Wichser. Euch soll ich mich ergeben? Fuck!

Ganz langsam streicht er sich die Haare mit der Linken aus dem Gesicht. Dumpf rollt ein Donner durch die Höfe in der Gerichtsstraße. Das ist Scholles Automatic. Smiles Grinsen ist gelöst.

"Showtime!"

Die Megaphonstimme kreischt.

"ACHTUNG!"

*

Tonno schnaufend, in Atemnot, immer wieder eine Pause machend, verliert weiter an Boden gegen seinen hinkenden Chef. Wieder lehnt er an der Wand „Chef ... Chef ... Halt!

*

Smile knickt in den Knien ein. Der Revolver wirbelt in seine Hand zurück. Nicht so flüssig wie gewohnt, aber noch immer beeindruckend schnell. Wie in Trance zieht sein Daumen den Abzugshahn nach hinten und der Zeigefinger bedient den Abzug. Ich schaffe es! Schaffe es wie jedes Mal! Niemand hält mich auf! Ich bin ein ganz Großer! Seine Kugel schlägt drei Meter vor ihm auf den Asphalt auf, um mit einem Pfeifen quer über den Hof zu fliegen, bevor sie irgendwo einschlägt. Smile wird von einem Polizeiprojektil in die linke Schulter getroffen, das sich mit einem hässlichen Geräusch durch das Gelenk frisst. Die Wucht dreht ihn ein wenig herum, lässt ihn auf das rechte Knie sinken. Wieder feuert er.

Komisch, denkt er, wo sind die denn alle? Hab ich die schon alle umgelegt? Smile drückt noch zwei-, dreimal ab, als ihn die Geschosse der Polizei mitten in die Brust treffen. Er schwankt.

„He Zaster! Was ist? Wo ist der Wagen? Wir müssen los!"

Seltsam, er hört sie schießen, spürt aber nichts. Ja, er ist zu schnell für sie. Das blonde Haar fällt wirr in sein Gesicht.

„Was ist? Hat keiner die Traute sich zu stellen? Oder seid ihr schon alle tot?"

Dann ist auch sein linkes Knie auf dem Boden, das Grinsen bleibt für immer in seinem Gesicht stehen. Der Körper fällt gerade nach vorn, auf das Gesicht. Der Kopf des blonden Gangsters schlägt nur wenig später, nachdem der Donner aus Scholles Automatik durch die Höfe in der Gerichts Straße gerollt ist, mit einem hässlichen, dumpfen Geräusch auf den Asphalt.

*

Werftel erreicht das Bodenpodest und sieht Scholle quer vor der Tür liegen. Der Verbrecher hat sich den halben Kopf weggeschossen. Das berührt den Hauptkommissar nicht. Roh zerrt er die Leiche beiseite. Die Tür ist verschlossen. Der Hauptkommissar reißt die Dienstwaffe aus dem Holster, schießt zwei- dreimal auf das Schloss, kann jetzt die Tür aufstoßen. Tonno, noch atemlos im Treppenhaus, zuckt zusammen, als er die schwere Automatik hört und dann das harte Bellen von Werftels Dienstwaffe.

„Chef, was ist da los? Chef, sag was? Chef ... Chef!"

20.15 Uhr

Zaster presst seinen Körper eng an den Kamin auf dem Dach. Für einen Augenblick schließt er die Augen. Hat seine Hand wirklich gezittert, als er die Schüsse gehört hat? Hat er gezweifelt, als er die Megaphonstimme vernommen hat? Tief zieht er die Abendluft durch die Nase. Ob sie es geschafft haben? Unwahrscheinlich.

„Macht's gut".

Was macht er hier eigentlich? Versucht er zu entkommen? Oder läuft er weg? Angst vor der letzten Konsequenz? Schachmatt? Alle für einen? Einer für alle?

Einzelne Schatten tauchen auf den umliegenden Dächern auf. Die Feinde gehen in Stellung. Gespenstisch heben sich die Silhouetten der Scharfschützen gegen den Himmel ab. Immer mehr erscheinen ringsherum und belauern ihn. Der Weg nach vorne, in die Freiheit, sinnlos. Ist nur eine Illusion. Zurück nach Null. Es ist Zeit für die Wahrheit.

*

Werftel stürzt auf den Boden, entdeckt die offene Luke. Lektos ist auf den letzten Stufen zum Podest.

„Chef ... bleiben sie doch stehen ... wir machen das zusammen."

Der Hauptkommissar lässt sich davon nicht beirren, hat den Boden betreten, stürzt auf die Leiter zu, stößt dabei an den Tisch. Der Ehering von Zaster fällt herunter, rollt in eine Lücke zwischen den Bohlen, Hildes Foto flattert zu Boden. Werftel merkt davon nichts, er quält sich mit dem steifen Bein die Leiter hoch, zieht sich durch die offene Luke und guckt hinaus. Auf der Laufbohle unterhalb des Fensters kniet Zaster auf Händen und Füßen, sieht zu ihm hoch.

Der Mann steht mitten auf der Straße und sieht das Ungeheuer in Gestalt eines Multi Vans auf sich zurasen.

Werftel fühlt wieder das Brennen, dass sich wie ein Feuer vom Magen in sein Gehirn frisst und dabei gleichzeitig kribbelnd das Rückgrat hinunterläuft.

Der Motor brüllt und die Reifen quietschen auf dem Asphalt. Der Mann hebt seine Pistole. Noch zwanzig Meter, noch zehn ... plötzlich wird er beiseite gestoßen.

Das ist der Augenblick, den er sich solange herbei gesehnt hat. Die Befreiung von hunderten Nächten mit Albträumen. Die Erlösung von der ewig quälenden Frage.

Der Retter wird von dem Van erfasst, weggeschleudert. Das Auto setzt zurück, überfährt den Körper am Boden und rast auf eine Seitenstraße zu.

Das Dach ist umstellt, Scharfschützen haben den Verbrecher im Visier. Und er, Hauptkommissar Karl-Heinz Werftel ist am Ziel, er wird dem Verbrecher die Handschellen anlegen. Wird endlich erfahren, wer Robert auf dem Gewissen hat. Wird endlich Gewissheit haben. Wird es endlich hören.

Der Mann sitzt am Boden, den Kopf des Überfahrenen in seinem Schoß und weint ... weint ... weint ...

Es ist vollbracht. Die Jagd ist zu Ende. Werftels Unterkiefer schiebt sich vor, siegessicher, triumphal.

"Da bin ich Zaster, wie du es gewollt hast."

Zaster, der sich gerade vom Kamin auf die Laufbohlen nahe der Dachkante hat rutschen lassen, kniet noch, will sich gerade aufrichten, um die Dachluke erreichen, hört die Stimme seines Widersachers, der auf ihn zielt.

Zaster nickt und bleibt knien, richtet den Oberkörper auf, vorsichtig legt er die Makarov auf seinen Oberschenkeln ab, streckt beide Arme nach vorne, die Handflächen nach außen. Er grinst. Sein Blick gleitet von Werftel über die Dächer, zu den Scharfschützen und wieder zurück zu Werftel.

"Und Hinkebein? Bist du jetzt am Ziel deiner Träume? Willst du mich umlegen oder mir ein steifes Knie verpassen?"

Der Kriminalbeamte zieht sich ganz aus der Luke und lässt sich zur Bohle hinunterrutschen. Nun kauern sie beide unterhalb der Luke. Werftel zeigt auf die Scharfschützen.

"Mal abwarten. Nur du und ich! Keiner kann uns hören. Also, jetzt raus mit der Sprache. Wer hat Konrad damals totgefahren? Sag es mir. Und dann kannst du es versuchen".

Werftel nickt zu der Makarov hin.

Zaster schüttelt den Kopf, hebt seine Hände langsam über den Kopf. Die Makarov rutscht vom Oberschenkel, über die Dachpfannen, bis sie mit einem harten Geräusch in der Regenrinne aufschlägt.

"Was ist denn Hinkebein, hast du es immer noch nicht verwunden."

Zorn steigt in das Gesicht des Hauptkommissars.

„Was soll das, Zaster? Kneifst du? Bist du nur so ein feiges Arschloch?"

„Hast du denn die Eier, mich vor allen Leuten umzulegen?" grient Zaster den Hauptkommissar an.

„Da war dein langer Kumpel ein anderes Kaliber. Der hat sich selbst seinen dummen Schädel weggeblasen."

Zaster zuckt mit den Schultern. Werftel reißt die Handschellen vom Gürtel.

"Los, streck die Hände vor."

Zaster hält ihm die Hände entgegen und rutscht auf Knien ein wenig an den Beamten heran. In die Schatten der Schützen auf den Dächern ringsherum kommt Unruhe.

"Ich wusste es. Wusste, dass du aufgibst. Wusste, dass du kein Format hast. Kleiner mieser Eierdieb!"

Zaster kniet vor Hauptkommissar Werftel auf der Bohle, beinahe überkommt ihn ein Lachen, wie sich der Kleine da, in seiner gebügelten Hose, gebärdet wie der Kasper, wenn der das Krokodil fängt.

„Willst du das wirklich tun? Mich verhaften? Das ist deine letzte Chance, deinen Sohn selbst zu rächen. Schieß! Was ist? Bist du Killer oder Polizist? Mann oder Memme?

Werftels Hände zittern, während er versucht Zaster mit nur einer Hand die Handschellen anzulegen. Dem Polizisten sprüht vor Erregung Speichel von den Lippen.

"Nein, du Schwein, das schaffst du nicht. Die Erlösung bekommst du nicht von mir. Diesmal gehst Du in den Bau, bis dich die Würmer fressen. Aus der Nummer hier kommst auch Du nicht mehr raus. Steh jetzt ganz langsam auf."

Zaster wischt sich gelassen die Speicheltropfen vom Gesicht, als aus der Luke ein Poltern und Schnaufen ertönt und die Stimme von Lektos ruft.

"Bleib stehen Chef, bleib stehen. Wir machen das zusammen."

Die schmale Laufbohle biegt sich unter dem Gewicht Zasters, als er vorsichtig aufsteht. Er überragt Werftel um einen ganzen Kopf.

"Da kommt dein Arschabwischer, die fette Tante."

Hauptkommissar Werftel kneift die Augen zusammen, die Scharfschützen sind im Anschlag, Tonno gleich an der Luke. Was soll passieren?

"Mach keine Dinger Zaster."

Vorsichtig nähert sich Werftel den vorgestreckten Händen von Zaster und lässt die Fessel endgültig um ein Handgelenk einschnappen.

*

Aus dem Lukeneinstieg wird das Gepolter immer lauter, der Haarschopf von Kriminalkommissar Lektos wird sichtbar, sein rotes Gesicht folgt in dem Moment, als sich die Handschelle um Zasters Handgelenk schließt. Ihm ist sofort alles klar.

"Vorsicht, er will ..."

Der Hauptkommissar ist irritiert, sieht zur Luke, da reagiert Zaster. Blitzschnell schließt er die noch freie Handschelle um Werftels Handgelenk und lächelt seinen Jäger an. Der fühlt sich noch immer sicher, noch immer überlegen, zeigt auf die Scharfschützen, hält Zaster seine Waffe unter das Kinn.

"Was soll das Zaster? Hast du dich schon einmal umgesehen? Da warten sie nur auf einen Fehler von dir! Und außerdem bin ich bewaffnet."

Der Gangster sieht auf ihn herab, kneift freundlich ein Auge zu.

„Ich weiß. Aber sieh es doch mal so. Wir sind beide ohne Chance! Ohne Hoffnung! Ohne Zukunft! Schieß doch!"

Als er den verständnislosen Blick von Werftel sieht, nickt er in Richtung Luke.

"Frag ihn. Er weiß es."

Lektos stiert auf die beiden, seine Pistole im Anschlag, die nutzlos ist, nur ein und einen halben Meter von den beiden entfernt ist er hilflos. Seine Pistole mit einer Hand im Anschlag, die zweite hält das Magazin der Makarov.

„Chef, die Makarov ist nicht geladen ... das Magazin war in seinem Koffer."

Er sieht Zaster feixen. Aus den Augen des Dicken rollen langsam zwei Tränen. Das Gesicht Werftels ist verständnislos.

"Was ist? Warum heulst du denn ...?"

Da trifft auch ihn die Wahrheit mit der Wucht einer Keule. Er begreift, dass es kein Schachmatt geben wird, sondern ein Remis. Seine Augen weiten sich. Er schielt in die Tiefe hinter der Dachkante zu seiner Rechten, wagt nicht direkt hinzusehen. Dreißig oder fünfunddreißig Meter geht es da hinunter. Dunkel, bedrohlich, wie ein unendliches Loch, wie ein gefräßiger Schlund. Zasters Augenbraue zuckt hoch und er nickt bedeutsam mit dem Kopf.

„Auf dich wartet deine Frau, deine Tochter, dein Enkel. Stefan, nicht wahr? Wer glaubst du, Hinkebein, wartet auf mich?"

Werftel schaut wieder zu Lektos. Der Blick ist ein Hilferuf, eine Verzweiflung, ein Flehen.

Der euphorische Siegestaumel ist der Gewissheit gewichen, dass er seine Frau, seinen Enkel, seine Tochter und niemanden sonst mehr wiedersehen wird. Schmerzvoll begreift er, niemanden mehr etwas über sich erzählen zu können. Sich nicht mehr entschuldigen und sich nicht mehr erklären zu können. Gerade eben war noch so viel Zeit und nun ist nichts mehr davon übrig. Niemand wird je wissen, was er wirklich gefühlt hat, was seine Sehnsüchte waren.

"Aber ... Wieso ...? ... Nein ...! Das wirst du nicht tun."

Tonno erträgt es nicht mehr. Der Arm mit der Waffe fällt auf das Schrägdach. Zasters Körper strafft sich, er reckt sein Kinn vor, seine Augen scheinen zu glühen und sein Lächeln wird zu einem diabolischen Grinsen, seine Stimme aber ist zärtlich.

„Es quält dich, nicht wahr? Du willst Gewissheit haben, dass dein Hass nicht an den Falschen verschwendet war. Das sich die schlaflosen Nächte gelohnt haben. Das deine Rache Befriedigung erhält. Du willst hören, dass ich deinen Sohn getötet habe. Aber wenn es jemand anderes war? Oder war ich es doch?"

Werftel streckt sich, der alte Hass flammt wieder auf.

Der Mann steht mitten auf der Straße und sieht das Ungeheuer in Gestalt eines Multivans auf sich zurasen.

Die Widersacher starren sich unnachgiebig an.

„Wie lange ist das jetzt her?"

„Sieben lange Jahre. Sieben Jahre und zwei Monate." Die Stimme Werftels ist nur ein Zischen.

Zasters Lippen formen die unglaublichen Worte.

„Du wirst nie die Wahrheit erfahren."

Werftel ist fassungslos. Seine Lippen zittern.

„Wer war es? Sag es, wer war es? Wir haben einen Deal! Du hast es versprochen. Du musst es mir sagen!" Zaster hebt Werftel langsam an.

„Ich … versprochen? Ich muss? Du hast etwas vergessen. Ich bin ein Verbrecher. Du kannst mir nicht vertrauen. Ich lüge ab und zu!"

Kriminalkommissar Lektos senkt den Kopf. Er ahnt, er weiß, dass ihn das hier nie mehr verlassen wird. Der Erfolg sah so sicher aus. Sie hatten alle Trümpfe in der Hand. Doch der Verbrecher spielt nicht um Sieg oder Niederlage. Er spielt auf Remis. Seine eigene Art von Remis.

Der Motor brüllt und die Reifen quietschen auf dem Asphalt. Der Mann hebt seine Pistole. Noch zwanzig Meter, noch zehn … plötzlich wird er beiseite gestoßen.

Zasters Körper strafft sich, sein Kinn reckt sich vor, die Augen glühen und sein Lächeln wird zu einer Fratze. Sein Flüstern klingt verführerisch.

"Bist du bereit … … Hauptkommissar?" „Wer war es? Den Namen? Bitteee!!!

Zaster schüttelt den Kopf.

„Dafür ist keine Zeit mehr. Aber das hier, Hinkebein, das hier ist für Hilde!"

Werftel öffnet stumm den Mund. Er riecht den Atem, den Schweiß Zasters. Und er denkt komischerweise, dass Zaster ein ungemein attraktiver Mann für Frauen sein muss. Warum ist Zaster eigentlich nie sein Freund geworden?

Der Retter wird von dem Van erfasst, weggeschleudert. Das Auto setzt zurück, überfährt den Körper am Boden und rast auf eine Seitenstraße zu.

Über Werftels Lippen kommt kein Schrei, kein Fluch. Er sieht nur noch in die hellblauen Augen des Gangsters und erkennt darin die Freude, ihn auch jetzt noch hereingelegt zu haben.

Der Mann sitzt am Boden, den Kopf des Überfahrenen in seinem Schoß und weint ... weint ... weint ...

Zaster schließt die Augen, er hat es wieder geschafft, er hat sie alle vorgeführt und er trifft hier die letzte Entscheidung. Sein Brustkorb hebt sich, seine Bizepse schwellen an. Seine kräftigen Finger krallen sich in den Stoff des Jacketts von Werftel. Die Ärmel rutschen zurück und geben die Tätowierung an seinem Handgelenk frei „Ring frei e. V.". Er zieht den Oberkommissar zu sich heran, hebt ihn hoch. Die Oberschenkel spannen sich kurz, als Zaster sich von der Bohle abstößt und sich mit Hauptkommissar Werftel lautlos in die Tiefe fallen lässt.

Drei Jahre danach

Im „Kolibri" steht Blondie hinter dem Tresen, knapp bekleidet, vorne an der Stange windet und verdreht sich eine junge Frau. Die Asiatin kommt herein, ganz in Leder, küsst Blondie zärtlich, nimmt das Bündel Geldscheine entgegen und geht weiter zu den Räumen mit der Aufschrift „Privat".

*

Der Hausbesorger sitzt auf der Couch, hält eine Flasche Bier fest und starrt auf das Bild auf dem Fernseher. Daneben seine fette Frau, die Pralinen in sich hineinstopft. An der Wand, in einem eingestaubten Rahmen, ein drei Jahre alter Zeitungsausschnitt mit dem Foto von ihm. Darauf die Schlagzeile: Berliner Hauswart stoppt KillerTrio!

*

Tonno geht mit zwei Bechern Kaffee über den Flur im LKA, kommt zu der Wand, an der die Bilder der im Dienst verstorbenen Kollegen hängen. Auch das von Werftel, direkt neben dem seines Sohnes. Kriminaldirektor Henschel kommt hinzu, nimmt Tonno einen Kaffee ab. Beide sehen zur Tafel.
„Sie denken noch immer an einen vierten Mann, Herr Henschel?"
Ja, Hauptkommissar! An den, der den Fluchtwagen weggefahren haben muss."
„Glauben sie, der riskiert noch jemals was?"

„Einmal Verbrecher, immer Verbrecher. Er wird irgendwann, irgendwo, wieder zuschlagen und einen Fehler machen, auffallen, sich verraten. Dann bin ich da und pack zu."

*

Im achten Stockwerk am Wilhelmsruher Damm, im Märkischen Viertel, sind die Vorhänge zugezogen. Im Korridor ziert nur noch ein weißer Fleck die Wand, wo einmal das Foto vom Boxverein „Ring frei e. V." gehangen hat. Im Wohnzimmer fehlt die Vitrine mit den Pokalen.

Ute versucht, so gut wie kein Geräusch zu machen, als sie die Brote für die Kinder herrichtet, die heute mit der Schule einen Sommerausflug machen. Ihr fällt die Gabel aus der Hand und landet mit einem Klirren auf dem Boden.

"Ute? Ute? Ute haste det d jehört? Wat war det? Ute, wo biste?"

Sie geht zu der Tür zum Schlafzimmer, schiebt sie einen spaltbreit auf und schaut in den halbdunkeln Raum.

Bomber liegt im Bett. Das Betttuch bis an den Hals hochgezogen, das er mit beiden Händen umkrampft. Seine Augen sind weit aufgerissen, er schwitzt, starrt ängstlich in ihre Richtung.

"Ruhig Klaus, ganz ruhig. Es ist nichts, mir ist nur was runtergefallen."

Sie setzt sich auf das Bett. Unstet, zweifelnd und erschrocken suchen seine Augen einen festen Punkt. Ute hört seine Angst, seine Hilflosigkeit.

"Ute, wat is mit die Nachrichten? Haste heute wat jehört? "

"Nein, es ist alles in Ordnung. Niemand sucht dich. Keiner redet mehr von der Sache."

"Echt? Halt die Oojen offen, man weeß ja nie. Und denk ooch dran die Straße zu bekieken. Da musste janz jenau uffpassen, die sind janz schön schlau."

Kann er seine Furcht jemals ablegen? Die Angst, dass man auf ihn als den vierten Mann bei dem Raubüberfall vor drei Jahren am Mehringdamm kommt?

"Bleib ruhig liegen, wir warten noch ein paar Tage und dann kannst du vielleicht auch einmal raus."

"Janz bestimmt, det machen wir. Oder ick rühr mir ersma nich vonne Stelle. Is ooch besser, wenn ick inne Hütte bleibe."

In der Wohnstube machen sich die Kinder bemerkbar. Ein Stuhl wird hin- und hergerückt. Ute erschrickt sich, als Bomber hochzuckt und seine Hand ihren Unterarm umkrampft.

"Wer is dit? Sindse da?"

"Das sind die Kinder. Niemand sonst ist hier."

"Jott sei Dank, nur de Jören. Ute, wat meenste, soll ick nich den Haushalt allene machen? Dann kannse ne Vollstelle annehmen und ick muss nich unbedingt vor die Tür."

Fast flehentlich schaut er Ute an. Sie streicht ihm über das Haar, schließt die Augen und küsst ihn auf die Stirn. Sie merkt, wie er unter der Berührung ruhiger wird.

Er ist ein Gefangener in Freiheit. Jedes Geräusch, jede fremde Person und alle neuen Dinge versetzen ihn in Panik. Er wird sich immer umsehen, sich in Nischen drücken und nach Möglichkeit zu Hause verkriechen.

Ute steht auf. Wenn das nicht aufhört, wird es ihn in den Wahnsinn treiben. Sie muss ihn beschützen, ihn auffangen und ihm Halt geben. Heute, morgen, übermorgen, nächste Woche, jeden Tag. Und irgendwann werden auch die Kinder Fragen stellen. Sie öffnet die Tür, in der Küche poltert ein Apfel zu Boden.

"Wat war dit?"

Ute setzt sich an den Küchentisch und legt den Kopf auf ihre Unterarme.

„Ute?"

*

Die Morgendämmerung drängt sich verstohlen, fast schamvoll, in die Häuserschluchten. Nach allen Seiten sichernd, wie ein Eindringling, drückt sie sich in die grauen Abgründe zwischen den Häusern Berlins.

Die Kreaturen der Nacht ziehen sich gerade zurück, verkriechen sich in ihren Behausungen.

Es ist wie ein geheimes Abkommen, eine Übergangphase, bevor das Licht die Herrschaft für die Tagesstunden übernimmt.

Der Riese aus Beton, Asphalt und Stahl ächzt bereits. Er quietscht, stöhnt und grunzt. Noch eben hat er gebrummt, gelacht, sich wohlig in der Dunkelheit gesuhlt. Das ist jetzt vorbei. Langsam ergreift die große Schar der Tagesameisen Besitz von ihm, sie besetzen seinen mächtigen Körper, kriechen in seine Adern, quellen hervor aus seinen Körperöffnungen und verlassen den miefigen Schutz seiner Gedärme. Sie benutzen den Leib der Stadt, missbrauchen und verführen ihn.

Der Moloch lebt. Er bewegt sich, streckt und reckt seine Glieder in unterschiedliche Richtungen, mit ungleichmäßigen Bewegungen, aber einer unvergleichlichen Choreographie folgend. Während die Schatten der Nacht versinken, erhebt sich der Moloch Stadt zu neuem Leben im Licht.

ENDE

Beachten Sie bitte die folgenden Seiten

Der Autor Lothar Berg wurde 1951 an der Ruhr geboren.

Er lebt und arbeitet in Berlin.

Seine Veröffentlichungen befassen sich zumeist mit Alltagscharaktere, den menschlichen Schicksalen und den Abgründen des menschlichen Daseins. Seine Kurzgeschichten, Romane und Poesie sind ein ständiger Drahtseilakt zwischen **Drama und Komödie**. Die Werke zeichnet die ehrliche, authentische und brachiale Sprache aus, die keinen Zweifel an den Absichten der Protagonisten zulässt.

Lothar Berg verbindet seine Lebenserfahrung, seine eigenen Erlebnisse mit Fiktion und dominiert durch Authentizität, die seinen Werken Glaubhaftigkeit verleiht.

„In jedem von uns steckt das Potential zu einem Verbrecher,
wir sind alle gleich, nur …..
die Bösen tun das, wovon die Guten träumen." (Lothar Berg)

267

www.lotharberg.de

Lothar Berg Youtube

www.alterdrecksack.de

Alter Drecksack Youtube

Lothar Berg

DER KILLER - CODE

THRILLER

ISBN 978-3-752624-625
Im Buchhandel und Online

Lothar Berg

MIGRANT

...und nun?

Das Leben des Alexander „Sascha" D.

Biographie

ISBN 978-3-89998-332-6

Verlag – Buchhandel - Online

Lothar Berg / Carlo Feber

Breslauer Platz

CAFE BRESLAU

Ein ganz heißes Ding

ISBN 978-3-7528-3756-8

Im Buchhandel und Online

Lothar Berg

Sozialismus Skinhead Sumo

Das Leben des Alexander Czerwinski

ISBN 978-3-752624-724
Im Buchhandel und Online

ISBN 978-3-752624-830

Im Buchhandel und Online